The Golden Age
黄金時代

ケネス・グレアム
Kenneth Grahame
三宅興子・松下宏子［編訳］

翰林書房

黄金時代◎目次

目次

序章　おとなはみんなオリンピアン*

記憶の扉が閉まらないうちに、過ぎ去った昔の日々を振り返ってみることにしました。今ごろになってわかったのですが、きちんとした両親に恵まれていたら、ここで述べるような事態も違ったものになったはずです。身近にいたのが、おばさんとおじさんだったので、子どもが変わった考え方をするようになったとしても無理はなかったでしょう。おばさんとおじさんは、親切にも、命を保つのに必要なものは充分に与えてくれました。しかし、その他のことには、全く無関心でしたし（無関心というのは、愚かさからくるのだと思います）、その上「子どもというものは動物にすぎない」という古くさい考えをもっていました。ごく幼いころからぼくは、世間にはこうした愚かしさがあり、根強くはびこっていることに、自然と気付いていました。それと同時に、キャリバン*がセティボスに対して漠然と感じたような支配する力の存在を、ぼくも次第に感じるようになっていきました。その支配力は、身勝手で移り気で、「ただそうしたい」*というだけの突飛なことを、すぐ実行に移してしまうのです。さらにいえば、どうしようもない生き物であるおとなが、ぼくたちに権威を振るうのですが、むしろ彼らおとなよりも、ぼくたち子どもに権威を与える方がはるかに理にかなっていると思っていました。運命のいたずらで、おとなは子どもより優れているとされていますが、全く尊敬に値いしません。(おとなのことを考えて無駄に時間を使うなどめったにないのですが) ただ、その幸運を羨んだり、それをうまく使う能力を持っていないのをかわいそうに思ったりする気持はありました。情けないことに、人生の楽しみにふける完璧な許可証を持っているのに、それを役立てていないのが、おとなの一番の特質だったからです。おとなは、一日中、池で水遊びをしたり、鶏を追いかけたり、日曜日の服をびしっと着たまま木に登ってみることだってできるのです。日の高いうちに出かけて、火薬を買い、芝生で大砲を撃ったり、地雷を仕掛けたり、なんだってできるのです。それなのに、こうしたことを全くやろうとはしませんでした。おとなは、強制されるわけでもないのに、日曜日には教会に引き寄せられていきます。自分の意志で、決まったように出かけて行くのですが、ぼくたちより大きい喜びを得ているようには見えませんでした。

総じて、こうしたオリンピアンのありようは、行動はといえば狭くてのろく、日々の習慣は型にはまって無意味で、全く面白さに欠けているように思えました。目に入るものしか見えなかったからです。果樹園は、(妖精のいるすばらしいところですのに) オリンピアンにとっては、単にリンゴやチェリーがたくさん実るところに過ぎません。よく実らないと、天候が悪かったことまで、ぼくたちのせいにされたりしました。オリンピアンは、モミの木の森やハシバミの林に足を踏み入れることはなく、そのなかに不思議なものが潜んでいるなどとは夢にも思っていません。あのナイル河の水源と同じようなカモの池を潤す神秘的な水源だって、オリンピアンには何の魔力も持たなかったのです。そのあたり一帯には尋常ならざるものがあふれていますのに、インディアン*には気付かず、バイソンや海賊も（ピストルを持っているのに！）気にかけようとしません。盗賊の洞窟を探検しようともせず、埋められた宝物を探しもしませんでした。おそらく、ほとんどの時間を風通しの悪い室内で過ごすのが、オリンピアンの一番の特性なのでしょう。

副牧師さん*だけは、たったひとりの例外でした。果樹園の向こうにある牧草地は、バッファローの群れのいる大草原で、モカシンをはき、トマホークで武装し、血のにおいがするぞと大声をあげて馬で駆け下りるのが、ぼくたち子どもの喜びだと知ると、怖気づくことなく、それを受け入れてくれたのです。副牧師さんは、他のオリンピアンのように大笑いもせず、あざ笑うこともありませんでした。このような敬虔な風格を持っている方から、大規模な狩りに役立つ貴重な提案をたくさん出してもらいました。その年齢で高い地位につけたのは、動物の棲んでいるねぐらについての実際的な知識を持っていたからでしょう。その上、いつでも自らかって出て、敵軍や襲撃してくるインディアンの部隊にすぐになってくれました。ぼくたちの見たところ、明らかに、誰よりも抜きんでた能力のある立派な方でした。いまでは主教さまになっておられるに違いありません。ぼくたちにはわかっていたのですが、あの方には、必要な資質がすべて備わっていたのです。

ところで、こうしたおかしなおばさんとおじさんのところへも、時には、訪問客がやってきました。生き生きとした興味や知的な楽しみを持たない、堅苦しくて、冴えない、同じようなオリンピアンでした。雲のなかから唐突に出てきたように現れては、また、だらだらした暮らしに戻るために、ぼくたちの視界のかなたへと帰っていきました。客が来るときには、野蛮な力が容赦なくふるわれました。ぼくたちは、捕まえられ、無理やりに風呂に入れられ、嫌いな洗いたてのエリ*を着けさせられました。怒るよりは軽蔑しながら、それがぼくたちの習慣であるかのように、じっと我慢の子どもでいました。そして、ぼくたちは、てかてかした髪で、顔を型どおりのニコニコ笑いでかため、席につき、いつものありふれた話を聞くはめになります。理性あるおとなが貴重な時間をどうしてそんな風に過ごせるのか、全くわかりません。その疑問は決して解けることはありませんでした。やっと、飛び出せるときが来ると、昔の粘土採取場に行って壺を造ったり、ハシバミの林に分け入ってクマ狩りに繰り出したりしたものです。

オリンピアンたちが、食事中にぼくたちの頭越しに、社会や政治についての無駄話をあれこれするのには、いつまでたっても、不思議でなりませんでした。こうした活気のないたわごとを人生の重要事だとしているのです。ぼくたちのような悟り*を開いたものは、静かに食べながらも、頭のなかは計画や陰謀でいっぱいになっていて、真の人生とはどういうものかを話してあげられるのにと思っていました。ぼくたちは、それを戸外に置いてきているので、そこへ戻ろうと必死でした。言うまでもないことですが、真の人生についてオリンピアンに言っても無駄でした。ぼくたちの考えを知らせることがいかに愚かであるか、長い経験でわかっていました。対立する運命と戦う必要があるので、同じ思想と目的で結ばれ、その運命に立ち向かい攻撃から逃れる力をもつ仲間がいたらよかったのですが、ぼくたちきょうだい以外にはそういうひとはいませんでした。こうした奇妙で活気のない人間の秩序は、実際に太陽のもとで優しい動物たちと自然の暮らしをともにすることよりも、遠く離れたところにありました。オリンピアンとぼくたちは、ますます疎遠になっていきました。オリンピアンは、自己擁護したり、前言を取り消したり、自分の間違っていることを認めなかったりして、ぼくたちが譲歩してもそれを受け入れてはくれませんでした。そのため、不当な扱いを受けているという感覚が強くなったのです。例えば、ぼくが二階からネコを放り投げたとき（悪意からやったのではなく、ネコは無事でした）、少し考えたあとで、自分が悪いことをしたと紳士らしく認めるつもりでした。しかし、その行為を反省していると認めたとして、許してもらえたでしょうか、ぼくにはそうは思えません。もう一例あげましょう。ハロルドが隣人の飼っているブタに暴行したといって、一日中、部屋に監禁されたことがありました。しかし、ハロルドはそんな行為を軽蔑しており、叩いたといわれたその肥った小ブタとは、大の仲良しだったのです。真犯人が見つかっても、申し訳なかったという立派な言葉は聞けませんでした。ハロルドは、そういうオリンピアンの態度はいやでしたが、監禁そのものについては、それほど気にしてはいませんでした。というのも、味方の助けを借りて、すぐさま窓から逃げ出し、釈放される時間には戻っていたからです。オリンピアンから詫びの一言があればよかったのですが、それが口に出されることは決してありませんでした。

いやはや！　オリンピアンもすべていなくなり、遠い過去のことになりました。どういうわけか、太陽は昔のように明るく輝いているようには思えません。過ぎ去ったころのあの人跡未踏の牧草地も縮まってやせ細り、数エーカーの貧弱な畑になってしまいました。悲しい疑念が、やるせない疑心が、湧き上がってきます。「わたしはアルカディアにいた」*ぼくも、かつて確かにアルカディアに住んでいたのでした。そして、ぼくもまた、オリンピアンになってしまったのでしょうか。

第1章

休日

風が立ち、大声をあげて、駆けまわるように猛威をふるって、その朝を支配していました。激しくしなる鞭で、ポプラの木を震わせ、揺さぶっていきます。枯れ葉は空高く飛び、くるくる回りながら空を舞っています。どこまでも晴れ渡った天空に、大きな竪琴の音が響き渡っているようでした。その年の、最初の目覚めの時でした。眠っている大地が、微笑みながら伸びをはじめると、その巨人のような動きにかき立てられて、万物も跳びあがるように、脈打ちはじめました。

ぼくたちにとってその日は、一日まるごとの休日でした。たまたま誕生日祝いがあったのですが、それが誰の誕生日なのかは問題ではありませんでした。ぼくたちのひとりがプレゼントを貰い、たいそう型通りのスピーチを受けました。その内容に見合ったことなど何もしていないとしても、とても心地良く、英雄になったような気分で顔がぽっと赤くなりました。しかし、休日はみんなのものです。万物の目覚めるうっとりする歓び、それはみんなのものです。戸外で遊ぶさまざまな喜び、水たまりや太陽や生け垣破りなど、すべてがみんなのものだったのです。

ぼくは若い馬のように牧草地を走り、笑いながら応えてくれる自然の前で、幸せいっぱいになって飛び跳ねました。頭上の空はあくまでも青く、冬の洪水でできた大きい水溜りに映って、本物そのままに光り輝いていました。成長を促すように震動する柔らかな大気に触れると、ひと目にふれない繁殖地のサクラソウがせっかちに咲きだしてくるように、ぼくの小さいからだの中にも何かが芽生えてくるようでした。光があふれるように降りそそぐ世界へ飛び出すと、少なくともその一日は、勉強から、そしてしつけや訓戒から解き放たれます。脚が勝手に走り出すと、後ろからかすかにぼくの名前を呼ぶ甲高い声が聞こえてきました。でも、ぼくは走るのを止めません。その声はハロルド*だったからです。彼の脚はぼくの脚よりも短いのですが、長距離には優れていました。そしてまた、ぼくを呼ぶ声が聞こえてきました。物悲しそうなもっとかすかな声が、途切れ途切れに聞こえてきました。今度は、シャーロットの憐れな声だとわかったので、ぼくはちょっと立ち止まりました。

シャーロットは、すぐに息切れし、ぼくの近くの芝の上にばったり倒れ込みました。ふたりとも、何も話しませんでした。この完璧な朝にあふれている明るい光とまばゆい美しさを満喫して充たされていたからです。

「ハロルドはどこ?」と、少ししてからぼくは尋ねました。

「ああ、いつものことだけど、マフィン売り*ごっこをやっているのよ」と、シャーロットは不機嫌そうに答えました。「まる一日休みなのに、マフィン売りになりたいなんてね」

確かに、それは、おかしな熱中ぶりでした。ハロルドは、誰の助けも借りずに、自分でゲームを創って遊ぶのでした。いつも自分ひとりの新しい流行にこだわって、飽きるまで続けました。いまはそれがマフィン売りで、昼も夜も、通路を往復し、階段を上り下りし、音の出ないベルを鳴らし、目に見えないお客にまぼろしのマフィンを売り歩いているのです。あまり冴えない遊びのように思えました。しかし、自分で造った建物に面した賑やかな通りを、想像上のベルを鳴らしながら、自分で作り出した実体のないマフィンを、空想で創り出したあわただしく行き交う群衆に売るのは、ゲームとしておもしろ味があるのは否定できません。といって、この光り輝く風の吹き渡る朝に似つかわしい遊びとは決して思いませんでした。

「で、エドワードはどこにいるの？」と、ぼくは、また尋ねました。

「あの道からやってくるわ」と、シャーロットは言いました。「わたしたちがあそこに着くころには、排水溝に屈みこんでいるわよ。そして灰色クマになったつもりで跳びかかって来るの。私がそう言っていたとは言わないでね、びっくりさせるつもりだから」

「了解。あっちにいって、脅かされてやろうよ」と、ぼくは度量の大きいところを見せました。しかし、この特別の日にとって、たとえ灰色クマでさえ似つかわしくなく、平凡すぎると感じていました。

ぼくたちが道に入ると、非の打ちどころのないクマが飛び出してきました。そして、悲鳴、うなり声、拳銃の発射音と続き、歴史には残らない英雄的な行為がなされて、最後にエドワードはもったいぶった様子でのたうちまわり、巨大で荒々しい紛れもない灰色グマとして死にました。クマになったものは、たとえ一番の年長者であっても、遅かれ早かれ、死ななければならないというのが、暗黙の了解になっていました。さもなければ、この世には喧嘩と殺人が横行し、苦労して勝ち取った文明がどんぐりを食べていた原始時代*にとって代わられることになるからです。この短い遊びは、参加した全員が満足して終結しました。道をぶらぶら歩いていくと、途中で、クマ狩りには加わっていなかったハロルドを見つけました。もうマフィンを売るのはやめて、健全で社交性のある子どもに戻っていました。

「ねぇ、どうする?」と、やがてシャーロットが尋ねました。シャーロットは、そのときに読んでいる本でいつも頭がいっぱいで、全部をむさぼりつくすまで本を傍らに置きませんでした。「もし、道にライオンが二頭*いるのが目に入って、それも左右に一頭ずついて、鎖で繋がれているのかどうかわからなかったとしたら、どうする?」

「どうするだって」と、勇気のあるエドワードが叫びました。「ぼくだったら……ぼくだったら……ぼくだったら……」その得意そうな物言いはだんだん消えていき、「どうしたらいいのか、わかんない」というつぶやきに変わりました。

「何にもしないのが一番さ」と、よく考えてからぼくは言いました。本当のところ、もっとましな結論に至るのは難しかったのです。

「何かするといったって、ライオンのほうは、やりたい放題にやるんじゃないの？」と、ハロルドも思慮深げに言いました。

「でも、それが良いライオン*だったら」と、シャーロットが加わってきました。「自分たちがしてもらいたいことをするのじゃないかしら」

「ああ、でもどうやったら良いライオンか悪いライオンかがわかるんだい？」と、エドワードが言いました。「本には、何にも書いてないよ。それに、ライオンには区別できるようなしるしはついていないし」

「それに、良いライオンなんていないよ」と、ハロルドが急いで言いました。

「いやいるよ、たくさんね」と、エドワードは反論しました。「お話の本に出てくるライオンは、ほとんどみんな良いライオンだよ。アンドロクレスのライオン*だろ、聖ヒエロニムスのライオン*だろ、それに、えーと、ライオンとユニコーン*だろ……」

「そのライオンは、ユニコーンをやっつけたのでしょう」と、疑わしそうにハロルドが言いました。「街中あちこち追いかけて」

「それって、良いライオンの証拠じゃないか」と、エドワードが勝ち誇って言いました。

「問題は、ライオンに出会ったときに、どうやって見分けるか、だな」

「ぼくは、マーサ*に尋ねるよ」と、単純な信条の持ち主のハロルドが言いました。

エドワードは、軽蔑するように鼻を鳴らし、シャーロットの方を向いて言いました。

「ねぇ、ライオンごっこしようよ。ぼくがライオンになるから、あっちに走っていって。ぼくが二頭のライオンで、道の両側に一頭ずつ。そこへ、シャーロットがやって来るんだけど、ぼくが鎖でつながれているかどうか、わかんないんだ。そうしたら、おもしろいだろ」

「いやよ」と、シャーロットはきっぱりと言いました。「兄さんは、わたしがごく近くに行くまで、鎖でつながれているのでしょう。それから、鎖が外れて、わたしをずたずたに裂くのだわ。服をぼろぼろにして、それから、わたしに痛い思いをさせるのよ。兄さんがなっているライオンってどんなのかわかっているんだから」

「いや、そんなことしない、誓ってそんなことはしないよ」と、エドワードは抗議しました。「今度は、とことん新しいライオンになるから、思いもしないやつに」。そういうと、自分の持ち場へと走り去りました。シャーロットは躊躇っていました。そして、おずおずと進んでいったものの一足毎にシャーロットらしくなくなり、その姿は急ごしらえの仮装劇の役者*から、かつて見られないほどの不安げな巡礼者へと変わっていきました。近づくにつれて、ライオンの激しい怒りは、どんどん大きくなり、吼える声が大気をとどろかせ、あたりにひびきわたりました。ぼくは、二人が熱中するまで待ちました。そして、踏みならされた道から垣根を抜けて、人のいない牧草地へと滑り込みました。それは、ぼくに社交性がないからではなく、また、エドワードのライオンに嫌気がさしたからでもありませんでした。神聖な朝に、情熱をこめて誘われ、ぼくの血潮が湧いてきたからでした。「土は土へ！」*それは明快な呼びかけであり、喜びにあふれたその日の掛け声でした。恵み深い自然が、いつもの寡黙さをかなぐり捨て、全身全霊、声を限りに歌っていました。その歌は、細胞のすみずみまでを支配し、わくわくさせてくれ、人間の言い争いやごっこ遊びなどを、耳障りで不自然なものに思わせたのです。大気は葡萄酒になりました。湿った土の香る葡萄酒、ひばりの歌、野原の向こうの牛小屋からかすかに漂う匂い、遠くの列車の出す蒸気や煙――すべてが葡萄酒でした――いや歌でしょうか、匂いでしょうか、そのすべてが溶け合ったものなのでしょうか。当時は、それを表現する言葉を持ち合わせていませんでした。大地が発散するものを感じとっただけでした。その後もふさわしい言葉は見つかっていません。

ぼくは叫びながらめちゃくちゃに走りまわりました。うれしさのあまり、泥道をかかとで踏みつけてぴちゃぴちゃいわせ、棒で水溜りをたたいてダイヤモンドのようにきらめくしぶきをあげ、めったやたらに土の塊を空に向かって投げ、やがて、わけもわからずに、歌を歌っている自分に気が付きました。言葉には意味がありませんでした。赤ん坊の片言のように、その調べは即興で上がったり下がったりして、リズミカルなものではありませんでした。それでも、正真正銘、ぼくの心から出てくる声のようでした。まさにその時の気持にぴったりとあった完璧なものでした。文明化した人たちは、軽蔑を込めて否定するかもしれません。自然は、どこでもぼくと同じ調子で歌い、何の異議もなく、ぼくの歌を認め、受け入れてくれました。

やさしい風はずっと、木のこずえで揺れながら、大声で、気さくにぼくに呼びかけてきました。「今日は案内させてくれよ」と、訴えているようでした。「これまでの休日、君は、ただただ道をそれずに軌道を動く太陽を追いかけて歩き回っていただけだった。そして何もしないまま夕暮れになって君は、青白い無表情の月を供にして、疲れた足を引きずりながら家路についていたよね。今日は、ペテン師で偽善者の俺と行こうぜ。さっと曲がって騒いで、もとに戻ったり、逃げを打ったり、また、一緒に追いかけたりしようぜ！とんでもない最高のダンスを君に踊らせてあげるよ。俺は、めっぽう移り気で無秩序の王さまだ。もっぱら、無責任で不道徳で、どんな法律にも縛られていないのは俺だけさ」。風のヤツのユーモアにぼくとしても乗る気満々でした。今日はまる一日、休日じゃないか。そこで、ぼくたちは、言うならば、腕を組んで逃げ出したというわけ。鎖の切れたぼくの水先案内人が用意してくれたコースを、全幅の信頼をおいて、あちこち飛び跳ね横切るように進んで行きました。

　ぼくは別れる時になって、風は気まぐれな仲間だとわかりました。冗談だったのか、あるいは、何かまじめな目的があったのか、ひっそりと目立たない踏み越え段《スタイル》*で静かに向かい合っている恋人たちに、ヤツはぼくを、ぶつけたのです。普段のぼくはこうしたことを非常にくだらなくばかげたことだと思ってきました。二頭の子牛が、ゲート越しに鼻をこすりあわせているのは、自然だし、当然だし、物事の秩序に適っています。しかし、人間の恋人となると、あからさまに関心を示し、積極的に求愛して、所かまわず誰かれとなく、こんなことまで――！　と、そう、いままでは、素早く通り過ぎて、顔を赤らめ、考えないようにしていました。けれども、今朝は、出会うものすべてが、大気に充ちたあの魔法をかけられたような気配のおかげで、納得できたのです。そばを通り過ぎながら、気にとめないように、軽蔑することなく思いやりを持って、こうしたばかばかしいふたりを見ることができたことに、自分でも驚いてしまいました。戸外では、どこか、ひとを仲よくさせるような作用が働いて、同じ狂態が、蕾をふくらませ、成長をうながす陽気な空気と調和のとれたものになっていました。

　ぼくの悪戯仲間が、ひと吹きの風を右頬に送ってくれたので、新たな方向へ動き、やがて、ニレの木に囲まれぽつんと立っている村の教会が見えてきました。聖具室の窓から小さい脚が二本突き出ていて、足がかりをみつけようと、足をぐるぐる回し、もがいているのが見えました。聖物泥棒とはいわないまでも、窃盗でした。教会のお偉方にとっては、罪深い光景でした。身体は見えませんが、ぼくには、その脚はなじみのものでした。それは、村のなかでも並ぶもののない悪童ビル・ソーンダーズの身体についているものでした。それに、ビルが強奪したものが何かもよくわかっていました。（ぼくが思うに）式服を入れている戸棚に保管してある牧師さんのビスケットのはずです。ちょっとためらいましたが、通り過ぎてしまうことにしました。ぼくは、断じてビルの味方ではありません。といって、牧師さんの側でもありません。というのも、この背徳的な朝には、牧師さんと同じくらいビルにもビスケットを食べる権利があり、ビスケットをより楽しむことができるのはビルなのだと言いたくなるようなところがあったからです。まあ、議論の余地のあるところですが、ぼくの知ったことではありません。ぼくを盟友として受け入れてくれた自然の女神にとっては、現世のビスケットを誰が持って行こうと、少しも気にならないでしょうし、まちがいなく、友人のぼくに人間社会の警察官の役をさせて時間を無駄にさせたくはなかったでしょう。

ぼくの強力なガイドである風が、また、ぼくを強く引っ張りました。風の後を追ってぶらぶら歩きをしていると、風にはぼくにもっと見せたい休日ならではのものが、きっと、あるのだと感じました。そして、実際、そうだったのです。そのすべては、無法な調べを奏でるものでした。青い大海原に海賊の黒い旗*が浮かぶように、空に不吉なタカが現れて、まるで、錘《おもり》が落ちるように生け垣に落下していくと、そこから、哀れにもか細く甲高い悲鳴が上がりました。その場に着くと、まるで芝居の広告ビラのように芝生の上に散らばっている羽根を見つけました。羽根だけが、そこで演じられた悲劇を語ってくれるすべてでした。それでも自然の女神は微笑み、薄情に、陽気に、公明正大に歌い続けていました。タカにも、ズアオアトリにも言い分があったとしても、自然の女神はどちらの味方でもなかったのです。双方ともに、女神の子どもであり、どちらにもえこひいきはしないのです。

さらに進んで行くと、ハリネズミが小道でひっくり返って死んでいました。いや、ただの死体ではありませんでした。明らかに、それはデカダン*、腐敗していました。あたりをせわしなく動き回っていたハリネズミを知っている者には、哀しい光景でした。自然の女神は、立ち止まって、この固い上着を着た自分の息子のために、せめて一滴の涙を流したでしょうか。目標を失い、野望をなくし、有益な仕事を突然断ち切られたハリネズミに。

いいえ、そんなことは、かけらもなかったのです。いつものように、喜びに満ちたその歌声は、陽気に続いていています。「命のなかに死あり」、「死のなかに命あり」というのは、表裏一体の主題でした。それから、あたりを見まわしてみると、羊の噛んだカブの切れはしが地面に点々と散らばっているのが見えました。霜の降りた日が経ち、羊の食べ残したカブの芯に、自然の女神の勇敢な歌の断固とした意味を少しだけ見つけたように思いました。

ぼくの姿の見えない相棒も、歌を歌い、時々、ひとりでくすくす笑っているようでした。それは、きっと、ぼくに教えてきた風変わりな新しい課題や、とっておきのいたずらがまだあったのにと思い出していたのに違いありません。そして、ついに、風は大地に縛られた取るに足りない相棒にあきあきして、ぼくがわかる場所で、ぼくを見捨てたのでした。それから、風は止み、静かになって、いなくなりました。ぼくが目をあげると、目の前に、苔《こけ》で覆われた昔の厳めしい村の鞭《むち》打ち柱*が立っていて、その両側面には、物言わぬ教訓を蔑視してきた世代の人々の頭文字が彫られて、消えそうになっていました。しかし、法と秩序を侮った先祖の手首に繋がれていた丈夫で錆びついた手鎖は残されていました。ぼくが子どものスターン*だったら、思いのままを感傷的にだらだらと書きつけるまたとない好機となったでしょう。この状態でぼくにできたのは、すっかり怖気づいて急いで家路につくことだけでした。肩越しに振り返りながら、この出来事には、見た目以上のものがあるのではないかと不安な気持ちになっていました。

家に着くと、門の外で、シャーロットが一人きりで泣いていました。エドワードがお前を見つけて、突然襲い掛かるから隠れているようにと、シャーロットに言っておいたのに、エドワードは、肉屋の荷馬車が目に入ると、そのつとめを忘れて、飛び乗って行ってしまったのでした。さらに、ハロルドはというと、オタマジャクシが欲しくなり、捕まえることだけに集中したあまり、頭でっかちのせいで、池に落ちてしまったようでした。こんなことは何でもないことだったのですが、裏口からこそこそと家に入る際に、ウキグサで汚れた身体がおばさんの手中に落ち、直ちにベッド送り*になってしまいました。休日にあっては、これはひどすぎました。鞭打ち柱の教訓は、よく効いていたのでした。そして、ぼくが家に辿り着いたときにも捕まり、自分では思いもつかないことをしたかどで、責めを受けましたが、すこしも驚きませんでした。ぼくの気分としては、それを自分がやっていたらよかったのにと、心から思えたからです。

第2章

汚名を返上したおじさん

ぼくたちの住んでいる小さい世界では、町から新顔のおじさんがやってくると、その間中、忙しくなります。おじさんの性格や能力（それは自然ににじみ出てくるものですが）を推し量って、徹底的に酷評し合うからです。これまでにやってきたおじさんたちは、量りにかけられ、哀れにも、嘆かわしくも合格点をもらえませんでした。最初から落第していたのは、トマスおじさんでした。*格別気性が邪悪だとか、まともな社会にふさわしくない悪癖を持っていたというのではありません。おじさんの根底には、子どもが存在するのは、冗談の対象として大人に奉仕するためだという考えがあるようにみえたからです。自分が大笑いするので、それが冗談のつもりだったとわかるのです。そこで、ぼくたちはおじさんを公平な裁判にかけるべきだと思いました。朝食がすんで勉強が始まるまでの合間に、裏庭の物置で、おじさんのしゃれをひとつひとつ、冷静に批評的に、公平に検討してみました。しゃれには、おもしろ味がありませんでした。どこかにぴりっとしたものがないかと探したのですが、見つかりません。トマスおじさんを唯一救えるものがあるとしたら、ユーモアの才能だけで、外にはよいところがなかったので仕方なく、見込みのないぺてん師であると裁決されました。

一番若いジョージおじさんの場合は、明らかに、もう少し期待が持てました。上機嫌でぼくたちを連れて住まいのまわりを歩いたおじさんは、牛を一頭ずつ紹介されるはめになったり、豚と握手して仲間になったりしました。その上、おじさんは、ピンクの眼をしたヒマラヤウサギのつがいが、ある日町から予告なしに届くかもしれんぞとほのめかしさえしたのです。そして、もしかしたら、このおじさんの肥沃な土から、高品質のテンジクネズミやフェレット*などという言葉の種が飛び出して、花が咲き、実を結ぶのではないかと思い始めた時でした。その場に、ぼくたちの家庭教師が姿を見せたのです。ジョージおじさんの態度は、ころっと変わりました。これまでのおじさんの道理をわきまえた話題への興味は、「まるで噴水がごぼごぼいい出したように」*弱まり、衰えてしまいました。家庭教師のスメドリー先生の表向きの目的は、セライナをいつもの散歩に連れ出したいということでしたが、ぼくは、セライナが朝の散歩をしていたときにそばにいたのは、門番の息子とぼくだけだったと断言できます。スメドリー先生が誰かと散歩していたとしたら、ジョージおじさんが、そのとき、一緒だったに違いありません。

　おじさんのふるまいが軽蔑すべきものだったとしても、有罪判決を下すには早すぎるので、その欠陥が我慢できるものかどうかについて議論しました。嘆かわしいことに、このおじさんには生まれつき性格の悪いところがあり、身分の低いひととの付き合いを好むところがあるに違いないということがはっきりしました。ぼくたちは日常の経験からスメドリー先生のことを十分知っているので、先生には教養も魅力もなく、どんな特性も持ち合わせていないだけではなく、生まれつき気質、性癖ともに邪悪であるのを知りすぎるほど知っていました。先生が英国国王の年代を空で暗記しているのは本当ですが、それがジョージおじさんにとって何の役に立つというのでしょうか、おじさんは、軍隊に入っていて、有益な情報が必要ないほどの上官だったのですから。これに対してぼくたちの弓矢は手近に用意されていて、おじさんは自由に使えたのです。兵士たるもの、己の選択に一瞬たりともためらうべきではありません。このひとは駄目でした。ジョージおじさんは、ぼくたちの不興を買ってしまい、満場一致で失格とされました。ですから、ヒマラヤウサギが届かなかったことは、命取りの一因にすぎなかったといえるでしょう。

　当時、おじさんたちは、活気のない値下がり傾向にある市場のようなもので、取引きする気にはなりませんでした。ただ、インドから帰ったばかりのウイリアムおじさんについても、他のおじさんと同じように、公平な裁きをすべきだということでは一致していました。というか、華やかな東洋*をわが物にしていたひととして、ロマンチックなものを体現してくれる可能性があるのではないかと特別視していたのです。

　道で取っ組み合いをしていると、セライナがぼくの向う脛を蹴りました、まったく女の子らしいや。片方の手で向う脛をこすっていると、認可考慮中のおじさんが、気乗りしないようすで、もう一方の手を握ってきました。血色のよい老人で、隠しようもなく自信なさそうに、汚れた手をひとりずつ握り、真っ赤になって、やさしくふるまおうとしながらもぎこちなく「おや、こんにちは、諸君。おじさんに会えてうれしいかい」と言いました。こんなに早い段階では、おじさんについての公平な見方ができていなかったので、黙って顔を見合わせるだけでした。そのため、その場の緊張を和らげることはできませんでした。

実際のところ、おじさんの滞在中ずっと、疑念が晴れることはありませんでした。後になっていろいろ話し合っているときに、誰かが、おじさんは驚くような罪を犯したことがあるのではないかと言い出したことがありました。しかし、明らかに幸せそうには見えないものの、おじさんが本当に罪を犯したとは、ぼく自身は到底思えませんでした。ぼくは、おじさんがみるからにやさしくぼくたちを見ているのに、一、二度気付いたことがありましたが、気付かれたのがわかると、おじさんは真っ赤になって、顔を背けてしまいました。

とうとう、おじさんの重苦しい影響がなくなるときがきました。ぼくたちは、気落ちしながらジャガイモの貯蔵庫に集まっていました。ハロルドだけは、駅までおじさんを送る役目を割り当てられていたので、その場にいませんでした。その場の感じは、ウイリアムおじさんは合格ではないという点で、満場一致に向かっていました。セライナは、おじさんはけだものよ、と痛烈に言い放ち、半日の休みだって取らせてくれなかったじゃあないの、と指摘しました。確かに、判決を下す以外になすべきことはないように思えました。みんなで投票しようとしていたそのとき、ハロルドがその場に姿を現わしました。その赤い顔、まんまるの眼、いわくありげな態度は、とんでもないことが起こったことをほのめかしていました。黙ったまま、ハロルドはちょっと離れたところに立っていました。それから、ニッカーボッカーズ*のポケットから手を出して、汚れた手のひらの上にある一、二、三、四枚のハーフ・クラウン銀貨*を見せました。ぼくたちは、じっと見つめているだけでした。ぼうっとなって、息がつけず、口も利けません。これまでに、これほど多くの銀塊を見たことがなかったのです。それから、ハロルドは話し始めました。

「ぼく、おじさんを駅に連れていったの。いっしょに歩きながら、駅長さん一家のことを全部話してあげたの、それから、ポーターがうちのお手伝いさんにどうやってキスするのか見ていたこととか、ポーターは気取らないし率直でどんなにいいやつだとか、なにやかやと興味がありそうだと思うことを話したのだけど、おじさんはあんまり関心がなかったみたい。でも、葉巻をふかしながら歩いているとき、一度だけだと思うけれど、いや、はっきりしないのだけれど、おじさんが『やれやれ、有難い、終った』と、言ったように思うの。で、駅に着いたとき、おじさんはふいに立ち止まって『ちょっと待ってくれたまえ』と言ったの。それからすぐ、ぼくの手にびくびくしているような様子で、そっと銀貨を押し込んで『君なあ、これをな、君と他の子たちにあげるよ。何でも好きなものを買いたまえ、小さなけだものになってな。ほかのおとなのひとには言うなよ。さあ、急いで帰りなさい』と、言ったの。で、ぼく、走ってきたの」

一同は、重々しい静かさに包まれましたが、それを最初に破ったのは、小さいシャーロットでした。「世界のどこかにこんないいひとがいたなんて知らなかったわ。おじさん、今晩、死ぬといいわね、そうしたらまっすぐ天国にいけるわ」と、夢見るように言いました。しかし、セライナは、後悔から嘆き悲しみ、すすり泣いて、元気づけようとしても受け入れませんでした。というのも、この罪のない親戚を、軽率にも、けだものと呼んでしまったからでした。

「ぼくたち、これからどうすべきかを言うよ」と、その状況を見て、いつもそうなのですが、エドワードが優れた指導者ぶりを発揮して言いました。「ぼくたちは、まだらのブタをおじさんの名前に因んで命名しよう。まだ、名前がなかったからね。そうすることで、ぼくたちが誤解をしていて、ごめんなさいと思っているのが示せるだろう」

「ぼく……、ぼく、今朝、そのブタに命名しちゃった」と、ハロルドがすまなさそうに告白しました。「ぼく、副牧師さんに因んで、命名したんだよ。ごめんね。夕べ、みんなが、早々とベッドに入れられたあとで、副牧師さんがやって来て、ぼくとボール遊びをしてくれたの。だから、なんとなく、そうしないといけないと思って」

「ああ、でも、それはなかったことにできるさ」と、エドワードが急いで言いました。「ぼくたちみんなが揃っていなかったからね。その命名を取り消して、ブタは、ウイリアムおじさんと呼ぶことにしよう。ハロルドは、次の子ブタが生まれるまで、副牧師さんの名前を取っておくといいよ」

そして、その動議は、投票採決なしで賛同を得たので、議会は、財政支出に関する全員委員会へと進みました。

第3章
戦場のざわめきと兵士の出撃*

「騎士党員*と円頭党員*ごっこして遊ぼうよ」と、ハロルドが言い出しました。「お兄ちゃんは、円頭党になって」

「いやだね、昨日やったばかりだし、円頭党員になる番じゃないよ」と、ぼくはうるさそうに返事をしました。実際のところ、けだるい気分だったぼくは、軍への召集には聞く耳を持っていなかったのです。ぼくたち下のきょうだい三人は、果樹園で大の字になっていました。太陽が照りつけ、時は陽気な六月、生い茂った草のなかにこれほど多くのキンポウゲが咲き乱れているのを見るのははじめてでした（と思います）。その日を支配していたのは「緑色と金色」でした。叫び声をあげて、汗をかくような活発なごっこ遊びよりも、のんびりと寝そべって、緑色と金色のなかに自分がいるという空想にふけるほうがずっとよかったのです。眠りに誘われるような夢の世界のなかを、身にまとう殻をはずし、のびのびと歩いていると、すべてが緑と金になっていきました。しかし、不屈のハロルドは、ごまかされませんでした。

「それじゃ」と、また新たに提案しました。「円卓の騎士*ごっこにしようか。（そして、唐突に）われは、ランスロット*なるぞ！」

「ぼくがランスロットでなきゃ、やらないよ」と、ぼくは言いました。本心から言ったのではなくて、騎士ごっこは、いつも、この取り合いから始まるのです。

「お願い」と、ハロルドは泣き落としに出ました。「エドワードがいたら、ぼくがランスロットになるチャンスが絶対にないの知っているよね。ここ何週間もランスロットをやっていないでしょ」

そこで、ぼくは、優しく折れてやりました。「わかったよ」と、ぼくは言いました。「トリストラム*になるよ」

「ああ、それはできないよ」と、ハロルドは、また、大声を出しました。「トリストラムになるのは、いつでもシャーロットに決まっているでしょ。トリストラムになれないのだったら、シャーロットはやらないよ。今日は、誰か他のひとになってよ」

シャーロットは何も言わず、荒々しい息づかいをしながら、じっと前方を見つめていました。比類なき狩人でありハープ奏者でもある騎士は、彼女にとって、中世ロマンスの大切な英雄でしたので、その役を適役でない者が演じるのを見るくらいなら、泣きながら、つまらない勉強部屋に戻る方がずっとましだったのです。

「ぼくはかまわないよ、なんだってやるから」と、ぼくは言いました。「ケイ卿*にだってなるさ。さあ、行くぞ！」

そこで、この国のお話に入り込むと、騎士たちは鎖帷子を身につけ、冒険を求めて、悪を正すため森の緑の藪を抜けて歩みを進めました。そして、ひとりが五人ずつの盗賊を打ち負かして、洞窟へと敗走させました。ふたたび、乙女は救い出され、ドラゴンははらわたを抜かれ、果樹園のあちこちに潜んでいた巨人もすでに大勢首を切られていました。また、サラセンのパロミデス卿[*]が井戸のところでぼくたちを待っていましたが、ブルース・サン・ピティ卿[*]は恐怖と破滅をもたらす凄腕の槍づかいを前にして臆病風に吹かれたのか姿を消していました。ふたたび、キャメロット[*]では、試合場の矢来[*]が組まれ、絹と金が揺れて、すべてが華やかでした。大地はひづめの轟音で揺れ、トネリコの棒が雨あられと降りそそぎ、天空には剣で兜を打つガチャガチャという音が鳴り響いていました。その日の風の吹きまわしで勝負は、こちらが有利かと思えば、またあちらと揺れ動いて定まるところがありません。そして、最後に、あの偉大で容赦のないランスロットが、群衆のなかから進み出て、トリストラム卿を鞍から落とし（たやすいことでした）、その上にまたがって、命運はつきたぞと脅かしました。一方、コーンウォールの騎士トリストラムは、辛苦をなめて勝ち取った昔の名声を忘れ、「痛いじゃないの、上着が破れちゃうわ」と、哀れっぽく叫びました。その時、たまたま救助にかけつけたケイ卿は、大股の歩みを止めました。リンゴの木の枝を通してはるかかなたから緋色のきらめきがふいに眼に跳び込んできたのです。しゃべる声や笑い声に混じって、大地を踏みつけるたくさんの馬の乱雑な音が、仲間の戦士やケイ卿の耳に届きました。

「何かしら？」と、トリストラムは身を起こして、その巻き毛を揺らしながら尋ねました。ランスロットはというと、ガチャガチャ音を立てている矢来を見捨て、素早く境界線の垣根のところに駆けつけていました。

ぼくは、しばし、魔法をかけられたようになって突っ立っていましたが、それからすぐに「兵士だ！」と叫んで、垣根の方へ向かいました。トリストラム卿も起き上がって、急いでぼくたちの後を追ってきました。

兵士は、二騎ずつ対になって、ゆっくりと並足で道を下ってきました。緋色の服が目に飛び込んできて、ハミがジャラジャラ、鞍がキーキーとうれしそうな音をたてていました。一方、砂けむりのなかで男たちは、自分たちが英雄であるかのように短い陶製のパイプ*をくゆらせていました。興奮させるような栄光の渦巻くなかを、騎兵隊はチャリン、チャリン、ガチャン、ガチャンと進んで来ました。ぼくたちが跳びあがっては大声をあげ、手を振っていると、大柄の陽気な騎手が気付いて、気さくに軽く敬礼をしてくれました。騎兵隊が通り過ぎるやいなや、ぼくたちも垣根を抜けてそのあとを追いました。毎日の暮らしのなかでそうそう兵士に出会うことはありません。この前にこんな光景を見たのは、一昨年の冬でした。あれは、木の葉が落ち、濡れそぼった休耕畑や霜の降りた雑木林が単調な色合いを帯びていたある午後のことでした。ふいに、穏やかな鳴き声の猟犬が柵から飛び出してきて、放牧場いっぱいにドスン、ドスンとひづめの音が鳴り響き、瞬く間にキラキラ光る軍服の赤い色が点在しました。しかし、今回の方がよかったのは、急襲と流血騒ぎの起きる気配があたりに漂っていたことです。

「戦いになるの？」と、ハロルドは湧き上がる興奮を抑えられないまま、息を切らしながら言いました。

「もちろん、戦いになるさ」と、ぼくは答えました。「ちょうど間に合うぞ。さあ、行こう」

　無理もなかったのですが、もう少し物事がわかっているべきでした。ぼくたちが主に付き合っているのは、ブタとニワトリの類いなので、海に囲まれた王国を取り巻く昨今の平和に関して、ほとんど知る由もなかったのです。勉強部屋では、バラ戦争*で手間取っている最中でした。騎士党派が村の宿泊所からまさにここの小道を、どのようにギャロップで上り下りしたかという土地の伝説があったはずです。いま、ここに、間違いなく兵士がいます。その仕事が戦いでなかったら、他に何だというのでしょう。戦いの浮かれ騒ぎを嗅ぎ付けて、ぼくたちは必死にその後を追って行きました。

「エドワードは可哀想だね」と、ハロルドは息を切らしながら言いました。「あのひどいラテン語の勉強が始まっているんだもの」

確かに可哀想でした。ぼくたちのなかで一番戦いの好きなエドワードが、四方を壁に囲まれて、おもしろくない動詞の活用 amo*（よりにもよって）をやっているのです。赤いコートの英国兵に熱をあげていたセライナはというと、野暮なドイツ語の発音と格闘していました。「年を取るとその報いを受ける」と、ぼくはつくづく実感しました。

軍隊が何事もなく村を通り過ぎたのには、ひどく失望しました。ぼくが、連れに言ったことですが、どの家も銃眼を設けて、しっかりと守りについておくべきでした。しかるに、兵士は何の抵抗も受けませんでした。兵士たち自身も向こう見ずで、用心を欠いた振る舞いをしており、それは、率直に言って犯罪的とさえいえるものだったのです。

村はずれの家にさしかかったあたりで、ぼくは突然良識に目覚め、シャーロットの方に向き直り、家に戻るように厳しく命令をしました。この幼い乙女は、聞き分けたもののとても悲しんで、足を引きずっていやいや家路に向かいました。こころが重かったのは、その日に勇敢な男が虐殺されるのを見ることができなかったからでした。しかし、ハロルドとぼくは、断固として進んで行きました。一瞬たりとも油断せず、回りの垣根からガサガサと音がすると、突然重い死体がずしんと出てくるのではないかと期待していたのです。

「相手はインディアンなの？」と、弟は、（敵というつもりで言っています）尋ねました。「それとも円頭党か何かなの？」

ぼくは考えました。ハロルドは、いつでも、ためらいがちな憶測ではなく、直接的で率直な答えを求めてきました。

「インディアンではないよ」と、ぼくはやっと答えました。「それに円頭党でもないんだよ。円頭党は、このあたりでは長い間見かけていないんだ。敵は、フランス人かもしれないね」

ハロルドはがっかりしながら「そうなの、フランス人でもいいや。でも、ぼく、インディアンだったらいいなあと思ってたんだよ」と、言いました。

「もし、インディアンだったら、ぼくは、これ以上追いかけていかないよ」と、ぼくは説明しました。「どうしてかっていうと、インディアンがお前を捕まえたら、すぐに頭皮を剝いで、火あぶりにしてしまうからね。でも、フランス人ならそんなことはしないから」

「それって、ほんとにほんと?」と、ハロルドは疑わしそうに尋ねました。

「本当のことだよ」と、ぼくは答えました。「フランス人だったら、バスティーユ*というところにお前を閉じ込めるだけだよ。そうなったら、お前あてにパンのなかに隠したヤスリ*が送られてくるので、牢のかんぬきをそのヤスリで切って、ロープで滑り降りるんだ。やつらは、発砲してくるが当たらないよ。で、お前は必死で海岸まで走っていって、イギリスのフリゲート艦まで泳いでいく、それで一件落着というわけ」

ハロルドは、元気を取り戻しました。その説明にひきつけられたのでした。「もし、フランス人に囚人にされそうになっても、逃げなくていいんだね」

そうこうする間にも、臆病な敵軍は姿をみせるのに時間がかかっていました。そして、ぼくたちは、見慣れない荒涼とした僻地へ近づいていきました。そこは、日暮れになるとライオンが歩き回っていてもおかしくないようなところでした。ぼくの横腹に突然激痛が走り、ハロルドの長靴下は両方ともずり落ちていました。ぼくがフランス人の評判高い勇気に対して、気がめいるような疑いを持ち始めた、ちょうどその時でした。将校が何かを命じると、部下が身を寄せ合い、軍隊は急に速足になって、はるか前方に行ってしまい、ぼくたちの視界から消えていきました。拍子抜けしたぼくは、ぼくたちは騙されたのではないかと疑い出しました。

「突撃していったの?」と、疲れ切っていたものの、雄々しさを取り戻したハロルドは叫びました。

「そうじゃないだろうな」と、ぼくはあいまいに言いました。「突撃していったのだったら、必ず、将校はスピーチして、剣を抜き、ラッパを吹いて、それから……そうだ、近道しよう。まだ、追いつけるかもしれないぞ」

そこで、野原の方へと向かって、別の道を強引に突き進み、また別の野原に出ました。息を切らし、意気消沈しながらも、望みは捨てていませんでした。太陽が沈み、霧雨が降り始めました。ぼくたちは、泥まみれになり、へとへとになっていきました。そのうえ、方向もわからずに、つまずきながら進むうちに、とうとう道に行き当たりましたが、その道は、ぼくがこれまで見てきた道のなかでも、最もしらじらしくなじみのないものでした。その始末の悪い白っぽい道には、方向を示すヒントや助けになる標識すら見つかりませんでした。もうごまかしようはありません。ぼくたちは、なすすべもなく、道に迷っていたのでした。小雨が降り続いており、夜になり始めていました。実際、泣き出してしまっても当然というような状況でした。もしハロルドがそこにいなかったら、ぼくは泣き出していたでしょう。その純真な子どもは、兄を本当の神さまと思っていたのです。弟が全護衛艦隊がいて銃剣を持った兵隊が自分の周りを囲んでくれているような安心感を持っているのが、ぼくにはわかっていました。それでも、ぼくは、ハロルドがまた質問をするのではないかと、ひどく恐れていました。

ぼくが何の手がかりもない景色を無言でじっと見ていると、馬車*の近づいてくる音がして、ぼくの体内に希望が沸いてきました。近づいてくる馬車がよく知っている老医師のものであるとわかるにつれて、喜びが増しました。まるで機械じかけの神さま*がその馬車から姿を現わしたように、天から使わされた友がぼくたちを見つけて、馬車を止め、陽気に呼びかけながら降りてきてくれました。ハロルドは、すぐに、お医者さまに駆け寄って、「あっちへ行ってこられたのですか？」と、叫びました。「すごい戦いだった？　どっちが勝ったの？　たくさんひとが殺されていたの？」

お医者さまは戸惑っているように見えました。ぼくは、簡単に状況を説明しました。「そうかい」と、お医者さまは言って、真剣な様子で双方に顔を向けました。「ええと、実のところ、今日は、交戦は行われなかったのだよ。天候の変化のため延期になったんだ。君たちは、戦闘再開予定通知を受け取ることになるだろう。さあ、馬車に乗りなさい、家まで送ってあげるから。上手に追跡したんだね、捕まえられたら、スパイとして撃ち殺されていたかもしれんぞ！」

こうして並外れて危ないことは、ぼくたちには全く起こりませんでした。そのスリルを思うと、家に向かって運ばれながら、身を預けているクッションの心地よい家庭的な感じは、いや増しに増してくるのでした。お医者さまは、天幕を張った野営で起きた血も凍るような自分の冒険を語って、その道中を楽しませてくれました。地球の四半球すべてのところで、軍隊経験があったようでした。

あらゆる美しいものの破壊者である「時」は、やがては、こうした伝説に根拠がないことを暴いてしまいます。しかし、それが何だというのでしょう。真実よりも尊いものがあるのです。家の門に着くころには、ぼくたちは、戦闘は延期されたのだという事実に、ほとんど、満足していたのでした。

第4章

お姫さまを見つける

それは、ぼくが歯ブラシ*を使えるまでに進級した日のことでした。年齢にかかわらず女子は少し前から認められていたのですが、ぼくたち男子はそれがどうしてなのか、よくはわかっていませんでした。ただ、男子より女子は身体的に劣っている上に、（うわさ話が好きなのでわかるのですが）精神面でも弱い生物なので、おとなはよく考えて、優遇する制度にしていたのでしょう。ぼくたちはこの奇妙な道具そのものにあこがれていたのではありません。実際、エドワードは自分の歯ブラシをリスの入った鳥かごをこすり洗いするために使っていました。監視の目が光って歯みがきをしないといけないときには、ハロルドか、ぼくのものを無造作に借りていたのです。しかし、ぼくたちが欲しかったのは、歯ブラシを使えるという特別待遇に漂っている雰囲気でした。その次はというと、カミソリと革砥《かわと》*でしょうが、それを使えるようになるにしてもはるか先のことだったからです。

進級の喜びで、もしかしたら頭がおかしくなっていたのでしょうか。自然の風景と完璧な朝も反乱を企てるのを後押ししてくれました。とにかく、朝ごはんを食べて、先週の日曜日にはうまくやれなかったお祈り（リズムも頭韻もない、嫌なもの）を立派に暗唱していると、ぼくのなかにいる小さな自然人が反抗してきました。そこで、ぼくは厩舎のそばで、慣れない御者のまねをして股を広げて立ち、つばを吐きながら*、勉強なんてものは始めたやつのところへ失せろ、と言い放ったのでした。どちらにしても、その朝の学習は、ただの地理学にすぎません。机上の多くの空論より、実際的なことに価値があるのです。ぼくに言わせれば、旅に出て、活き活きした彩り豊かな世界を見るのを先にして、輸入や輸出、人口や首都などはあとでやればよいものでした。

本心をいえば、連れとなる反逆者が欲しいところでした。いつもは、ハロルドを当てにできました。でも、そのころ、ハロルドはとても思い上っていました。一週間前から「九九の表」*を覚えはじめ、新しい石板をもらったばかりでした。ぼくたちがその石板についている小さいスポンジで、シャーロットの人形の顔を洗ったら顔面が病的なほど白くなり、伝染病の流行を恐れているシャーロットを怖がらせました。「九九の表」に関しては、他の子もそうでしたが、ハロルドですらそれが何なのかわかっていませんでした。しかし、他の子よりも一歩だけ先んじていたので、自画自賛して、そのうえ、気取った態度をとるようになったのです。自分の石板と自分の鎖*から離れようとしないハロルドを誘うのは論外でした。こういうとき、女子は役に立たないばかりか、連れとしては最悪です。何事も決めてしまうおとなの権威に逆らうのに必要な粘り強い意志や軽蔑の念が足りないからです。それで仕方なく、文明世界に住む人が座って勉強している時間に、ひとりきりで反逆者となって、垣根をすべり出て、小道に繰り出しました。

その光景は見慣れたはずのものでしたが、その朝は全く違ったものに見えました。大胆不敵な行動が、すべての風景に見慣れない新しい淡い色合いをつけたのです。ちょうど、みぞおちの下あたりがちょっと痛むような感じがして、インクで汚れたくさい教室に思いが及ぶと、いっそう痛みが増しました。ここにいるのは、本当にぼくなのだろうか。ぼくは、教室からじっとみているだけで、誰かほかの元気な謀叛人が、穏やかな太陽のもとを旅しているのではないだろうか。そんなことを考え、小道を登っていくと中ほどに、なじみの井戸がありました。天秤棒を肩から吊るした村びとがカタカタと音をたてて、ここにバケツに水を入れにやってくるのです。道路の厚い埃に水がこぼれて、点々と濡れあとがついていました。村びとのバケツには、平らな木の十字架*が入れてあり、水を入れると水面に浮いてきて（教わったところによると）水がこぼれないようになっています。ぼくたちはこの変わった原理にどのような魔法が作用しているのか、最初に木の十字架を発明したのは誰だろうか、それで貴族の身分を手に入れたのだろうか、と不思議に思っていました。しかし、神秘の中心は井戸そのものにありました。大スズメバチ*の巣がごく近くにあり、それを考えただけでぞっとします。アシナガバチのことはよく知っていたので、その要塞を襲撃しては見下していました。しかし、このオレンジ色を纏っている巨大な生きものは、三刺しで馬を殺せると言われています。種類が違うので、恐ろしい雄バチのブンブンいう音からは、用心深く身を引くようにしていました。いまは、静けさを破る村びとも大スズメバチもいません。あたり一帯静かな勉強の時間でした。そこで、しばらく井戸でパチャパチャして（男子なら、水があればちょっかいを出さずに通り過ぎることはありません）、生け垣の間を苦労して通り抜け、大スズメバチの出るところを避けて、静まりかえった雑木林のなかへと進んで行きました。

小道はひとの気配が全くないという感じだとすれば、ここはまるで孤独が支配しているようだといえます。ここには、神秘が潜んでいました。続いて、イバラがむやみやたらとひとを捕らえました。さらには、若木がひとに恨みがあるかのように顔を打ってきました。雑木林もまた、小道の入り口に立って想像していた以上に広く、入っていくにつれて恐ろしいほど奥が深いことがわかってきました。森が開けてきて、斜面を下ると小川が音を立てて流れており、ようやく太陽の光のもとに出られたときには、心底ほっとしたものです。何も考えずにこの陽気な川の流れを友として歩いていくと、自然の神さまが*、川ネズミに食べ物を用意しようと手ごろな大きさの石のえさ場をよく考えて備えておられるのに気付きました。カヌーの運行や連水陸路運搬*、波立つ湾や入江、海賊や隠された宝物の洞窟など、知恵ある女神さまは何一つ忘れてはいないことを、早瀬もまた語りかけてきました。

どれぐらい時間が経ったのかわかりませんが、行く手を阻んだのは、小川の流れではなく、二メートル近くもある頑丈な金網でした。その網は左右に広がっており、厚い生垣がアーチ状になって金網に覆いかぶさり、まったく先が見えなくなっていました。

　わくわくしていた気分が、だんだん、ぞくぞくしたものに変わってきました。近くに、きっと海賊旗*がはためいているに違いないぞ。これは、明らかに海賊の仕掛けた敵意あるわなに違いない。ぼくが小砲艦で上流に突進して隠れ家に砲弾を浴びせるのを阻止しようとしているのだな。確かに小砲艦にとっては、網が頑丈すぎるし、生け垣が密生しすぎているので二の足を踏むことになるだろう。しかし、ぼくは水辺近くでウサギの通り道を見つけたのです。お腹がつかえようと、流れに片足をとられようと、男子ならウサギが行けるところへはどこへでも行くぞ。そうして、通り抜けることができ、無事に中に入っていくと、その光景に息をのみました。

　イバラの荒れ地がなくなり、木々が影を落としている森もなくなりました。代わって、刈り込まれた芝生をはった段々が、ひとつ、また、ひとつとあらわれ、石に縁どられ、角には壺が置かれていました。ここでは、川も、ひとの手が入ってゆるやかに流れていました。大理石の水盤から水盤へと流れていって、一面のスイレン*の間で、ふと金魚*かと見まがう赤い色が揺れてみえました。その光景は、しーんとして静かで、真昼の太陽のもとで眠気を誘うようにまどろんでいました。眠たげなクジャク*が芝生の上で丸くなり、池の魚も跳ね上がることなく、行く手を阻む刈り込まれた生け垣から小鳥が姿を見せることもありませんでした。そこで自ずと、ここが「眠り姫の園」*であるとわかりました。

その当時、ぼくが特に不信感をもっているやつらがいました。それは猟場管理人と庭師*でした。しかし、そのどちらかが突然姿を現わしてぼくを脅すような気配はなかったので、見事な花壇の間の道を辿って、おられるはずのお姫さまを探しに行きました。あたりの様子は、先ぶれのトランペットの音のようにはっきりとお姫さまの存在を示していました。こんなところにお姫さまがいないはずはありません。密集した灌木越しに、生い茂ったジャスミンが巻き付いたあずま屋がとても意味ありげに招いていました。きっと、そこにこそ、お姫さまが眠っているはずです。お姫さまの習わしについてのささやかな知識も手伝って、その直感は当たりました。実際そこに、お姫さまがおられたのです！　ただ、魔法をかけられて眠っているのではなく、お姫さまは大理石のベンチに座っていて、一緒にいる男のひとが手を握るのを笑いながらふりほどこうとしていました。（いま考えてみると、ふたりの年齢はせいぜい二十歳前後に見えました。しかし、子どもは小さな違いを気にはかけません。子どもにとってこの世は「子どもとおとな」という二つの分類しかありません。おとなが子どもより優れているのではなくて、ただ、どうしようもなく別のものなのです。その時、このふたりはおとなに属していたのでした）。太陽のもとに出て、魚を釣ったり蝶々を追いかけたりできるのに、ふたりが人目から隠れたところにいるので、ぼくは変だなと思って立ち止まったのです。こんなことを考えていると、男のひとが、ぼくに目を止めました。

「こんにちは、チビくん」と、ちょっと慌てたように話しかけてきました。「どこから現れたんだい？」

「川をさかのぼってきました。ただ、お姫さまを探していただけです」と、ぼくは礼儀正しくまとめて説明しました。

「それじゃあ、君は水の子*なんだね」と、男のひとは答えました。「で、君がいま見つけたお姫さまをどう思う？」

「美しいかただと思います」と、ぼくは言いました。（間違いなくその通りでした。まだ、お世辞を言うことを知らなかったからです）。

「でも、お姫さまは、すっかり目を覚ましておられるので、誰かがキスをしたのだと思います！」

しごく当然な推論を言っただけなのに、男のひとは大笑いし、お姫さまの方は顔を赤くして急に立ち上がり、昼食の時間だわ、と言いました。

「それじゃあ、行こうか。水の子くん、きみも来たまえ。しっかりとしたものを食べていきなさい。お腹がすいているだろう」と、男のひとが言ってくれました。

ぼくは、遠慮するふりもしないで、ふたりに付いて行きました。正午になると世の中では、それぞれの食卓にいろいろな食べ物が並べられるので、ぼくは、誰がどこのご飯を食べようともかまわないのではないかと思っていました。宮殿は、贅をこらした非常に美しいもので、宮殿というのはこうだろうと想像していた通りのものでした。堂々としたレディに会いましたが、お姫さまよりももっとおとなで、どうもお母さまのようでした。ぼくの友だちの男のひとはとても親切で、ぼくをオールダーショット*からやってきた船長だと紹介してくれました。ぼくはオールダーショットがどこにあるのか知らなかったのですが、そのひとの言ってくれたことを微塵も疑いませんでした。実際、おとなのひとは事実に関しては、正しいからです。おとなが持っていないのは想像力という高度な才能です。

昼食は、すばらしいもので、変化に富んでいました。美しい服装をしたもうひとりの紳士——領主のようです*——が、彫刻をした背の高い椅子に座らせてくれ、ぼくの後ろに立って神さまのように見守ってくれました。ぼくはその場にいる人に注目してもらおうと、一生懸命になって自分が何者でどこからやってきたかを説明し、もう歯ブラシが使えることやハロルドの九九表の勉強などの話をしました。しかし、みんなは愚かなのでしょうか、あるいは、ごく普通の話題に対して、みんなで笑うことになっているのが妖精の国の特徴なのでしょうか。ぼくの友だちの男のひとは、陽気に「わかったよ、水の子くん、きみは川からやってきたのだ、それで十分だよ」と、言ったのです。領主——控えめなひとだと思いました——は、会話にはまったく入りませんでした。

昼食のあと、ぼくは、友だちになった男のひととお姫さまといっしょに歩くことができ、誇らしく思いました。そして、ぼくは将来自分がやりたいことを語り、友人も自分のやりたいことを語りました。それから、ぼくは、「おふたりは結婚されるのでしょう?」と聞きました。友人は、妖精のようにただ笑っただけでした。ぼくは、「もし、結婚しないつもりでいるのなら、ぜひ、結婚すべきです」と、言い足しました。お姫さまを見つけた男のひとが、このような由緒正しい宮殿に住み、そこでお姫さまと結婚しなかったならば、これまでに認められているすべての言い伝えが間違ったものになってしまうではないかと言いたかったのでした。

ふたりは、また笑い、ぼくの友人は、散歩をしてくるから、君は池に行って金魚を見てきたらどうかと言いました。ぼくは、眠たかったので同意しました。離れる前に、男のひとは、ぼくの手にハーフ・クラウン銀貨を二枚置いて、これで他の水の子をもてなしてあげなさい、と言ってくれました。ほくは、この上ない友情あふれる言葉に非常に感激して、もう少しで泣くところでした。お姫さまが別れ際に、ぼくにかがみこんでキスしてくれたのですが、そのことよりも友人の気前のよさの方をうれしく思うほどでした。

　ぼくは、ふたりが小道の向こうに行くのを見守っていました——妖精の国ではごく自然に腰に腕がまわされるようです。それから、ぼくは冷たい大理石に頬をつけて、水のちょろちょろ流れる音を子守唄にして、現実の世界からも魔法の世界からも離れて、夢の世界へと滑り込んで行きました。目が覚めたときには、太陽が沈み、冷たい風が木々の葉っぱを揺らしており、また、芝生にいたクジャクが荒々しく雨を呼び出そうとしていました。

　ぼくは、何がなんだかわけのわからないパニックに陥って、まるで悪いことでもしたように急いで庭を駆け出て、ウサギの出入り口を潜り抜け、うろ覚えの道を辿りながら家へと急ぎました。絶えず、言いようのない恐怖に取りつかれていました。うれしいことに、ハーフ・クラウン銀貨の手触りは固くて本物のままでした。しかし、山賊の出没する森を抜けて、無事この宝物を持ち帰ることができるのでしょうか。日暮れに家に辿り着き、こっそり開けてくれていた流し場の窓からくたくたになった汚れた小さなから*だを押し込んだのでした。

　食事なしでベッドに送り込まれた*だけですんだのは、その子にとって計り知れないほど有難いことでした。というのも、表向きには食事なしだったのですが、このような決まりを破る行いをしたあとでも、通常、同情してくれるお手伝いさんが裏階段からこっそりとやってきてくれるのが常だったからです。慰めの言葉とともに大きなコールド・プディング*の塊をくれたので、お腹は太鼓のようにぱんぱんになりました。それから、自然に安らかな眠りの王国に入っていきました。そこでは、丸々と太った黄金のコイになっていて、きれいな水のなかを、左右のヒレの下に新しいハーフ・クラウン銀貨を隠して泳いで行き、スイレンの葉っぱから鼻を突きだして、バラ色に頬をそめたお姫さまにキスをしてもらったのでした。

第5章
おがくずと罪*

シャクナゲ*の木が池近くまで帯状に繋っており、それに沿っていろいろな植物がいまを盛りとはびこっていました。頭を下げたままその下生えのなかを這い進んでいくと、池の縁に出るのですが、うまく想像力が作動すると、あっという間に、簡単に熱帯の森のなかまで行くことができます。頭上では、サルがギャーギャーと鳴き、オウムが枝から枝へとパッと飛んでいきます。あたり一面に、見慣れない大輪の花が輝くばかりに咲いており、姿の見えない巨大な野獣がゴソゴソ、ガサガサと動きまわっていて、ワクワク、ドキドキしてきます。それから、池に出て、寝そべり、水面から三、四センチ近くに鼻を近づけると、大きさの感覚が、きれいさっぱりとなくなります。水面のあちこちで矢のように飛んでいる虫はキラキラ光って、恐ろしい海獣になり、海獣に取りついているユスリカはアホウドリのように大きくなって、池そのものが広大な内海へと広がっていきます。そこには、艦隊がじっと動かずに浮かんでいるかもしれませんし、大ウミヘビ*の毛むくじゃらの頭がいつ飛び出してくるかもわかりません。

しかし、聞きなれた人間の声が侵入してくると、本格的に熱帯の森で遊ぶことはできなくなります。水を飲みに来たトラをワニが捕えようとする瞬間を（絵本などによく描かれているので参照のこと）*、見たいという望みが急に消えて、大地は元の次元に戻ってしまいます。ぼくが原始時代に退行しているところへ、どこかすぐ近くでおしゃべりしているシャーロットの声が割り込んできたのです。繁みから顔をだすと、池の向こう側の芝生の方へ小走りで行くシャーロットが見えました。いつものように独り言をつぶやきながら、人形を両脇にはさんで心配そうに眉をひそめていました。おなじみの切り株に二体の人形を寄りかからせて、まるで予算案提出の演説をする前夜の大蔵大臣*のように、不安と心配でいっぱいの様子で人形の前に座りました。

シャーロットの犠牲になっていたのは、ジェリーとローザだと分かりました。ふたりは観念したように前方を見つめていたからです。ジェリーは、極東の日本の出身で髪の毛は直毛で黒く、青一色の木綿の着物姿をしており、その評判はすこぶる悪いものでした。ジェローム*というのが正式の名前で、階段の壁にかけられている複製画の聖像とよく似ているところから名付けられました。頭のてっぺんが剃られていることだけが、西洋の聖人と東洋の罪びとの共通点だったのです。ローザの方は、亜麻色の髪をした頭から、惜しげもなく見せている肉付きのよいふくらはぎまで、典型的なイギリス人でした。非の打ちどころがない人柄とされていましたが、そんなひとにはまだ会ったことがありません。

ぼくは、最初からジェリーを怪しいと思っていました。不機嫌そうにそこに座っている姿を見ると、そのつり目*には極悪非道さが隠されていたからです。ぼくはジェリーに悪事ができるのを知っていたので、シャーロットにトラブルが差し迫っているのを嗅ぎ付けました。ローザについては、それほどはっきりとはわかりませんでした。ローザは物静かにまっすぐに座って、夢を見ているような浮世離れした様子で、はるか遠くの木のてっぺんを見ていました。しかし、取り澄まして唇をすぼめているさまは、いくぶん大げさでしたし、目も不自然にキラキラ光っていました。

「さあ、この前の続きから、はじめますよ」と、激しくこぶしで芝生をたたきながらまるで中断などなかったように、シャーロットは言いました。

「ベッドに入る前に、お話をしてもらえるのは特別なことですから、しっかり聞かないといけませんよ。さて、白ウサギ*は、急いで道を走っていき、アリスはウサギがチョッキを着ていたので戻ってくるだろうと思っていると、フラミンゴが木に飛び上がって――まだ、その話に入ってなかったわね、ちょっと待ってね、えーと――わたし、どこまで話したかしら？」

ジェリーは、ただおとなしくしていましたが、シャーロットの話が始まると、そっとローザの方へ身を傾けました。その頭部がローザの丸々とした肩に倒れかかると、ローザは神経質そうにピクッとしました。

シャーロットは、ジェリーをつかんで勢いよく振り回しました。「おお、ジェリー」と、シャーロットは悲しげに叫び声を上げました。「いい子にしていないと、お話をしてあげませんよ」

ジェリーの顔には、潔白なのに不当に扱われたと書いてありました。そして「お嬢さま、とがめるならとがめてください。不変の引力の法則のせいですよ、孤児であり、この国では外国人である寄るべのない人形のせいではありません」と言っているようでした。

「さあ、続けましょう」と、もう一度、シャーロットは始めました。「そうして、アリスはとうとう庭に入って行きましたーーたくさん省略しましたが、気にしないでね、いつか話してあげますからーーそうして、クリケットをして、そこへフラミンゴがやってきますと、女王が大声で『首をちょん切れ！』*って叫びました」

ここで、ジェリーは、ふいにがっくりと前に倒れて、ひざの間にそのはげ頭をうずめました。今度は、シャーロットはあまり怒りませんでした。ジェリーは物語が急に悲劇に突入したのでかわいそうに、きっと耐えられなかったのでしょう。シャーロットは、ジェリーを真っ直ぐに起こして鼻を拭いてやり、それから、いろいろな姿勢にしようとしましたが、嫌がられたので、（見たところでは）何も気付いていない様子のローザの肩に寄りかからせました。その時、ぼくにはジェリーの恥ずべき行いの全容がピンときたのです。これこそ、ジェリーがたくらんでいたことでした。その悪漢は策略をめぐらせているのではないか。ぼくは彼から目を離さずにいようと心に決めました。

「もしもお前が、その庭にいて」と、シャーロットはとがめるように話を続けました。「女王が『首をちょん切れ！』と言ったときに、ばったりと倒れていたとしたら、女王はお前の首を切っていたでしょう。でもね、アリスは全然首を切られるような子ではなかったの。アリスは、『お前なんか、怖くないわ、ただのトランプのカードよ』と言ったの。あらあら、もうお話は終わりのところにきてしまったわ、はじめたばっかりだったのに。お話をうまく最後までやれたことがないわ。気にしないでね、別のお話をしてあげますから」

ジェリーは、話が最後までいくかどうかは、気にしていないようでした。自分の目的を達していたからです。ローザのまるまるした体に寄り添って、ちょっと間が抜けて見えましたが、満足しているようでした。片腕が見えないのは、腰に手をまわしているからでしょうか。ローザの頬がいつもよりも赤くなっているように見えますし、恥ずかしげにうつむいているのは――ジェリーの腕が腰にまわっているからに違いありません。

「すぐにベッドに入る時間じゃなかったら」と、シャーロットは考え込みながら続けました。「小鬼*の出てくるすてきなお話をするのだけど。でも、怖くなって一晩中小鬼の夢を見るといけないし。そうだ、シロクマ*のお話にしましょう。ただ、クマが『うおーっ』と吠えても、いつもわたしがあげているような悲鳴はあげないでね。本当は、とってもよいクマなので――」

　ここにきて、ローザが仰向けに倒れて、死んだように気絶しました。手足はこわばり、目はガラスのように生気がありません。ジェリーは何をしたのでしょうか。ローザが取り乱すような何かとても悪いことをしたに違いありません。ぼくは、注意深くジェリーを観察しました。シャーロットは、駆け寄って乙女のローザを助けようとしました。ジェリーはというと、口笛を吹きながら、あたりを眺めているように見えました。もしジェリーのように思いどおりに顔つきを作れたら、ぼくがどんな悪いことをしても見つからないだろうにと、そのことをいくぶん残念に思いました。

「ジェリー、みんなお前のせいですよ」と、ローザが意識を取り戻したとき、シャーロットはとがめました。「ローザは、お前が悪さをしなかったら行儀のよい子です。壁の方を向いて隅っこに立っていなさい。* あら、切り株には隅っこがないのね、――どうしてかしら。あらゆるものに隅っこがあると思っていたのに。まあいいでしょう、お前は壁の方に顔を向けて座っていなさい――そうです。さあ、好きなだけすねていなさい」

　ジェリーは迷っているようでした。不当な扱いを受けてすねているのだという満足感にひたっていようか、すぐそばにいて求愛されるのを待っている美人の性急な誘いに応じようかと。そしてすぐに、情熱に圧倒されて、ローザのひざに横ざまに倒れかかりました。

熱烈な思いを強くあらわすように、片腕をまっすぐ上に突き立てて、好色な顔いっぱいに懇願する様子をあらわしていました。ローザはためらい——動揺していました——が、誘惑に負けました。ローザが全身で倒れかかっていったので、その重みでジェリーの細身のからだは押しつぶされました。

シャーロットはずっと我慢していたせいで、忍耐力の限界がきていたのかもしれません。あられもない抱擁をしているジェリーをつかむと、ひざの上でひっくり返しました。そして、優位に立つ男性全体への怒りが、不運なジェリーに注ぎ込まれて、見ているのが苦痛なほどでした。しかし、顔をそむけたものの、バンバンというお尻を打つ音が続き、ぼくの耳はジンジンしました。思い切ってもう一度見たときには、ジェリーは以前と同じように座っていました。着物がいくぶんしわになっていたものの元に戻っていました。ただ、ジュリーの青ざめた顔は、憤然としていました。ぼくにもよくわかっていたのですが、その無表情な外面の下に、悲しいことに、いつ爆発するかわからない火山のような情熱と恥辱が渦巻いていたのです。そのときだけは、ジェリーを気の毒に思いました。

ローザは、倒れたままで、服に顔を埋めていました。ローザ自身が恥ずかしいと思ったのかもしれませんし、ジェリーの受難をかわいそうに思ったのかもしれません。しかし、冷淡な日本人は一度もローザの方を見ませんでした。彼のこころは、激しく痛んでいました。ただ自然の衝動に従っただけなのに、因習に真正面からぶつかってしまい、物事は何と難しいものであるかを学んだのでした。太陽の輝く世界も、彼には真っ暗でした。シャーロットでさえ、そのひどく惨めな様子をみて、いくらか態度を和らげました。「ジェローム、お前がごめんなさいと言ったら、わたしもごめんなさいと言いますよ」と、言ったのです。

　ジェリーは、切り株にもたれ、肩を落として、ただなつかしい故郷の日本の方角を見つめていました。日本では、恋愛は罪ではなく、*尻たたきなどもありませんでした。どうしてそこを出てきたのだろうか。明日にでも帰りたい！　しかし、障害がありました。別の問題があったのです。天は、ジェリーに感じやすいこころとあらゆる優雅さを備えたからだと容貌を与えたのですが、どういうわけか、歩く能力を贈るのを忘れたのでした。

　ぼくの背後の繁みのなかから、パシパシと音がして、まるで、小さな機関車がシュッシュッと蒸気を噴き出すような荒い喘ぎ声が聞こえてきました。黒いレトリバー*のロロが、誰かやさしいひとから鎖を解いてもらい、低木の木立を抜けて、気心の知れた仲間を探しにやってきたのです。ぼくは、喜んで呼び止めて、ヒョウになってほしいと伝えましたが、池を回って走り去ってしまい、シャーロットに荒々しくじゃれて押し倒し、ジェリーの腰のあたりをくわえると、車道に出て姿を消してしまいました。シャーロットは、悪者をこらしめ走り去った犬に向かって息をきらして、わめいていました。ローザは意識を失って、ぐったり横たわっていました。ジェリーはというと、どうすることもできない両手を天に向けて挙げていました。ぼくには、慈悲を求める叫びや遅きに失する改心の表明が聞こえたように思われました。しかし、手遅れでした。真っ黒い悪霊*が、ついに、ジェリーを捕まえたのでした。ジェリーがいなくなって、たとえ、涙で目をぬらす人がいたとしても、ジェリーをよく知っていたひとはみんな、その運命を当然だと思ったことでしょう。

第6章

「若きアダム・キューピッド*」

それまで、エドワードが恋をしているのではないかなどと疑うひとはいませんでした。朝ごはんのあと、エドワードが強いてさりげない風を装って「誰か、ぼくのウサギにエサをやっておいて」と言って、誰の眼にもあきらかに颯爽と果樹園の方へ姿を消したのです。たとえ、ヨーロッパの地図上で遊ぶ九柱戯《スキトルズ》*の王国がグラグラ揺れてひっくりかえるほどの動乱が勃発したとしても、男子たるもの、自分のウサギには、断固エサをやるべしという鉄の不文律は揺るがないはずでした。ですから、疑念と懸念を抱く有力な根拠になったのです。レタスの葉っぱを金網越しに与えながら、ハロルドとぼくは、真剣に状況を話し合いました。

恋愛は、ぼくらには関係ないと思われていましたし、実際、個人的には、どうでもよいことでした。ただ、ぼくたちは共同体の構成メンバーなので、誰かひとりでもこころやからだが病気にかかると、他へも影響が及ぶかもしれないのです。そこで、一番動機が疑われにくいハロルドが事の真相を探るべく出動するのが、最善の策だということになりました。ハロルドへの指令は、具体的で、ぼくらのウサギの健康状態の報告から始めるというもので、そこから、ウサギ一般のこと、習慣や営みや行儀の悪さに関する話題へとゆるやかに入って、さらに自然に、女子とその気質の生まれながらの欠陥、（はっきり言ってしまうと）下劣なクズだとみなされる理由へと移っていくというものです。ハロルドは彼の特質である外交手腕を発揮したのち、戻って経過を報告してくれることになりました。彼は、使命をおびて元気に出かけて行きました。しかし、出かけていた時間はわずかで、すぐに戻ってくると、困惑した様子で泣いていました。外交手腕にはどこか欠陥があったようです。ハロルドがエドワードを見つけたとき、エドワードは、大道芸人が怪しげな演技で見せるピンで張り付けたような痛ましいほどの作り笑いを浮かべて、果樹園をゆっくりと歩いていたそうです。ハロルドは、ウサギの話題で最初はうまくやりましたが、抽象的なことを具体的に言ってしまうという致命的な間違いを犯しました。長い後ろ脚とさげすむように鼻をぴくぴく動かす垂れ耳のエドワードの雌ウサギを見ると、いつもサビーナ・ラーキン（近くに住む農夫の九歳の娘）を思い出すよ、と言ってしまったのです。そこまで言ったとき、エドワードは急に態度を変えて、怒りのあまり、弟の腕をねじったり、横腹を殴ったりと乱暴したのでした。それで泣き叫びながらハロルドがウサギ小屋に戻ってきたというわけです。そして、すすり泣きながら、大人だったら、恋に悩むあんな兄さんなんか蹴ってやったのに、こんな目に遭うのなら、何で生まれてきたのだろうと嘆きました。

ぼくは、ひとりでエドワードに立ち向かうほど大きくなかったので、災難にあった弟を慰めるには、ロバの荷車の車輪に油を塗ってもよいよ、と言うしかありませんでした。それは、新しく入った台所女中さんに庭師の息子をほめてあげたことで、一週間前にぼくだけがもらった特権で、格別の喜びになるはずのものでした。ハロルドは満面の笑みを浮かべて、すぐに油まみれになりました。そして、ぼくにとっても、「悪の根源*」に関わる重要なヒントを得たので、まんざら悪い気はしませんでした。

幸いなことに、このエドワードに対する疑問を解決する手段は、時を移さず訪れました。その日は日曜日で、教会の朝の鐘が鳴りだしていたのです。すぐには、つながりがわからないと思いますので説明しておきましょう。教会で過ごす気の滅入る時間は、じっとしていなければならないうえに、おもしろくもないのですが、村の美女すべてをずっと見て過ごせるときでもあり、青年の夢想がたやすく恋に代わるときでもあるのです。ふだんは、そんなつまらないことに費やす暇はありません。しかし、教会では、他にすることが本当に何もなかったのです。連禱形式のお祈りが、ゆっくりだらだらと長く続いているときに、祈禱書の遊び紙の白紙のところを使って三目並べ*にふけることはできたでしょう。しかし、説教のときにはどんな気晴らしも楽しみも見出すことはできませんでした。というわけで、自然と目は、ぎっしり詰まっている座席の間を行ったり来たりして、美しい女性の列席者のなかから、思いのままに大胆に好みのひとを選んでいたのです。そして、数か月前のこと、アタナシウス派の教義*の尋常ではない重くるしさのもとにあったぼくは、妄想をふくらませて、生涯にわたって献身的な愛を捧げるにふさわしい対象をパン屋のおかみさんにしようと決めました。その豊かな魅力は、モスリンの服を着てくすくす笑いをするような少女の誰よりも勝っていて、心を捕まれたのです。それに、すでに彼女が結婚しているのは、ぼくの愛情の障害にはなりませんでした。ですから、朝の礼拝の間のエドワードの一連のふるまいは、何ら咎められることはなかったのですが、ある場面で、決定的なテストが待っていたのです。ぼくたちが翼廊*の席に着いた時、ラーキン一家は、すぐ後ろの席にいました。エドワードがサビーナの魅力を楽しめる唯一のチャンスは、ぼくたちが祭壇の方へ振り向く束の間だけでした。ぼくの思った通り、ベネディクトゥス賛歌*を歌っている間、待ちきれなかったエドワードは、何回か間違って動いてしまい、歌の「初めにありしごとく今もいつも世々にいたるまで」が半分も終わらないうちに、はっきりと振り向いてしまいました。それは疑う余地のない証拠であり、たとえ裁判所でもそれ以上は望まなかったほど確かな証拠でした。

事実が明白になり、説教の間中ぼくの心をずっと占めていたのは、次にどう取り組むかでした。ぼくの態度には、不公平なところや弟らしくない点などは全くありませんでした。ぼくのパン屋のおかみさんへの理性的な愛情は、何も問題が起きないので、差し支えないだろう（と、考えていました）。しかし、エドワードのようなほとばしる激情は、ときとして、物事への深刻な妨げになります。さらに悪いことには、次の週に、サーカス*が近くにやってくることになっていました。ぼくたちはみんな、行くことを厳しく禁止されていたので、エドワードがいなくては、法や秩序をすりぬけてうまく見物に行けないのです。ぼくは、教会に行く途中で、サーカスのことを打診したのですが、エドワードは、道化のことを考えただけで気持ちが悪くなると、短く答えただけでした。これ以上ないほど病は重かったのです。説教が終わるまでに、何一つよい方策は思いつきませんでした。ぼくは、憂鬱な気分で家路を辿りました。愛の女神である金星*は東の地平線上にあって、太陽と正反対の方向に来ているのに、不吉にもサーカスの星である御者座*は、危険な下降線を描いて地平線に沈んでしまいそうになっているのを、悲しく感じていました。

　運命の皮肉から、よりにもよって、あのイライザおばさんが「機械じかけの神さま」デウス・エクス・マキナ*になったのです。それはこんな風に起こりました。レディの鼻もちならない風習に、日曜日の午後、近隣の農場や田舎家に住む家族を公式に訪問するというものがありました。おばさんは、そうした機会に、いやがる男子を無理にでも連れて行くことにしていました。男子の礼儀とすこやかな心を養うのが目的でした。まさにその特別の日、ぼくは頭を絞りすぎてぼんやりし、不注意になっていたのかもしれません。いずれにしても、犠牲者が捜し出され、ぼくがたやすく餌食になりました。他の子らは歓声をあげて逃げ、被害をまぬがれていました。ぼくらの最初の訪問先は、ラーキン家でした。そこでは、これぞ儀礼中の儀礼といえる光景が繰り広げられました。ぼくたちは、まるで、舞踏会でのエリザベス女王*のように「わくわくして楽しそうに」ふるまいました。樫の木の羽目板のある応接間には、ケーキとスグリのワイン*が用意してあり、挨拶と賛辞が交わされ、イライザおばさんは、大袈裟なもったいぶった態度で、ラーキン夫人とファッションについて話をし、農夫のラーキンとぼくは、慣れない努力で汗をかきながら、天気の変わりやすいことや小麦が絶えず値下がりしていることについて意見交換をしていました。（ふたりの話を聞いていると、たった二日前に、生け垣越しに対決していたと思うひとは誰もいないでしょう。ぼくが勝ち誇ったように挑発し嘲り、農夫は激怒して真っ赤になり、笞をならして冒瀆的な言葉を連発していたのです。それらすべてを押さえつけてしまう儀式は、本当に強力です！）。その間、サビーナは、取り澄まして膝のうえに『天路歴程』*をおいて座っていました。見たところ、「道の向こうですっくと立っているアポルオン」*の色鮮やかなさし絵に熱中しているようですが、時々、僕に目を留めて恥ずかしげに興味を示しました。しかし、イライザおばさんの誘いに対してはすべて、冷淡な礼儀正しさで断ったのには、ぼくはとても感心していました。

　やがて、「驚きましたわ」という、おばさんの言葉が耳に入ってきました。「うちの年上の甥のエドワードは小さい女の子を見下すのですよ。先日もエドワードがシャーロットに、お前なんか、つがいの日本のテンジクネズミ*と取り替えっこしたいや、と言ったのを聞きました。可哀想に、シャーロットは泣いてしまいましたの。男の子って、本当に、残酷ですわね!」(ぼくには、サビーナがすわったままで体をこわばらせていて、上向きの鼻が、軽蔑をこめてぴくっとひきつったのがわかりました)。「ところで、ここにいるこの子は――」(ぼくは地獄に落とされたような気がしました。おばさんは、ぼくがパン屋のおかみさんに、好色な目を向けていたのを目ざとく見ていたのかな)。「ところで、ここにいるこの子は」と、おばさんは続けました。「もう少し、思いやりがあるのですよ。昨日のことですが、妹をパン屋に連れて行って、たった一枚もっていたペニー貨で、お菓子を買ってあげたのです。よい性格のあらわれですわ。エドワードも、この子のようになってほしいものです!」

ぼくは、ここでまた息ができました。ぼくがパン屋に行った本当の目的は、説明する必要はないでしょう。サビーナの顔は和らぎ、そのひきつった鼻は、軽蔑の絶頂からもとに戻ったようでした。サビーナは、やさしく恥ずかしげな一瞥をぼくに送ると、「慈悲」が天国の小門をノックする場面*に関心を集中させました。ぼくは、エドワードにすごく悪いなと思いました。しかし、ぼくに何ができたでしょうか。ぼくは、猿ぐつわをはめられ縛られてガザ*にいるようでした。ペリシテ人*に取り巻かれて、どうしようもなかったのです。

その日の夕方、突然嵐が起こり、雷が落ち、そして、――隠喩として語っているのですが――あたりは静かになり、ふたたび大気は澄み渡りました。夕べの礼拝はいつもより短いものでした。牧師が説教壇に登るとき、説教箱から紙が二枚落ちたのですが、紙が落ちたのはもちろんのこと、その箇所を飛ばしたことも、ぼくら以外、誰も気づいていませんでした。ぼくらは、説教が短くすんだので喜んで外に出ました。ぼくはエドワードに、おばさんがゆっくりとした足どりで戻ってくるまでに、できるだけ早く家まで走って帰ろうよ、そうしたら時間ができるから、弓矢を持って（その日は、日曜日*なので片付けていました）イライザおばさんのニワトリで「インディアンとバッファローごっこ*」しようよ、とささやきました。ニワトリは、その運命も知らずに、鶏舎のあたりをぶらついているはずです。エドワードは、教会の戸口でぐずぐずして、ためらっていました。ぼくの提案は、不信心だからこそ魅惑的でした。この時、サビーナが取り澄まして現れて、エドワードを見ると、考えられないような最も怒らせるような態度で、彼に向かって舌を出しました。*それから、肩をいからせ、上品な頭をぐいと高くあげて立ち去りました。男というものは、恋をしていると多くのものに耐えられます。貧乏、おばさん、恋敵、もろもろの障害――これらすべては、恋の炎を燃えあがらせるだけです。しかし、個人的に笑いものにされるのは、急所に矢のようにつき刺さります。エドワードは、猛スピードで家まで走りました。その速さたるや、バランタインの冒険物語*のヒーローにだって、それ以上出せないものでした。その夕方、インディアンたちは、イライザおばさんのニワトリを、数マイル四方に渡って追い回したので、今日になってもその行方は知れません。エドワードがどうだったかというと、元気よく猛然と、大きなコーチシナの雄鶏*を追いかけたので、そのトリが応接間の窓の下で息を切らせてしまい、部屋にいた女主人を凍り付かせました。夕食のあと、植え込みに隠れて、道で拾ってきた吸い差しのタバコを吹かしながらエドワードは心から服している聞き手に向かって、軍隊に入るのが妥協できない最終の決意だ、と宣言しました。

危機は去り、エドワードは救われました!……しかし、それでも、……「人生に涙あり」*……ぼくは、月桂樹を暗い背景にして、タバコの吸い殻が青白くなったり、明るくなったりするのを見ていると、鼻をつんと反り返らせて、軽蔑するように小さい頭を挙げているサビーナの幻影が、深まりゆく暗闇のなかに出ては消え、また出ては消えとちらつき、まるでチェシャー猫*のニヤニヤ笑いのようで、哀しいような、咎められるような気分になりました。パン屋のおかみさんの魅力の方は、雪解けの季節に吹き溜まりが溶けていくように、ぼくの記憶から消えてなくなりました。結局のところ、サビーナには、何ら非難されるようなところはありませんし、罰せられることもないのです。明日になったら、ぼくは、みんなの目をすり抜けて、農夫のラーキンが干し草置場にいるときは大丈夫なので、行き当たりばったりのふりをして、サビーナの庭のあたりを歩き回ってみます。もし何事もなかったら、それはそれでいいのです。もし、そうでなかったら……！

第7章

泥棒を見たの

すぐにはベッドに入りたくないようなすばらしい夜のことでした。午後九時の鐘が鳴っても、エドワードとぼくは、寝巻のまま、開け放った窓にもたれて、ヒマラヤスギの枝の影が月明かりの芝生の上で遊んでいるのを見ながら、明日、晴天のもとでする新しいいたずらをあれこれと考えていました。階下からは陽気なピアノの曲が聴こえてきて、オリンピアンも彼らなりの大儀そうな気力のないやり方で楽しくやっていました。その夜は、新しく赴任した副牧師がディナーに招かれており、丁度その時、牧師らしくなく公然と広く世の中に向かって、自分はどんな敵も恐れないと言っているのが聞こえてきました。その副牧師の耳障りな大声のせいでエドワードのこころに、ある推理が浮かんだのに間違いありません。というのも、エドワードは、やがて、それまで話題にもしなかったことを唐突に言い出したからです。「新しくきた副牧師、マライアおばさんに気があるぜ」

ぼくはその考えを鼻で笑いました。「まさか、おばさんは結構な年じゃないか」と、ぼくは言ったのです。（おばさんは、二十五歳くらいの壮年期*に見えました）。

「その通りだよ」と、エドワードは軽蔑するように答えました。「おばさんじゃなくて、おばさんの金を狙っているのさ、間違いなく」

「おばさんがお金を持っているなんて知らなかったなあ」と、ぼくはおずおずと言いました。

「持っているさ、たくさんね」と、兄は確信を込めて言いました。

そして、無言のときが流れました。ふたりとも、新しく出てきた事態について考えるのに忙しかったのです。ぼくは、成人男子でよきクリケット選手*でもあるこの副牧師のようなひとが、申し分ない天性と羨ましいような性質に恵まれていたとしても、このような衝撃的な欠陥が、しばしば明らかになることに驚きました。エドワードは、そうであるならばその状況をどうしたら自分に一番有利にもってこられるのかを考えているようでした。

やがてエドワードは、「ボビー・フェリスがね、ぼくに言ったんだ」と、話し始めました。「以前、ある男がボビーのお姉さんといちゃついて……」

「いちゃついてって何？」と、ぼくは控えめに尋ねました。

「ああ、ぼくも知らないんだ」と、エドワードは関心がないようすで言いました。「それって、えーと、えーと、ふたりでやることかな。で、ボビーはふたりの間で、手紙や伝言や物なんかを運んでやってね、その度に、一シリングもらっていたんだ」

「えっ、どちらからも？」と、ぼくは悪気なく尋ねました。

エドワードは、軽蔑したような憐れみを浮かべて、ぼくを見ました。「女子*は、お金を持っていないものさ」と、簡単に説明してくれました。「でも、姉さんは、ボビーの練習問題をやってくれたり、叱られないようにしてくれたり、頼めばお話もしてくれたんだよ。自分で創るよりずっと面白かったんだって。女子も、多少は役に立つのさ。そんなわけで、ボビーはぜいたくに暮らしていたんだけど、不運なことに、ふたりが何かの理由でケンカしてしまったんだ」

「それってマライアおばさんとどんな関係があるの？」と、ぼくは言いました。

「ぼくにもわからないんだ」と、エドワードは答えました。「でも、手紙や物の運搬がなくなったので、シリングをもらえなくなり、ボビーはかなり困ったことになったんだ。シリングがずっと入ってくると思って、つけで二匹のフェレット*を買って、毎週一シリング払う約束をしていたんだ、バカなやつだよ。そして、一週間経って、シリングを催促されると、男のひとのところに行って、『失恋したベラが、日暮れに、昔のように洞のあるカシの老木のところでせめて一日だけでもあなたに会いたいと懇願しています。必らずいらして。』と、言ったのだって。ボビーは、もちろん、どこかのくだらない本*からそっくりそのまま使っていたんだよ。そのひとは、戸惑ったように言ったんだ。

『洞のあるカシの木だって、そんなの知らないなあ』

『もしかしてロイヤル・オーク*のことかな？』と、ただちにボビーは言ったんだ。くだらない本に頼り切っていたので、うっかり間違えたことに気付いたんだ。しかし、そう言っても、男は元気になったようには見えなかったんだって」

「元気になると思わないよ」と、ぼくは言いました。「ロイヤル・オークって、ひどく低級なパブだもん」

「そうなんだ」と、エドワードも言いました。「えーっと、そうしたらその男が言ったんだ。『ベラが言ったことわかった、父親の放牧場に立っている洞のある木だろ。それってニレの木なのだけど、違いが判らなったんだね。いいよ、そこに行くと伝えてくれ』って。でもお金をくれなかったので、ボビーはしばらくつきまとって、『ベラはひどく泣いていたよ』と言って、それで、シリングを手に入れたんだ」

「そのひと、その場所に行って、誰もいなかったら、怒ったでしょう?」と、ぼくは尋ねました。

「ボビーがいたんだよ」と、エドワードは憤慨しながら言いました。「フェリス家の息子として、骨の髄まで紳士なので、ボビーはベラからの伝言を持って来ていたんだ。『家を出ることができません。わたくしの残酷な両親がわたくしをしっかりと閉じ込めています。この苦しみを知っていただけますよう。失意のベラより』例のくだらない本から採ったものだよ。男はこの文章をちょっぴり怪しいと思ったんだ。というのも、ベラの両親はこの付き合いがうまくいくといいと思っていたからね。その男はね、お金を持っていたんだ」

「で、それとどういう関係があるの……」と、ぼくは、もう一度最初の話に戻そうとしました。

「さあ、どうなんだろう」と、エドワードは、あわてて言いました。「ぼくは、ボビーが言った通りにお前に言っただけだよ。とにかく、男は疑ったんだが、ベラの弟を嘘つき呼ばわりできなかったんだよ。そこは、何とか言い逃れできたんだって。でも、次の週に、やっかいなフランス語の課題で窮地に立つと、姉さんに同じような駆け引きをしようとしたら、姉さんは弟には厳しくて、見破られてしまったんだよ。どういうわけか、女性は男性より信用しないようだね。女性って生まれつきなのか、やけに疑り深いと思わないかい」

「そうだね」と、ぼくは言いました。「それで、ふたりは、そいつと姉さんは、その後、仲直りしたの?」

「それについては、覚えていないなあ」と、エドワードはそんなことは取るに足りないといわんばかりに答えました。「ただ、ボビーは、周りの人がそのつもりだったより一年早く、学校へ追い払われたんだ。それって、ちょうど、ボビーが望んでいたことだったのさ。だから、終りよければすべてよしになったんだ」

ぼくは、この話から教訓をみつけようとしていました——明らかに、どこかに一つぐらいは教訓があるはずでした――と、その時、黄金色のランプの光があふれ出て、芝生を照らしていた月の光とまじり合うなか、マライアおばさんと新任の副牧師が、ぼくたちが見下ろしている草地に散歩に出てきて、庭園にある腰かけの方へと歩んでいきました。そこは、背後に密集した月桂樹の繁みがあり、半円形になっていて館へと通じていました。エドワードは不機嫌になって考え込んでいました。「ふたりが話していることがわかったらなあ」と、エドワードが言い出しました。「ぼくが正しいかどうか、すぐ、わかるのだけれど。そうだ！　チビをポーチのそばに降ろして、偵察させよう！」

「ハロルドは眠っているよ、それって、ひどいんじゃないの」と、ぼくは言いました。「ばかをいうな」と、ぼくの兄は言いました。「ヤツは一番小さいのだから、言われたようにしないといけないんだ」

そういうわけで、ついていないハロルドはベッドから引っ張り出されて、出航命令がくだされました。ハロルドは、不意に、冷たい床に立たされた上に、あまり興味を持っていない仕事を与えられて、当然のことながら苛立っていました。しかし、彼は忠実でありよく訓練されていました。外に出るのはごく簡単でした。窓からすぐ届くところに、鉄製の格子が付いているポーチ*がありました。ぼくたち三人は、あまり見られたくないときなどによく使っていたのです。ハロルドは、まるで白ネズミのように、器用にポーチを滑り降りていきました。ハロルドのナイトガウンが砂利道でちらっと光った途端に、植え込みの暗闇のなかへ姿を消しました。しばらくはしーんとしていましたが、不意に、つかみ合う音がして、静寂は破られ、金属の表面を摩擦したときのような甲高い悲鳴が長々と聞こえてきました。ぼくたちの斥候兵が敵の手に落ちたのです。

弟を調査に派遣したのは、ただ、ぼくたちが無精をするためでした。危険が迫っていることが明らかになったので、ためらいは全くありませんでした。ただちに、ポーチの側から降りて、チェロキー族*のように腹ばいになって月桂樹の繁みのなかを、庭の腰かけの背後へと進んでいきました。ぼくたちを迎えたのは、悲惨な光景でした。マライアおばさんは腰かけに座っていました。白いイブニングドレス姿が、おばさんにしてはとてもすてきに見えました。芝生の上では、怒り狂った牧師が、ぼくらの小さい弟の大きな耳を引っ張りながら立っていました。弟の大騒ぎから判断すると、頭の両脇にある魅力的な耳が、いまにも、ちぎれそうになっているようでした。しかし、弟が放つ恐ろしい騒音は、上手な演技だとわかったので、ぼくたちの心は動かされませんでした。純粋な身体的苦痛からか、同情をひくためにおおげさにおいおい泣いているのかを見分けるのは、両方をやったことがあるものには簡単でした。ハロルドのは、はっきりと後者だとわかりました。

「さて、お若い――」（ぼくは、「餓鬼」と言ったと思うけど、エドワードはきっぱりと

「悪魔」と言ったと言い張りました）。「何をしていたのか言いなさい」

「それじゃ、まず、耳を離してよ」と、ハロルドは金切り声を出しました。「そうしたら、ちゃんと、本当のことを言うから」

「よかろう」と、牧師は同意して、ハロルドを離しました。「さあ、話すのだ。できるだけウソはつくな」

ぼくたちは、事が露見するのを、当然だと思って覚悟して待っていました。しかし、ハロルドがこれほど臨機応変に対応できる多彩な才能と豊かな想像力を持っているとは、ぼくたちでさえ思ってもみませんでした。

「ぼくが、お祈りを言い終えたときにね」と、若い紳士はゆっくりと始めました。「たまたま窓から外を見ると、芝生の上に、骨の髄まで凍るような光景が見えたの。どろぼうがひとり、蛇のようにするすると館に近づいてきてね。怖い顔をして、暗いランタンを下げて、頭のてっぺんから足の先まで武装して！」

ぼくたちは、興味深く耳を傾けました。その語り口は、ハロルド本来の話ぶりではなかったのですが、妙に、耳慣れたものでした。

「続けなさい」と、副牧師は、厳しく言いました。

「人目を忍ぶように立ち止まって」と、ハロルドは続けました。「低く口笛を吹いたの。

するとただちに、応答の合図があり、近くの物陰から、もうふたりの姿が滑り出てきたの。悪漢は、ふたりとも頭のてっぺんから足の先まで武装していて」

「すばらしい、進めなさい」と、牧師が言いました。

「どろぼうのかしらが」と続けながら、ハロルドの話には、熱が入ってきました。「悪い仲間に加わって、聞こえないような低い声で会話を交わしていたの。その言い方は、本当に残忍で、言い忘れていたけれど、頭のてっぺんから足の先まで武――」

「おいおい、その『頭のてっぺんから足の先まで武装』は、もういいよ」と、副牧師は乱暴にさえぎりました。「お前の話には、どうも無駄が多すぎる。急いで話してしまいなさい」

「ぼくは、びっくりしてパニックになったの」と、話し手は耳を手で守りながら続けました。「ちょうどその時、あなたとマライアおばさんが出てきて、いいえ、現れたの。どろぼうどもは、そっと、月桂樹の繁みへ消えたの、でも恐ろしい気配を残して」

副牧師は、少々、困惑したようでした。話は、辻褄があっているし、本当に微に入り細に渡っていました。いろいろ言っているけれど、この子は、本当に何かを見たのかもしれません。気の毒な牧師は知る由もなかったのです――落ち着いた高尚な話し方にヒントがあったのですが――その冒険談丸ごとが、下働きの少年から借りた*「ペニー・ドレッドフル*」最新号から、自由に脚色したものだったのです。

「どうして館に危険を知らせなかったんだい?」と、副牧師が尋ねました。

「怖かったの、ぼくのこと信じてくれないかもしれないでしょ」と、ハロルドは可愛らしく言いました。

「でも、どうやってここに降りてきたの、いたずらぼうや?」と、マライアおばさんが割って入りました。

ハロルドは窮地に陥りました――またも、血肉をわけたひとのせいで。そのとき、エドワードがぼくの肩に触れ、月桂樹の繁みを音もなくそっと抜け出しました。十メートルほど行って、低く口笛を吹きました。ぼくも、それに応えました。その効果は魔法のようでした。マライアおばさんが、絹を裂くような悲鳴をあげて飛び上がりました。ハロルドもぎくっとして、まわりをちらっとみて、脱兎のごとく逃げ出し、裏口へ突進して、食事中の使用人のなかに駆けこむと、いつもかばってくれるコックの広い胸のなかに跳び込みました。副牧師は、月桂樹の方を向いてためらっていました。しかし、マライアおばさんは、副牧師の方に激しく身を投げ出しました。「ああ、ホギットさま」おばさんが泣いているのが聞こえました。「勇敢なお方。どうか、向こう見ずなことはなさらないで!」牧師は、向こう見ずなことはしませんでした。ぼくがすぐ後でのぞいてみると、あたりには、もう、人っ子ひとりいませんでした。

このころになると、おそるおそる館の者が姿を見せる物音が聞こえてきました。エドワードは、ぼくに引き上げた方がいいだろうと言いました。退却はお手のものでした。発育不良の月桂樹に足をかけて、庭園の塀に登り、次に、母家に付属している建物の屋根に上り、そこから危なっかしい角度をとって、納戸の窓へと腹這いになって進みました。この陸路は、ある日、カワウソ狩り*の途中で追い詰められた飼いネコがぼくたちに示してくれたものでした。そのネコは——やや不本意ながら——カワウソの役割をはたしたのでした。そしてこの経路は、今回のような機会には、役に立つことがはっきりと証明されました。膝とひじの表皮が剝《はが》れてしまいましたが、ぼくたちは気持ちよくベッドに入りました、——そこへ、ハロルドが親しいコックの腕のなかで、眠たげに何かべとべとしたものをかみながら運ばれてきました。やがて、どろぼうを追うひとたちのどよめきも聞こえなくなっていきました。

マライアおばさんの報告によって、副牧師の勇敢な態度のおかげで、どろぼうが驚いて逃げたということになり、その結果、副牧師は高い名声を勝ち取りました。しかしながら、数日後副牧師がアフタヌーン・ティーにやってきて、バターつきパンの最後の一切れを食べるのに必要とされる道徳的な勇気について、副牧師らしい軽いジョークを披露しているときでした。途方もないことにぼくは、全人類にむかってあまねく言わずにはいられなくなったのです――「ああ、ホギットさま！　勇敢なお方！　どうか、向こう見ずなことはなさらないで！」と。

ぼくにとって幸いなことに、その日は、司祭も訪問客でした。そのためにいざという時、長い法衣を着用していた知り合いから、身をかわして戸外に逃れ出るのは、比較的簡単なことでした。

第8章

収穫のとき

その年も、あたりが色づくころとなり、自然の顔《かんばせ》は落ち着いた金色に変わり、それはそれは見物でした。畑は、まるで、「穀物の束を散らした紋章*」のようになっていました。そんな紋章はないかもしれませんが――自然を紋章にするとこうなるでしょう――エドワードとぼくが、干し草置き場の木戸に立って見た光景は、まさしく紋章そのものでした。ハロルドは、その場にはいませんでした。いつものようにお腹の具合が悪くなって、苦しみの床に臥していたのです。その前の晩、エドワードは、気まぐれに駆られて、いつになくやさしく、ぼくにカブの提灯*を切り出してくれました。兄は、手先が器用で、特にカブの工作が得意でした。ハロルドは、ナイフで切り抜かれて、いい匂いのするカブのかけらが飛び出てくると、緊急時に船から投げ捨てられる積荷のように、捨てられたものは全部、自分の役得とみなして、カブを大量に食べたのがいけなかったようです。いまは、できるかぎり薬の助けを借りて、自分の運命に耐える身なのでした。それに反して、今日、ここの畑から収穫物が運び出されるのを知っていたエドワードとぼくは、干し草置き場から畑におかれている束の山まで、お祭り気分で空の荷馬車に乗って行くという名誉が与えられていました。そのあと、ぼくたちは苦労しながら徒歩で戻り、ふたたび、巨大なガレー船*に乗って切り株畑の海を疾走するのです。これがぼくたち内陸に住む男子が航海できる一番の近道でした。畠の道を揺れたり、ガタガタして進むにつれ、この埃っぽい後甲板の上で、「リベンジ号」のリチャード・グレンヴィル卿*、煙渦巻くナイルの海戦*、ネルソンの死*などの興奮するような場面が次々と繰り広げられるのです。

　別の荷馬車が、積荷を空けると、干し草置き場をガタガタと出ていきます。そのとき、ぼくたちは叫び声をあげ、後部に転がり込みました。エドワードが最初に立ち上がると、起き上がろうとするぼくを、海賊船の船員*とみなして、ヒヤッとするタイミングでぐいと摑みます。自分は英国のフリゲート艦テルプシコラ号*の船長だと宣言するのです。正確な砲門の数は忘れましたが巨大な軍艦です。兄は、いつも自分に一番いい役を当てますが、ぼくだって、堂々として負けてはいませんでした。と、その時突然、ぼくたちの戦っている甲板が群れをなしたハサミムシ*であふれていることに気付きました。叫び声をあげ、エドワードから逃れて馬車の尾板の上を転がって、切り株畑へ落ちました。兄は、退却していくガレオン船*の甲板で、戦勝を祝う踊りを披露していました。でも、ぼくは、そんなことは全く気にしませんでした。ぼくがエドワードを怖がったのではないことを、兄も知ったことがわかったからです。ぼくが怖がったのは――それもひどく――ハサミムシ、「畑の不倶戴天の虫」でした。そこで、乗組員全員に切り込み隊員を撃退しろと元気よく叫んでいるエドワードの姿が消えるのを見届けて、ぼくは内陸を放浪して、村へ向かいました。

その探検には、ちょっぴり冒険の匂いがしました。ここは、ぼくたちの村ではなく、少なくとも二キロ近くは離れた見知らぬところでした。旅人にはよくあることですが、違和感と不安感が混じっているような感じというのでしょうか。違和感は土地のひとが振り向いていぶかしげに見つめるところから、不安感は住民の少年がいつ飛び道具で襲ってくるかわからないところからきています。少年は、永久不変の保守党員なのです。ひとりになれて意気軒昂になったぼくは、いつも以上に威張って歩いていたようです。「もし襲われたとしても」と、ぼくは考えていました。「ムンゴウ・パーク*だったらアフリカの道なき森を這うように進んで行っただろうな……」。ここで、ぼくは、柔らかいものの、行く手をさえぎっている体にどんとぶつかったのです。

そのショックで我に返ると、こうした状況下ですべての男子が本能的に取る恰好――両肘を耳に当てる――で後退りしていました。ぼんやりしていたぼくの前にいたのは、背の高い老人で――ひげをきれいに剃って着古した黒い服を身につけていて――どうやら牧師のようでした。ぼくはすぐに、そのひとが心ここにあらずといった様子をしているのに気が付きました。いつも別の次元の幻想を見ているので、不意に呼び戻されても、すぐには、この世とは焦点が合わないというような感じを受けたのです。そのひとはからだを曲げて、すまなそうにしました。「たいへん、申し訳ありません」と、言いました。「本当に、ぼんやりしておりました。どうかお許しください」

さて、こうした礼儀正しい物言いをされると、ほとんどの少年は、からかわれていると怪しむのではないでしょうか。ぼくが自分を褒めたいと思ったのは、すぐに、それがそのひとの自然な態度であるとわかったことでした。ユダヤ人もキリスト教徒も*、不潔なひとも清潔なひとも、なべて紳士として扱うひとなのです。もちろん、ぼくにも非難されるところがあったので、ぼくの方こそぼんやりしていました、と言い足しました。その通りなのです。

「ふたりには、どこか、似たところがありますね」と、そのひとは、愉快そうに言いました。「わたくしは、年寄りなので夢を見ており、君は君で、若者なので未来を夢想している*。君たちの方が幸せですね。さて――」。そのひとは、ずっと手を小門*の上に載せていましたが――「君は暑そうですね、見てすぐにわかりました。お昼が過ぎていますし、黄道十二宮にあるのは乙女座*ですし。よかったら、何かちょっと食べていきますか、何も予定がなかったらですが」

ぼくの午後の予定は算数の授業だけでしたし、いずれにせよ、それを予定に入れるつもりはありませんでした。そこで、ぼくは中に入っていきました。そのひとは、門を礼儀正しく開けてくれて、「『宵の明星、昇り来ぬ、帰り給え、故郷へ*』お入りなさい、小さいお方」と、つぶやくような声で言いました。そして、「馴れ馴れしく申しましたが、わたくしではなく古代ローマの詩人の言葉なのです」と、へりくだるように謝りました。板石で舗装された真っ直ぐな小道を辿っていくと、涼しげな感じの古い館が建っていました。ぼくを招いてくれた主人は、途中、あちこちの薔薇の木のところでぐずぐずして、少なくても二度ばかり、ぼくのことを完全に忘れてしまい、我に返ると、そのたびにそのささやかな落ち度を謙虚に謝りました。こうした合間にぼくはあれこれ考えあわせて、このひとは、レクター*だという確信を持つようになりました。独身で、一風変わっていて、並外れた学識があるひとだと周囲で語られ始めていたのです。本物の本を書いていると聞いて、ぼくの特別な畏敬の的になっていたのです。「山ほどの本ですよ」と、ぼくの情報源であるマーサが言っていましたが、マーサの言うことは、かなり割り引いて聞かないといけないのはわかっていました。

やっとのことで、ぼくたちは、薄暗い玄関ホールを通って部屋に入りました。あっと驚いたことに、そこは、ぼくが、ずっと夢見ながらも見つけることができなかった理想の部屋でした。ここには、女のひとが好むようなけばけばしいものが全くありません！　椅子の背にカバーなども全くかかっていません！　見たところ、このひとは、おばさんに悩まされることがないようです。子牛や子ヤギの革装をしたずっしりと重い本が、三方の壁に並んでいました。本は、椅子やテーブルの上にも投げ出されたり、山積みになっていたりしました。本からは、印刷屋のインクや製本の心地よい匂いがしてきました。なかでも最高だったのは、かすかなタバコの香りがして、見知らぬ空のもと、旅人の頭上でひるがえりはためくユニオン・ジャックの旗＊――因習からの解放を意味する昔ながらのあの旗――のように、大いに元気づけ、励ましてくれたことでした。片隅には、他の家具と同じように本の山が積まれたピアノが置かれていました。

これには、ぼくは、わぁっと喜びの声をあげてしまいました。「弾いてみたいのですか？」と、まるで、この世でもっとも自然な願いのように、わが友が尋ねてくれました。友の目は、すでに別の方へと動いていました。そこには、アルプスのように高く積まれた本の山と、原稿用紙の下から書き物用テーブルの端がわずかに見えていました。

「えっ、いいのですか？」と、信じかねてぼくは尋ねました。「家では許されていないので――嫌な課題以外は！」

「もちろん、ここで弾いていいですよ」と、言ってくれました。わが友は心ここにあらずといった様子で、「さあ、竪琴よ、ラテンの歌をうたっておくれ＊」とつぶやきながら、まるで機械仕掛けのように、書き物テーブルに引き寄せられていきました。十秒足らずで、見えないだけでなく呼びかけることもできないところに行ってしまいました。膝には開いた大型本が置かれ、前にもう一巻を広げ、他にも二十巻以上の本をすぐ手の届くところに置いて、情熱的と言えるほどの没頭ぶりで、読んだり、書き留めたりしていました。ぼくのことを、意識しているとしても、古代ギリシャのボイオーティア*にいるような感じだったのでしょう。そこで、気持ちも軽く、ぼくはピアノに向かって、弾き鳴らし始めました。

楽器をマスターすることに苦しみ、血を流して崖を登ってきたようなひとには、失くしたものがありました。弾き鳴らす荒々しい喜びは、練習では失ってしまう感覚でした。練習するひとが幸せを感じるのは、音が協和して、他と比べてうまくひけたときのはずです。しかし、それぞれの音の純粋で絶対的な性質は、自由に弾き鳴らすことでわかるものなのです。ある音は、そのなかに海のすべてを持っていて、教会の鐘の音も入っています。ある音は、森の楽しさと緑の香りがしたり、フォーン*が愉快なアシ笛で踊っていたり、ある音では、まじめなセントール*でさえ、その洞穴から顔をだしたりします。ある音は月の光を、また、ある音はバラの真髄である深紅の色を思わせ、ある音は青く、ある音は赤いのです。ある音は、絹の軍旗を持った軍隊のことを語り、行進曲を奏でるでしょう。そんな連想をつなげていくと、始めから終わりまで、白い小人が、その閉じ込められている楽器から出ようとして、飛び跳ねたり、のぞいたりしているようです。そして、その大きな紫檀の箱は、まるで巣箱の中に、ミツバチがいっぱいいるようにブンブンいっているようでした。

うっとりした時が過ぎて、ちょっぴり一息入れたとき、二つ折り本*の小口の角の上で、わが友の目をとらえました。「しかし、こうしたドイツ人に関しては」と、わが友は、まるでふたりで議論している途中でもあるかのように、唐突に言いました。「学識があるのは認める。が、しかし、生気、すばらしい理解力、鮮やかな直観、それはどこにあるというのか。すべてをわれわれから得ているではないか！」

「ぼくたちから何も得ていませんよ」と、断固としてぼくは言いました。「ドイツ人」という言葉からは、「バンド」しか思いつかなかったからです。イライザおばさんは、ジャーマン・バンド*をひどく嫌っていました。

「君は、そう思っているのだね」と、わが友は、ためらいながら会話を再開して、立ち上がり、部屋を歩き回りました。「なるほど、ぼくは、非常に若い批評家の持っている公正さかつ節度には声援を送りたい。それは若者にはめったに見られない長所だ、うれしくなります。しかし、例えば、『シュランプフューズ*』を見てごらん――ほらこの一節《パッセージ》では単純なヤップ*と取り組んで難航しているのだよ」

ぼくは、恐る恐る開いているドア越しに外をのぞきました。靴拭きマットの上で争っている曲がりくねったスナーク*のような怪獣がいるのではないかと半分怖がっていました。しかし、どこもがしーんとしていました。通路《パッセージ》には、何の問題もなかったので、ぼくはそう言いました。

「そうですとも」と、わが友は、喜んで大声を出しました。「君には、生来学者としての才能が少なからず備わっているので、何の困難もありません。しかし、この『シュランプフューズ』には……」有り難いことに、ここで、落ち着いた外見で清潔な様子をした家政婦が入ってきました。

「お庭にお茶をご用意いたしました」と、家政婦は、まるで、校訂の過ちを修正するかのように厳格に言いました。「お小さい紳士には、ケーキとちょっとしたものをお出ししています。お茶が冷めないうちに、お飲みくださいますように」

わが友は、家政婦に出ていくように手で合図して、大股に歩き続け、お茶の方に傾いているぼくの頭に、どんどんギリシャ語の文法の問題（アオリスト、不定過去*）をまくしたてました。家政婦はじっと動かずに待っていました。わが友の弁論が一瞬中断されると「お茶が冷めないうちに、お飲みくださいますように」と、再び無表情に言いました。気の毒なわが友は、反対を唱えたそうな様子でぼくを見ました。「お茶にする方がよいかな」と弱々しく言いました。そして、本当にほっとしたことに、わが友は庭の方へ案内してくれました。ぼくは、家政婦の言った「お小さい紳士」を探しましたが、見つけることができませんでした。ぼくは、そのひとも忘れっぽいのだと判断して、「ケーキとちょっとしたもの」に何の気がねもなくかぶりつきました。

この上もなくすばらしく、この上もなく学究的なお茶のあとで、あることが起こりました。それは、幼かったにもかかわらず、ぼくの記憶から消そうとしても消せない出来事になりました。ぼくたちは、街道に向いて立っている木陰の東屋《あずまや》で話し合いをしていました。そこの視界に入ってきたのは、前かがみで歩いてくるみすぼらしい宿なしで、薄汚い女のひととのら犬を従えてやってくるところでした。ぼくたちの姿を見ると、宿なしは筋金入りの哀れっぽい声を出しました。ぼくは、とびきりの思いやりをもってわが友を見ました。マーサから聞いてよく知っていたのですが——世間のうわさでは、この時間帯にはわが友は、間違いなく一文無しだったのです。毎朝、ポケットいっぱいに詰めて出かけますが、夕方戻ってくると一銭もないのでした。こうした事情を、まるで自分に非があるように恥じ入りながら、くわしく礼儀正しく宿なしに説明し続けました。すると、自分の側に望みのないことを悟った路上の紳士は、とうとう言葉の限りを尽くし、感情のままに罵倒し続けました。目を、顔を、手足を、職業を、親戚を、周りの者を激しく罵りました。それから、悪意と汚い言葉をまき散らしながら、前かがみになって出て行きました。

ぼくたちは、その一行が道路を曲がるのを見ていました。そこで、女のひとが、明らかに疲れ切った様子で立ち止まりました。彼女の主人は、その立場にふさわしい紋切り型の悪態をついたあとで、包みをもってやり、荒っぽいものの親切な様子で、腕にしっかり寄りかからせてあげました。その動きには、かすかな優しさに近いものがありました。そして、のら犬も這うようにして近づき、女のひとの手をなめました。

「見ただろう」と、ぼくの肩に少し寄りかかりながら、わが友は言いました。「こうした不思議なことが、こうしたもっとも起こりそうにないところで、愛が生まれて、輝いているのを！　君は、朝早くから畑にいたのだったね？　そこは全く何もない土地だったはずだ！　しかし、腰をかがめてみるだけでよい――斜めに入ってくる日の光をとらえて見たまえ――すると、銀色の細い網状のクモの糸*が浮遊しているのが見えるだろう！　不思議な妖精のクモの糸は、表面には見えないところで全世界をつないでいるのだ。しかし、それは運命の弓を引く太古の尊大な神ではない――「戦に負けることなき愛よ*」――そうではなく、穏やかで尊敬されている「愛情*」でもなくて――おそらくもっと神秘的で、もっと神々しく、まだ名前のない在るものなのだろう！　それを見るには、ただ、腰をかがめなければならないのです。友よ、腰をかがめなさい！」

露が降り、黄昏が迫りくると、ぼくは道に出て、家路へときびきびと小走りに急ぎました。頭上も、まわりも、どこもかしこも寂しいところでした。宵の明星だけが空にかかっていて、ただひとつ、清らかに、言葉に表わせないほどはるかかなたにありました。しかしながら、その凛と孤立した姿には、どういうわけか、無限に励まされたのでした。

第9章
雪に閉ざされて

十二夜*が終わってしまうと、翌朝からの生活は、少し単調で何のあてもないように思えました。そんな昨夕のことでしたが、仮装劇の役者たち*がやってきたのです。飾り立てた風変わりな衣装を身にまとい、大またで台所に入ってくると、衣装についていた雪が赤レンガの床に降りかかりました。役者たちが足を踏み鳴らし、部屋を横切り、大げさな身振りで朗唱すると、めまぐるしい動きや叫び声で大騒ぎになったのです。ハロルドは心底こわがって、なりふりかまわずコックの豊満な胸に顔をうずめました。エドワードは、男らしく幻影など怖がるものかと虚勢を張り、突然現れた恐ろしい人々に対して、だれにでもするような親しげな挨拶をしました。ぼくはと言えば、逃げ出すほど幼くはなかったものの、突然現れた魔法のような光景に心を奪われずにはいられませんでした。家のなかに踏み込んできて、歌を歌い、仮装劇を演じながらガンガンと恐ろしい音を立てて木刀で打ち合っているこの異国風のひとびとは、どこからやってきたのでしょうか。このあとには、どんな風変わりな者が訪ねてくるのでしょうか。暖炉の灰の中で栗がはじけ、みんなが幽霊話を聞いて恐れおののき、身を寄せ合うような静かな夜にやってくるのは、ひょっとしたら「黒羊の毛皮と朽ち葉色の上衣を身にまとい、弓矢を持ち、雁を手にした」マーリン*かもしれません。あるいはデーン人オジール*が、妖精の国から呼び戻されて、かつて自分を必要としていた国へ帰る道をたずねてやって来るのでしょうか。それとも、白夜に雪の女王*が、そりの鈴の音とトナカイのパタパタという足音とともに突然現われて、大きく左右に開いた戸口で立ち止まるのでしょうか。そんなとき、しんと静まり返った空では、星の間でオーロラがお供の槍を揺らしながら*輝いているでしょう。

今朝は、雪が情け容赦なくこんこんと降り続き、家から出られませんでした。ぼくは昨夜の興奮の反動で気が抜けてぼんやりしていました。それに比べてエドワードは、初めて本当の劇を見てすっかり俳優熱にうかされ、「われこそは、王のジャージ三世なり*」とバークシャー訛りで叫びながら、部屋の中を大またで行ったり来たりするのでした。ハロルドは、末っ子らしく、ひとりで悪ふざけをしたり、仲間がいなくてもできる遊びをしたりするのに慣れていたので、「紳士の社交クラブ*のメンバー」になりきっていました。それは、空想上の尊敬すべき老齢の友と腕を組んで部屋の中をゆったりと歩くという遊びでした。ときどき空想のクラブで立ち止まって、空想の階段をゆっくりと上り、空想の新聞にちらりと目をやっては、年配の人らしく頭をふりながら空想のスキャンダルについて話し合うのです。そして嘆かわしいことですが、空想の杯を取り上げて口元に持っていくのでした。傍目には退屈そうなこの気晴らしを、幼い男の子がどこから考え付いたのかは、だれにもわかりませんが、自分自身で考え出したのは確かなことで、それをハロルドはとても誇りに思っていたのです。一方シャーロットとぼくは、窓の下の腰掛けにうずくまって外を見ていました。無数の雪片がくるくると渦を巻いて舞い降りながら、ぼくたちの小さな楽しい世界を生気のない色と形のうす気味悪いそろいの衣で包み込んでいくのを、とりつかれたように眺めていたのです。

シャーロットはひどく沈み込んでいました。というのも、朝食の席でスメドリー先生とちょっとした言い争いになったとき、お気に入りの古典（『妖精の本』*）からのふさわしい引用で「反論」したところ、穏やかに、けれどもきっぱりと、妖精などというものはいまだかつて実際に存在したことはない、と告げられたのです。「全部うそっぱちだって言うの？」と、シャーロットは無作法に尋ねました。スメドリー先生は、どんな場合でもそのようなレディらしからぬ言葉使いをしてはいけません、と咎めました。そしてこう説明したのです。「これらの物語には起源があるのですよ。自然を解釈しようとして誤って擬人化したことから始まったのです。けれども、今では私たちに正しい知識があるので、同じような過ちをおかしたりはしません。それでも、そういう神話から学ぶべきところはたくさんありますよ」

「でも存在しないものからいったい何を学べるのかしら？」と、シャーロットは言い張り、反抗的な態度で席を立ちました。そして、そのことで気がめいってしまったというわけです。

「気にするなよ」と、ぼくは慰めるように言いました。「スメドリー先生に妖精の何がわかるっていうのさ。石だって、ちゃんと投げられないんだよ」

「エドワードも、みんなたわごとだって言うのよ」と、シャーロットは不安そうに答えました。

「エドワードは、なんでもたわごとだって言うのさ」と、ぼくは言いました。「今度は陸軍に入ろうなんて考えているやつなんだよ。本に書かれているのなら、正しいにちがいないさ。それでいいじゃないか」

シャーロットはどうやら安心したようでした。エドワードがドラゴン*のおもちゃを持って降りてきて、低いうなり声を出しながら自分に穴をあけるふりをし始めたので、部屋の中は前よりも静かになりました。ハロルドはアシニーアム・クラブ*の階段を軽快な足取りで上っているところでしたが、どちらかというとジュニア・カールトン・クラブ*を思わせました。家の外では、羽毛のような雪が激しく舞って、背の高い楡の木のてっぺんがほとんど見えませんでした。「空が落ちてくる。王に知らせに行かなければ*」と、シャーロットはそっと引用句を唱えました。それは妖精物語を連想させたので、ぼくは読み聞かせてあげようと言って、妖精の本に手を伸ばしました。けれども、妖精の存在を疑う発言のせいで、その物語はもはや楽しいものではなくなっていたのです。それでぼくはやむなくアーサー王の物語を取ってきました。この物語は、身分のあるご婦人が馬に乗って旅をするのでシャーロットの二番目のお気に入りでしたし、アーサーが馬上試合で相手とガシャンとぶつかって槍を粉々にしたり、勝ち目のない戦いに突進したりする話があるので、男の子にとっても当然一番のお気に入りでした。けれども、このときもまた僕はついていませんでした。本を開いたところにあったのが、ベイリンとベイランの哀しい物語*だったのです。なんて運が悪いのでしょう。「そして彼はすぐに姿を消した」と、僕は読みました。「そしてベイリンは角笛の音を聞いた、それは獣の死を告げるものだった。『あの角笛は私のために吹かれたのだ。私が獲物だから。だが、私はまだ死んではいない』とベイリンは言った」。話の先をよく知っていたので、シャーロットは泣き出しました。ぼくはどうしようもなくて本を閉じました。ハロルドが肘掛椅子の向こう側から姿を現しました。親指を吸っていましたが、リフォーム・クラブ*のメンバーなら、やりそうにないふるまいでした。そして涙にぬれる姉を、目を丸くして見つめました。エドワードは自分の演技を中断して、慰めようとシャーロットに駆け寄りましたが、結局のところ、これもエドワードが演じる新たな役柄なのでした。

「ぼく、愉快な話を知っているよ」とエドワードは語り始めました。「イライザおばさんが話してくれたんだよ。あのひどい海外のどこかにいたときのことさ。（エドワードは、ひどく憂うつでみじめな日々をひと月ディナンで過ごしたことがあったのです）。二羽のコウノトリを持っていた人がいました。一羽が死んでしまいましたが、それは牝のコウノトリでした。（「どうして死んだの」と、ハロルドが口を挟みました）。もう一羽のコウノトリはひどく落胆して、ふさぎこみ、いつまでもそのままで、とてもみじめな有様になってしまいました。それでみんなはあたりを見回してアヒルを見つけ、コウノトリに紹介しました。アヒルは雄だったけれど、コウノトリは気にしなかったので、二羽は愛し合い、とても楽しく暮らしていました。やがて、そこへもう一羽のアヒルがやってきました。今度は本物の牝だったので、雄のアヒルは恋に落ち、コウノトリを捨てて牝のアヒルにプロポーズしました。とても美しい牝のアヒルだったからです。捨てられたコウノトリは、だれにも何も言いませんでしたが、ひたすら思い煩い、やせ衰えて、とうとうある朝死んでいるのが見つかりました。けれどもアヒルはいつまでも幸せに暮らしましたとさ」

これがエドワードの言う愉快な話だったのです。かわいそうに、シャーロットの口角はますます下がっていきました。何においても肝心な点を見抜くことができないエドワードの愚かさには、いらいらさせられます。いつもそうなのでした。何年も前に、家庭内で幼いながら心の準備をしなければならないできごとがありました。それにまつわる厄介な質問をされたとき、ふさわしい答えを考えつくのに十分な時間がなかったのです。つまり、弟がほしいか、それとも妹がほしいかと慎重に尋ねられたとき、エドワードはあらゆることを入念に検討したあげく、ニューファウンドランド犬の小犬がほしいと宣言したのです。もっと飲み込みが早い男の子なら、*両親の気持ちを汲んでその心の負担を軽くしてあげたでしょう。しかし、そうではなかったので、両親はその質問をもう一度新しい観点からやり直さなければなりませんでした。そして今、シャーロットが鼻をすすりながら顔をそむけ、心も打ちのめされてしゃくりあげているのに、エドワードはサー・アイザックの飼い犬のダイヤモンド*のように自分の引き起こした災厄に気付かないまま、叫び声を上げて向きを変え、ハロルドにのしかかりました。

「生きたドラゴンがほしいんだ」と、エドワードは言いました。「ぼくのドラゴンになれよ」

「はなしてよ」と、ハロルドは激しくもがきながら金切り声で言いました。「ほかのことをして遊んでいるんだ。色々なクラブのメンバーなのに、ドラゴンになんか、なれないよ」

「でも、体中が緑色のすてきなうろこに覆われたドラゴンになりたくないかい?」と、エドワードが説得を試みました。「くるりと巻いたしっぽと赤い目をして、本物の煙と火を吐くんだよ」

ハロルドは一瞬迷いました。ペルメル街*はまだ魅力的だったのです。それでも次の瞬間には床に腹ばいになっていました。ハロルドほど、りっぱなうろこのあるしっぽをくるくると巻きながら振るトカゲ類の動物はいなかったでしょう。クラブ街は千年もかなたへと行ってしまいました。恐ろしげに喘ぎながら、ハロルドはもくもくと煙を吐いて、獰猛に火を噴いたのです。

「次はお姫さまがほしい」と叫ぶと、エドワードは喜び勇んでシャーロットをつかまえました。「それから、おまえは医者*だ。ぼくがドラゴンから受けた致命的な傷をいやしてくれ」

ぼくは職業のなかでは、神聖なる医術を最も恐れ、そして軽蔑していました。大洪水のような清めと下水*の記憶がどっと押し寄せてきたぼくは、お姫さまという不毛な名誉など欲しくないシャーロットと一緒に、ドアの方へ逃げようとしました。エドワードも同じように動いたので、敵対する二つの勢力はドアマットの上で衝突し、しばらくのあいだ何もかもが入り乱れ、混沌として、アーサー王伝説のなかの戦いのようになりました。そこへ昼食の時間を知らせるベルの澄んだ美しい音色が聞こえてきて、こぶしをにぎりしめて敵対していたぼくたちにも瞬時に平和が戻ったのです。たとえ「太陽の光を跳ね返す」聖杯*でも、戦いの激情にかられた大騒ぎを、これほど効果的に静めて、心地よい穏やかな和解をもたらすことはできなかったでしょう。

第10章
女の子の話すこと

エドワードが、ジンジャー・ビール*を紳士のようにおごってくれることになりました。こんなすばらしいもてなしができる金持ちになったのは、この前たまたま歯医者さんの治療を受けたからです。きちんとした家庭ならどこでもそうですが、ぼくたちの家では歯を一本抜くとたいていハーフ・クラウン銀貨*を褒美としてもらえました。ぐらぐらしていた歯を抜いた場合は、一シリングだけでした。エドワードはハーフ・クラウンをせしめようと痛がるふりをしたものの、歯がぐらついていたのは隠しようもありませんでした。それでも、一シリングの褒美があれば、十分にジンジャー・ビールを買えたのです。ただしエドワードは、ジンジャー・ビールを調達するための肉体労働を、出資者は免除されるべきだと主張したので、ぼくが村の郵便局*に買いに行き、ハロルドがパントリーからタンブラーをくすねてきました。そのあいだ、エドワードは庭を偉そうに歩きまわっていたのです。準備が整うと、ぼくたちは芝生に寝そべりました。この大宴会を祝って、一番おとなしくてお行儀のよいウサギを放してやると、ウサギは草の上を小さくぴょんと跳ねては、みずみずしいオオバコを探すのでした。その場で一番年上のレディであるセライナは、最初の一杯が注がれたタンブラーを手にして、割れたコルクのかけらを、気取った女性らしいやり方で優雅に取り除こうとしました。

「早くしろよ」と、われらが主人役は怒って言いました。「なんだっておまえたち女の子はいつもそんなに几帳面なんだよ」

ハロルドも喉が渇いていましたが、冷静に説明しました。「マーサが言ってたよ。コルクのかけらを飲み込んだら、おなかのなかでふくらんで、ふくらんで、ふくらんで、とうとう――」

「ばかげてるよ」と、グラスを空にしながらエドワードが言いました。気にしないというふりをしたものの、浮かんでいたコルクの破片を巧みにきちんと避けていたことに、ぼくは気付いたのでした。

「ばかげてるって言うなら、それでもいいさ」と、ハロルドはむっとしながら答えました。「でも、本当だってことは、兄さん以外はだれでも知っているよ。前にトマスおじさんが来たとき、おじさんのためにワインのボトルが開けられたけど、おじさんはグラスで一口飲んだだけで、「ふん、やれやれ、コルク臭がする」と言ったの。それきりグラスに触りもしなかったから、貯蔵室から新しいワインボトルを出してきていたよ。でも変だったなあ。あとで廊下に出されたグラスを見たら、コルクなんて全然入ってなかったの。全部飲み干したら、とってもおいしかったよ」

「おまえ、気をつけたほうがいいぞ」と、ハロルドを厳しい目で見つめながら兄が言いました。「仮装劇の役者たちが来た夜を覚えているかい。あの人たちは温めたポートワイン*を飲んでいただろう。帰ってしまったあと、おまえは部屋をうろついてグラスを全部空にしたじゃないか」

「ああ！　あの晩はおかしな気分だった」と言って、ハロルドはくすくす笑いました。「家が倒れるかと思ったよ。そのぐらい激しく家のなかが跳ね回っていたの。階段がぐらぐらゆれていたから、マーサにベッドへ運んでもらったんだよ」

ぼくたちは行儀の悪い弟をとがめるように見つめましたが、弟が自分のふるまいを非行とは思わずに、不思議な現象だったと考えているのは明らかでした。

このころには、三本目のジンジャー・ビールの瓶が回されていて、順番が来るのを待ちかまえていたセライナが、ずいぶん長い時間をかけてひと飲みしてから、急に立ち上がって服の前を払うと、散歩に出かけると言って、脱兎のごとく逃げ出しました。というのも、自分勝手に行動しようとする者がいたら、力に物を言わせて抑え込む、というのがぼくたち家族のならわしだったからです。

「また、あの牧師館の女の子たちと出かけるんだよ」セライナが黒い靴下をはいた長い足で軽快に歩いて行くのを見ながら、エドワードは言いました。「最近は毎日一緒にでかけていくんだ。会ったらすぐに頭をくっつけて、ひっきりなしにぺちゃくちゃぺちゃくちゃしゃべり続けるのさ。何をそんなに話すことがあるのか、まるでわからない。ちっともやめないんだよ。早口でずっとしゃべりまくるのさ。まるでミヤマガラスのひなの巣みたいだよ」

「鳥の卵の話をしているのかもしれないよ」と、ぼくは眠そうに言いました。日差しは暑く、芝生は柔らかくて、ジンジャー・ビールの効き目は絶大でした。「それから船や、バッファローや、無人島や、ウサギのしっぽはなぜ白いのかとか、スクーナーとカッター*のどちらを先にほしいかとか、大人になったら何になるかとか。つまりさ、本当に話したいなら、話すことはたくさんあるのさ」

「ああ、でも、あの子たちはそんなことはちっとも話さないよ」と、エドワードは言いつのりました。「何も知らないんだから、話せるものか。ピアノを弾く以外には何もできないんだよ。だれもピアノのことなんか話したがらないだろう。それに、あの子たちは何事も気にかけないのさ。つまり、分別のあることは何もね。それなのに、いったい何を話しているんだろう？」

「一度マーサに聞いてみたよ」と、ハロルドが口をはさみました。「そしたら、こう言ったの。気にしてはいけません。若いレディには話すことがたくさんあるんです。若い紳士には理解できないことですよ」

「信じられない」と、エドワードがうなりながら言いました。

「だって、マーサはそう言ったよ」と、ハロルドはどうでもよさそうに言い返しました。ハロルドにはこれが第一級の重要な話題と思えなかったし、この話題のせいでジンジャー・ビールの順番がなかなか回ってこなかったのです。

表の門からカチッという音が聞こえてきて、生け垣の隙間から、一行が出かけて行くのが見えました。セライナを真ん中にして、両側から牧師館の娘たちが一人ずつセライナと腕を組んでいました。エドワードが言ったように頭をくっつけていて、早口にしゃべる声が、明るい三月の朝のムクドリのせわしなく甲高い鳴き声のように、そよ風に乗って聞こえてきました。

「あの子たちはいったい何を話しているんだい、シャーロット」。エドワードをなだめようとして、ぼくは尋ねました。「ときどき一緒に出かけるだろう」

「わからないわ」と、かわいそうなシャーロットは憂いに沈んだ調子で言いました。「まだ小さすぎるから話を聞いてはだめだって言われて、後ろを歩かされるの。とっても聞きたいのに」と、付け足しました。

「女のひとがイライザおばさんを訪ねてきたら、二人ともすぐに話し出してずっと話し続けるよ」と、ハロルドが言いました。「それなのに、どちらも相手が何を言っているか聞いているみたいなんだ。どうやったらそんなことができるのか、わからないよ。おとなってとっても賢いんだね」

「副牧師さんは本当に変なひとだよ」と、ぼくは言いました。「いつもわけのわからないことを言っては、冗談だったというみたいに笑っているんだ。昨日、もう少しお茶をいかがと言われたとき、『もう一度突破口へ、諸君、もう一度』*と言って、くすくす笑うんだ。何がおかしいのか、ちっともわからなかったよ。それから、誰かがボタンホールについて尋ねたら、副牧師さんは『ただの小さなしおれた花です』*と言って、また爆笑するんだ。ばかげてると思ったよ」

「ああ、副牧師さんね」と、エドワードは軽蔑したように言った。「ほら、自分でもどうしようもないんだよ。もともとそういうひとなんだ。でも、わからないのはあの女の子たちさ。本当に分別のあることを話しているなら、それが何なのか、どうして誰も知らないんだろう？　そして分別のあることを話していないのなら（もちろん話しているはずがないけれど）、どうして口を閉ざさないんだろう。ここにいるウサギは、話なんかしたいと思わないよ。しゃべるよりもっとましなことがしたいのさ」そしてエドワードはジンジャー・ビールのコルクを取って、無頓着な様子のウサギにねらいをつけましたが、ウサギは身動きしませんでした。

「でも、ウサギは話をするよ」と、ハロルドが口を挟みました。「何度も小屋で観察したもの。頭をくっつけ合って、鼻を上下に動かしているよ。ちょうどセライナと牧師館の女の子たちのようだね。もちろん、何を言っているかは聞こえないけど」

「たとえウサギが話すとしても」と、エドワードが不本意な様子で言いました。「きっとあの女の子たちのようなたわごとは言わないに決まっているさ」これは狭量で不当な発言でした。というのも、セライナとその友だちが何の話をしていたか当時はわかりませんでしたし、今に至るまで明らかになっていないからです。

第11章

アルゴ船の遠征隊*

見慣れないものがやってくると、たとえ何であっても、ぼくたちは怪しんで疑いの目を向けずにはいられませんでした。実際、それがきっかけで、ほら穴や、あちこちの隠れ家や、迷路のような雑木林や、辺鄙なところにある牛舎へと、よく避難したものです。ぼくたちを連れ戻すことができたのは、これまでの経験から、密かな逃亡先や避難場所をよく知っていた百戦錬磨の乳母だけでした。ですから、ギリシャ神話の英雄*と初めて知り合いになったときも、すぐに心から共感できなかったのは当然だったのです。「信頼とは成長の遅い木である」ということわざ*があります。あの堂々とした黒髪の半神半人たちの名前は覚えにくく、装いも奇妙でした。すでにもっと親しみやすい兵隊がしっかりと守っている砦を、半神半人たちは奪い取らねばならなかったのです。いつも人をからかってばかりいる意地の悪い北部の妖精や魔女*のような強烈な魅力は、馴染みのない異国の女神にはありませんでした。動物との楽しい同盟がないのも残念でした。ふさふさした尻尾を広げて、ぼくたちを魔法の城へ運んでくれるキツネ*や、井戸の中のカエル*や、木の上からカーカー鳴いて忠告をしてくれるカラス*もいなかったのです。そして英雄が三人兄弟の末っ子ではないなんて、まったく道理にはずれていましたし、特にハロルドはそう思っていました。末っ子の男の子に特別な幸運が与えられているという妖精の国の末男子相続制*は、前からハロルドに有害な影響をもたらしていましたので、うぬぼれや生意気が目に余るときは体にわからせて正してやる必要がありました。しかし、叱っているときも、ぼくたちは末っ子の幸運についてはハロルドと同意見でした。そんな疑いの目で新参者を眺めると、サトゥルヌス*も、なんだか成り上がり者のように思えたのです。

　しかし、よそ者であっても、心根が良ければ、盟友となることもありました。そして結果的に、あの陽気な剣士たちには、それだけの資質があったのです。闇の帽子とすばらしいサンダルを身に着けたペルセウス*は、すぐにぼくたちの心のなかに飛び込んできました。アポロがアドメトスの門を叩く*様子は、まさに妖精のようでした。プシュケ*は、正統な魔法の城と、手助けしてくれる鳥や友好的な蟻のことを教えてくれました。オデュッセウス*の編み出した戦略や窮余の策は魅惑的でした。それをきっかけに、不信感はすっかり取り除かれて、この一団は、ぼくたちの仲間に迎え入れられたのです。

　その日は、草原で農夫のラーキンのご自慢の子牛を追いかけまわしていました。農夫のことを忘れていたわけではないと、思い知らせたかったのです。そしてだれに対しても心にやましいところもなく家庭菜園を通って帰ってきたとき、エドワードが家畜のふんから幼虫を掘り出しているところに出くわしました。エドワードは幼虫を帽子の中に入れ、重要な国事についてぼくと議論しながら、一緒に歩き始めました。道具小屋に近づいたとき、奇妙な物音がしたので足を止めて中を覗くと、ハロルドがひとりでうっとりしながら、特別な遊びに没頭していました。修理のために運び込まれていた豚用の飼い葉おけのなかに、しゃがみこんでいたのです。そして思いっきり大げさな身振りで、シャベルを頭上に振り上げては、また地面に突き刺し、カナディアン・カヌー*をせっせと漕いでいるような動きをしていました。エドワードは大またで中に入って行き、ハロルドに詰めより、「今度はいったい、どんなくだらない遊びをやっているんだ?」と、厳しい調子で尋ねたのです。

ハロルドは顔を赤らめましたが、一人前の男らしく、豚の飼い葉おけから離れませんでした。「ぼくはイアソンだ*」と、挑戦的に答えました。「これはアルゴ船だよ。ほかの隊員もいるけれど、兄さんには見えないだけだ。ちょうどヘレスポント海峡を通り抜けているところだから、じゃましないでよ」。そしてもう一度、ワインのように黒ずんだ色の海*を進んでいきました。

エドワードは馬鹿にしたように豚の飼い葉おけを蹴ると、言いました。「なんともりっぱなアルゴ船じゃないか!」

ハロルドはむくれて、「しかたないよ」と、言い返しました。「これ以上良いアルゴ船は手に入らないし、ちゃんとそのつもりになれば大丈夫なんだ。でも兄さんは、うまくそのつもりになれたためしがないからね」

エドワードは考えこみました。まもなく、「なあ」と、言いました。「農夫のラーキンのボートを使って、本物のアルゴ船で川をさかのぼり、メデイアと黄金の羊の皮*やなんかを探しに行こうじゃないか。それにほら、お前が思いついたんだから、イアソンをやらせてやってもいいぜ」

ハロルドは興奮して、思わず飼い葉おけから転がり出てくると、叫びました。「でも、ぼくたちだけで川に出ちゃいけないんだよ」

「その通りさ」と、エドワードは少し軽蔑したように言いました。「川に出ることは許されていない。たぶんイアソンだって許されていなかっただろう。それでも、行ったのさ！」

ハロルドの抗議は、単に型どおりのものでした。筋の通った意見を言ってもらって、納得したかったのです。次の問題は、女の子たちをどうするかでした。セライナは、ボートの扱いが上手いのは確かですが、難点は、この遠征に賛同しなかったとき、言いつけるかもしれない、ということでした。良心を持ち始める厄介な年齢にさしかかっていたのです。道徳的に見て、この遠征は『天路歴程』とは言えませんでした。*シャーロットについては、白昼夢を見る癖があったので、夢想に浸っているときに船から水中に落ちてしまう恐れがありました。置いて行かれたと知ったら泣き崩れるにちがいありませんが、それでも水死よりはましでした。本来の乗組員のなかにアタランテ*という先例はいたものの、結局のところ全体の意見としては、スカートをはいた動物を仲間に入れることに反対だったのです。そしておそらくそれは正しい意見だったでしょう。

「さて」と、エドワードが言いました。「誰が農夫のラーキンに頼みに行く？　ぼくはだめだ。この前会ったとき、次につかまえたら、げんこつをくらわせてやると言われたからな。おまえが行くしかないよ」

　ぼくも躊躇しましたが、それも当然でした。「あのひとが大事にしている子牛のことを知っているだろう？」

　エドワードは、すぐにわかってくれました。「よし、それならラーキンには頼まないことにしよう。別にかまわないさ。ラーキンが腹を立てるだけだよ。気の毒にね。さあ、出発しよう」

　ぼくたちは川の方へ行くと、許可を得なくても邪魔されることなく農夫のボートを分捕りました。敵は干し草用の畑で作業をしていたのです。「川」と呼ばれていたのは、地図帳では見つけられないような代物でした。われらがアルゴ船は、方向を転換しようとしたら、難破の危険にみまわれたでしょう。でも、ぼくたちにとってこれはオリノコ川*で、両岸には世界中の都市が点在していました。ラーキンのいるあたりから離れるため、アルゴ船の船首を上流に向けました。ハロルドは約束通りイアソンになることを許され、残りの英雄をみんなで分け合ったのです。テッサリア*をあとにすると、叫び声をあげながらヘレスポント海峡の間を縫うように進み、息を殺して「打ち合う岩」*をかわし、セイレーン*のいる島の風下を岸沿いに航行しました。レムノス島*はシモツケソウで縁取られ、ミュシア*の岸辺のあちこちにイヌバラが咲き、干し草作りの人々の明るい呼び声がトラキア*の海岸沿いに聞こえました。

一、二時間ほど航海した後、アルゴ船の舳先は上陸地の泥のなかに埋まりました。そこは牛の踏み跡が水たまりになっていて、その先の小道は人家の煙が見えるところまで通じていたのです。エドワードは岸に飛び降りると、探検に行くのを待ち切れず、ぼくたちが後に続いているかどうかも確認せずに大またで行ってしまいました。けれどもぼくは、ぐずぐずとあとに残りました。すぐ近くに苔むした水門を見かけたからです。その先には庭があり、ひたひたと打ち寄せる水の音は陰鬱で、魔法がかかっているような気配がしました。

用心深く水門を通り過ぎると、空気は確かに一段と静まり返っているようでした。まるで誰かの私室の敷居を通り抜けているときのような、あるいは、はるか昔の幽霊がそばを通り過ぎたときのような様子に、ハロルドはおじけづいて尻込みしました。どこもかしこも、花がたくさん咲いていました。けれども、しおれていたり伸び放題になっていたりで、手入れがされてない様子だったのです。ヘリオトロープの香りがあたりに満ちていて、刈り込まれずに伸びた生け垣という生け垣から、りっぱな花綱が実際に垂れ下がっているかのようでした。芝生の上には、柳枝製の肘掛椅子も肩掛けも小説も置かれてはおらず、何の色どりもありませんでした。背後の家の庭に面した窓の日よけは、ほとんどが下ろされていました。中央の芝生に灰色の古びた日時計がそびえ立っていました。ぼくたちは本能的に、目に映るなかで一番人間らしい物の方へ向かったのです。日時計のまわりに彫られた風変わりな銘を、眺めたり指でさわったりして、なんとか判読しようとしました。

「時は・誠実を・試す」ついにハロルドが読みとりました。「いったいどういう意味だろう」

ぼくには教えてやれませんでしたし、内部の仕組みや、どこで時計のねじを巻くのかというハロルドの質問にも、答えられませんでした。もちろん、こういった装置を前に見たことはありましたが、どういう仕組みで動くのか、ちゃんと理解できていなかったのです。

この仕掛けに頭を悩ませていたとき、まさにメデイア本人が家のほうから小道を歩いてくるのに気付きました。黒髪で、しなやかな物腰で、軽く体を揺らし、その青白い顔はものうげな様子でした。ぼくにはすぐに誰だかわかりました。メデイアを探しにやってきたのですから、驚かなかったのも当然だったのです。けれども、猫のようにてっぺんが好きで日時計の上によじ登ろうとしていたハロルドは、驚いてうつぶせに倒れこんで、あごをすりむき、庭中に響き渡る声を上げて泣きわめきました。

メデイアはツバメが地面をかすめて飛ぶような動きで、すぐに膝をついてハロルドを慰めました。あごについた土を優美なハンカチーフでぬぐい取ってやり、穏やかな声で慰めの言葉をつぶやいたのです。

「この子のことで、そんなに気をもまなくてもだいじょうぶですよ」と、ぼくは礼儀正しく言いました。「一分だけ泣けば、大丈夫になりますから」

ぼくの予測は正しかったことが証明されました。決まった時間が過ぎると、ハロルドは時を打ち終えた時計のように突然ピタリと泣きやんだのです。そして落ち着いた明るい顔で体をよじってメデイアの抱擁から抜け出すと、侵入してきたクロウタドリに投げる石を拾いに、駆け出して行きました。

「あなたたち男の子ったら」と、メデイアは投げやりな様子で腕を広げながら叫びました。「どこから舞い降りてきたの？　なんて汚れているんでしょう。千年もここに閉じ込められているけれど、百五十歳より下の者には会ったことがないわ。今すぐ何かして遊びましょうよ」

「ラウンダーズ*は良いゲームです」と、ぼくは提案しました。「女の子もラウンダーズで遊べます。この日時計のところまで場所を使って。でもバットとボールと、もっと人数が必要です」

メディアは落胆した様子で手を打ち合わせました「バットもボールも持っていないし、他に人もいないし、気のきいたものは何もないのよ。それより、家庭菜園でかくれんぼをしましょうよ。あのクルミの木のところまで、駆けっこもできるわ。もう一世紀も走っていないのよ」

とはいうものの、メディアは実にたやすく勝ったので、ぼくは背後で息をきらしながら、一つか二つ年齢を多めに教えられたのではないかと怪しみ始めました。メディアは真の芸術家のように、夢中になって、かくれんぼに精を出しました。頬を紅潮させて神々しく笑いながら、いなくなったり再び現れたりしているうちに、青白い魔法使いの娘の面影は、はがれ落ちていったのです。むしろ、動き回るさまは、ぼくが読んだことのある別の娘のようでした。それはラッパ水仙の咲く野原からさらわれて、地下の闇の国の女王となり、時々光に満ちた地上に戻って自由な空気に触れることを許された、あの少女*です。

とうとう疲れ果てると、ぼくたちは日時計のところまでぶらぶら歩いて戻ってきました。わからないことをそのままにしておけない性質のハロルドが、かすかに残る刻印を指でたどりながら、あらためて尋ねました。「時は・誠実を・試す。どういう意味でしょう。どうか教えてください」

メデイアは日時計の上に身をかがめてうなだれ、指で顔をほとんど覆い隠しました。「そのために私はここにいるのよ」やがて、それまでと全く違う低い声で言いました。「あの人たちは私をここに閉じ込めたの。忘れるだろうと思ったのね。でも決して忘れないわ。忘れるものですか。彼もそうよ。でもわからないわ。もうずいぶん時がたった。わからない！」

メデイアは顔をすっかり覆い隠してしまいました。庭にまた静寂が訪れました。ぼくは気のきいたことも言えず、気まずい思いをしていました。手もちぶさたにハロルドを蹴ること以外、なんの手立ても思い浮かばなかったのです。

もうひとりの女のひとが近づいてきたことに、誰も気付きませんでした。堅苦しい、融通のきかないタイプのひとで、ぼくたちの大切な友人とは大違いでした。メデイアが教えてくれた年齢は、そのひとにこそふさわしいものだったでしょう。指なしの長手袋をしていましたが、女の人がそれを身に着ける習慣を、ぼくは大嫌いでした。いかにも親戚のおばさんのような厳しい調子で、そのひとが「ルーシー！」と言うと、メデイアはばつが悪そうに身を起こしました。

「泣いていたのね」メガネの奥で不愉快そうにメデイアを見つめながら、新参の女のひとは言いました。「そのたいそう汚い少年たちは、いったい何者ですか」

「私の友人よ、おばさま」と、メデイアは明るさをよそおって即座に答えました。「あの、ずっと前からのお友達なの。私がお招きしたのよ」

おばさんは疑わしそうに、ふんと鼻を鳴らすと、「家の中にお入りなさい」と、言いました。「そして横になるのですよ。日光にあたると頭痛を起こします。あなたがたは急いで家に帰ったほうがいいですよ。もうお茶の時間*です。乳母と一緒でなければ、よその家を訪ねてはいけませんよ。ちゃんと覚えておきなさい」

ハロルドは、少し前から、神経質そうにぼくの上着をひっぱっていました。連れ去られる前に、メデイアが振り返り、白い指を唇にあてて投げキスをしてくれるのを見届けてから、ぼくは走り出しました。無事にボートまでたどり着くと、「なんて怒りっぽいお目付け役だろう！」と、ハロルドが言いました。

「いやなやつだったよな！」と、ぼくは答えました。「日光にあたると頭痛を起こすだなんてさ！　でもメデイアはいい人だったなあ。連れ出してやれないだろうか」

「エドワードがいたら、連れ出してやれたのに」と、ハロルドは自信たっぷりに言いました。

問題は、その英雄がぼくたちをおきざりにしてどこへ行ったのかということでした。まもなくその疑問は解けました。まず始めに、道の方から女の人の甲高い怒鳴り声が聞こえてきたのです。そしてエドワードが全速力で駆けてくるのが見え、そのすぐ後を興奮した女の人が追いかけてきました。エドワードは船底に転がり込むと、あえぎながら「船を出せ！」と、言いました。ぼくたちが力いっぱいボートを押し出すあいだ、女の人は岸からぼくたちを罵りました。その訛りは、略奪者のデーン人に挑戦的な言葉を投げつけたアルフレッド大王*の訛りと全く同じでした。

「今のは、『おーい、船は西行きだ！』*のなかの出来事みたいだったね」川下に漕ぎながら、ぼくは満足そうに言いました。「あの女の人にいったい何をしたの？」

「何もしちゃいないさ」と、エドワードはまだ息を切らしながら言いました。「村のなかへ入って探検したんだ。とてもいい村で、人々も礼儀正しかった。鍛冶場があって、馬の蹄鉄を打っていた。蹄はシューシューと音を立てて湯気を上げ、とても良いにおいがしたよ。ずいぶん長いあいだそこにいた。喉が渇いたから、あの女の人に水をくださいと頼んだのさ。あの人が取りに行っているあいだに飼い猫が小屋から出てきて、いやらしい目つきでぼくを見て、気にさわることを言ったんだ。だからぼくはそいつのところに行って、ちょっと行儀を教えてやろうとした。そしたらどうしたわけか、次の瞬間そいつはリンゴの木に登ってフゥーとうなり声をあげたんだ。それでぼくはあの人に追いかけられて道を駆けてきたのさ」

エドワードは自分の受けた屈辱で頭がいっぱいで、メデイアに興味を持ってくれそうもありませんでした。そのうえ、夕闇が迫っていたので、やり残した探検は、また別の日に取っておくしかなかったのです。家に近づくと、おそらく最大の危険はまだこれからだということが、次第にわかってきました。今ごろ農夫はボートがなくなったことに気付いて、上陸地の近くでぼくたちを待ち伏せているに違いありません。家のある側の岸辺には、ほかに上陸できる場所はありませんでした。反対側の岸で船を下りて橋をめざしても、まちがいなく見つけられて進路を断たれるでしょう。このとき、ぼくは兄が一緒だったという天の助けに感謝しました。エドワードは、何かのふりをする遊びではほとんど役に立たないかもしれませんが、厳しい現実に対処することにかけては、誰よりも優れていたのです。兄は静かにするように命じると、運命の上陸地の少し手前まで進み、それから反対側の岸に船を着けさせました。忍び寄る夕闇にまぎれて音をたてずに這い出ると、ぼくたちは柳の後ろにしゃがみこみ、エドワードは空のボートを足で押しやったのです。アルゴ船は、穏やかな流れに運ばれて、イグサの多い岸をかすめて進んでいきました。待ち伏せの疑いがあった場所の向かい側に船がさしかかると、呪いの言葉が何度も聞こえてきて、ぼくたちの用心が無駄ではなかったことがわかりました。それを聞きながら、田舎で生まれ育った農夫のラーキンが、どこでこれほど豊富な語彙を覚えたのだろうと、不思議に思ったのでした。やがて、ボートに乗り手がおらず捨てられて、風と波にまかせて手の届かないほうへ漂っていることに気が付くと、ラーキンは四〇〇メートルほど先の橋の方へ大またで走り去りました。農夫の長靴が板の上をドスンドスンと歩く音が聞こえてくるや否や、ぼくたちは急いで飛び出し、船を回収して、反対側の岸に着けたのです。そして船は本来の持ち主の係留地にしっかりとつなぎとめられました。エドワードは、当てがはずれた農夫が向こう岸に着いてぼくたちと対面するまで待って、挨拶を交わしたがりましたが、ぼくの賢明な助言によって思いとどまってくれました。まだ農夫は、海賊行為がぼくたちの仕業だという確信を持っていないかもしれません。オデュッセウスも同じような虚勢を張って後悔したことがあったので、もし彼がここにいたら、必ず時を得た撤退を勧めたでしょう。それを、ぼくはエドワードに気付かせたのです。エドワードは、ぼくを相談役として信用していませんでしたが、オデュッセウスのことは心から尊敬していたのでした。

第12章

ローマへの道

　このあたりの道は、どれも楽しそうで親しみやすく、それぞれに良いところがありました。そのなかでも、他の道とは違った風格を持ち、ほんとうにどこかへ連れて行ってくれそうで、妙に心が浮き立って急ぎ足で進みたくなる道が、ひとつあったのです。他の道は、たいてい生け垣や溝のなかが魅力的でした。たとえば、その年に最初に咲いたヨーロッパアルム*を見つけることは、うっとりするようなうれしい驚きです。野ネズミがガサガサと音をたてたり、カエルがピシャッと水音をたてたりします。木戸や生け垣の隙間から家畜がひんやりとした鼻先を親しげにつきつけてくることもありました。そうした道を選んだら、さっさと歩くわけにはいきませんでした。あちこちから小さな手がたくさん延びてきて、引きとめようとするからです。けれども、そのたったひとつの道は、他の道よりいかめしい感じがしました。見晴らしのよい丘陵のほうへまっすぐ続いており、土手がくずれていたり生け垣が破れたりしていても、そんな偶然のようにできた仕掛けで通りすがりの浮かれ者の気を引くなんて恥ずべきことだと宣言しているような道だったのです。特に今日のように、不当な扱いを受けたという思いや失望がずっしりと肩に重くのしかかって心が暗澹としている日には、ぼくはこの特別な道を選びました。そして、納得できない理由でぼくに反対の態度を表明した世間に背を向け、午後のあいだ中ひとりで散策したものでした。

ぼくたち子どもは、その道を「騎士の道」と名付けていました。ランスロット*とその仲間たちが軍馬に乗ってどこかからやってくるとしたら、それはこの道からだろうという気がしたのです。屈強な一団が、辺鄙な土地や未踏の地で生き延びていれば、きっとこの道を通ってやってくるはずです。おとなは、その道のことを、「巡礼の路*」と呼んだりしていました。ぼくは巡礼についてはヘーゼルベルク物語のウォルター*のことしかよく知りませんでした。落ちくぼんだ目をしたウォルターが、向こうの雑木林から突然現れて、聖都へ向かって必死に急ぐ巡礼者に呼びかけるのを見かけたものです。聖都では平和と赦しが彼らを待ち受けていました。「すべての道はローマに通ず」と誰かが言うのを聞いたことがあります。もちろんぼくはその言葉をとても真剣に受け取って、何日も頭を悩ませました。結局、何かが間違っていたのだという結論に達しましたが、少なくとも、この道に関しては、その言葉が正しいと直感したのです。そしてぼくの直感は、スメドリー先生が歴史の授業のときにちらりと言ったことで、確信へと変わりました。それは英国の中央を通る奇妙な道の話でした。その道は南の海岸まで達すると、ちょうど向かい側のフランスからまたはじまり、町やブドウ畑のなかをまっすぐのびていくというのです。霧のスコットランド高地地方から、永遠の都ローマまで続く道*があるというわけです。スメドリー先生の話は、たいてい裏付けもなく、信じられませんでしたが、この件に関しては、証拠となるこの道が実際に存在するので、先生もたまには真実を言い当てることもあったのです。ローマ！　足元から遠くの丘陵へと白いリボンのようにくねくねと続いて消えていくこの道のはてにローマがあると思うと、うっとりとしました。その日の午後のうちにローマにたどり着けると思うほど無知ではありませんでしたが、もし今日と同じくらい不愉快なことがあったときには、あるいはイライザおばさんが誰かを訪ねに出かけたときには、いつか——そんなことも起こるでしょう。

　ローマに行ったらどんな風だろうと想像してみました。もちろん、コロセウム＊は歴史の本の木版画で知っていました。ですから、まず中央にコロセウムをすえました。残りは、年に二回散髪に行く古めかしい小さな市場町の建物を補って想像するしかありませんでした。その結果、ウェスパシアヌス帝が建設した円形競技場に通じる道は、ぬかるんだ小さい通りばかりで、その通りを飾る建物といえば、正面に「どこそこのエンタイア・ビール」＊、窓に「商人用の部屋」＊と宣伝のある「赤獅子」亭や「青い猪」＊亭や、堅固な赤レンガの医者の家や、ファサードがとても素敵な新しいウェスレー派＊の礼拝堂でした。ローマの民衆はスモックやコールテンのズボンを身につけてぶらぶら歩き、ローマの子牛にいたずらをして、耳に心地よい音楽のようなウェセックスの方言＊でビールを飲もうと誘い合っていました。ぼくはローマから、わずかに聞き覚えのある他の町、ダマスカスやブライトン（イライザおばの理想の場所）やアテネや、そしてグラスゴーへとさまよっていきました。庭師がその町の栄光をたたえて歌っていたからです。けれどもぼくの想像のなかの町には、みんなどこか似たところがありました。ウェスレー派の礼拝堂はあちこちの町に出没するのです。夢の町には、何の制限もなく、自分がただひとりの建築家であり、何をするのも自由なので、建物を建てるのは簡単でした。並はずれて魅力的な空想の宮殿が建つ通りを心のなかでゆっくりと歩いているとき、ひとりの画家に出会ったのです。

そのひとは道端に座って絵を書いていました。その場所から、ネズの木の点在する涼しげで広々とした丘陵が西の方向にゆるやかに遠くまで伸びていました。そのひとの持ち物を見れば、画家のたぐいであることは明らかでした。その上、ぼくと同じようにニッカーボッカーズをはいていました。それをはくのは男の子と画家だけだと、ぼくは知っていたのです。質問をしたり肩越しにのぞいて耳に息を吹きかけたりしてはいけないと、わかっていました。こういう敏感なひとたちは、それを嫌がるのです。けれども、じっと見つめることは、してはいけない規則のなかに入っていませんでした。なぜかそれは見過ごされていたのです。ですから、草の上に座り込んで、細かいところまで熱心に見ることに没頭しました。五分後には、画家が身に着けていたものすべて、服のボタンに至るまで吟味しつくしました。手織り風の粗い布地のスーツの柄や生地について、おそらく着ている本人よりもぼくの方が詳しく知っていたでしょう。画家は一度顔を上げてうなずき、機械的に煙草入れを出しかけましたが、そのままポケットに戻すと、再び絵を描き始めました。ぼくは心の中で撮影を続けました。

さらに五分くらいたってから、ぼくのほうを見ないまま画家が言いました。「天気の良い午後だね。今日は遠くまで行くのかい」

「いいえ、これ以上遠くへは行きません」と、ぼくは答えました。「ローマまで行こうと思っていましたが、またの機会にしました」

「ローマはいいところだ。きっと気に入るよ」。画家は低い声で言いました。少したってから、こう付け加えました。「でもぼくなら今は行かないだろうね。暑すぎるよ」

「ローマに行ったことがあるのですか」と、ぼくは尋ねました。

「というより、そこに住んでいる」と、画家が手短に答えました。

これは、ぼくにとってはすごいことでした。口をぽかんとあけて、ローマに住んでいるひとと座って話をしているのだと、必死に自分に言い聞かせました。口をひらくのは到底無理でした。それに、ぼくには他にすることがありました。すでにまるまる十分間そのひとを見知らぬ画家として吟味したわけですが、今度は違う観点から、すべてもう一度やり直さなければならないのです。そこで中折れ帽のてっぺんから頑丈そうな英国製の靴に至るまで、新たに吟味を始めました。今回はすべてにローマという後光が差していました。そして、口にしたのは、こんな言葉でした。「でも本当にローマに住んでいるのですか？」疑っているというわけではなく、もう一度言ってほしかったのです。

「そう」と、画家は、ぼくの少し失礼な質問を気にすることもなく愛想よく言いました。「ローマに住んでいるとも言えるし、他のどこかに住んでいるとも言えるね。時には一年の半分をローマで暮らしているんだ。ちょっとした掘っ立て小屋を持っているから、いつかぜひ見に来てくれたまえ」

「でも、他の場所にも住んでいるのですよね」。ぼくは続けて尋ねました。いけないと思いつつも質問の波が心の中に押し寄せてくるのを感じていました。

「そうだよ、あちこちにね」。画家の答えはあいまいでした。「それにピカデリー*の近くにも部屋を借りている」

「それはどこですか」。ぼくは尋ねました。

「どこって何が？」画家は言いました。「ああ、ピカデリーだね。ロンドンにあるんだよ」

「そこに大きな庭はありますか」。ぼくは聞きました。「豚は何匹飼っていますか」

「庭は持っていないんだよ」。画家は哀しそうに答えました。「すごく豚を飼いたいのに、許してもらえないのさ。とてもつらいよ」

「じゃあ、一日中何をしているんですか」。ぼくは大声を上げました。「庭も、豚も、何もないなら、どこへ行って遊ぶんですか」

「遊びたいときはね」と、画家は重々しく言いました。「通りに出て遊ばないといけない。あまり楽しくないよ、それは認める。それほど遠くないところにヤギがいて、寂しいときは話しかけるよ。でも、とても高慢なヤギなんだ」

「ヤギは高慢です」。ぼくも同意しました。「この近くにもヤギがいるけれど、何かそいつに言おうものなら、頭突きをされてどこかへ吹き飛ばされそうになります。飛んで行きそうなくらい突かれるって、どんな感じかわかりますか」

「よくわかるよ」。画家はもの哀しそうに答え、描き続けました。

「どこか他の場所へ行ったことはありますか、ローマとピカなんとか以外に」。ぼくはまた質問を始めました。

「たくさん行ったよ」と、画家は言いました。「私はオデュッセウスのようなものさ。色々なひとや町を見てきたよ。実のところ、行ったことがないのは幸福の島*だけなのさ」

ぼくは、このひとを好きになってきました。質問には簡潔で的を得た答えをくれるし、冗談を言ったりはしませんでした。このひとになら打ち明け話をしてもいいという気になりました。

「誰もひとのいない町を見つけたいと思いませんか」と、ぼくは尋ねました。

画家は戸惑ったようでした。「残念だがよくわからないよ」と答えました。

「こういうことなんです」と、僕は熱心に続けました。「町の門から中に入ると、店にはすばらしいものがいっぱいあって、家にはこれ以上ないくらい立派な家具が備え付けられていて、それでいて誰ひとりいないんです。店に入って、チョコレートでも幻灯機*でもゴムまり*でも何でも好きなものを持って行っても、お金は払わなくていいし、好きな家を選んで住むことができて、何でもやりたいようにやれて、寝たくなければベッドに行かなくてもいいんです」

画家は筆を置きました。「それはすてきな町だね」と言いました。「ローマよりもいい。そんなことは、ローマでもピカデリーでもできないよ。でも、どうやら私の行ったことのない場所のようだね」

「そうして友だちを招待するんです」。話に夢中になってぼくは続けました。「もちろん、本当に好きな友だちだけです。友だちもそれぞれ家を持ちます。家はたくさんあります。親戚は、ぼくたちに不愉快な思いをさせないと約束しない限り、そこには居られません。いやなことをしたら、出て行かないといけないんです」

「では、そこには親戚は居られないね」と、画家が言いました。「きみは正しいと思うよ。私たちは好みが一致するようだね」

「ぼくはハロルドを連れていきます」と、考えながら言いました。「それからシャーロットも。すごく気に入ると思います。ほかのきょうだいは大きくなりすぎてしまいました。あ、マーサも。マーサには料理や食器洗いや家事をしてもらいます。あなたもきっとマーサを気に入りますよ。イライザおばさんよりもずっと素敵です。本当のレディだと思います」

「それなら私もマーサを気に入るに違いないね」と、画家は心からそう思っているように言いました。「そして私がそこへ行ったときには――きみのその町はなんと呼ばれているんだい？　ネフェロなんとかと言ったかな*」

「あの、わかりません」。ぼくは、自信なく答えました。「まだ、名前をつけていないんです」

画家は丘陵を見渡しました。「『詩人は、ケクロプスの町よ、と言う』*」画家はそっとひとりごとのように言いました。「『あなたは、ゼウスの町よ、と言わないのか』これはマルクス・アウレリウスの言葉だ」と続けて、また絵の仕事に戻りました。「きみはマルクス・アウレリウスが誰か知らないだろうね。そのうちわかるよ」

「誰ですか」。ぼくは尋ねました。

「ローマに住んでいたひとだよ」。画家は絵の具を軽く塗りながら答えました。

「なんてことだろう」ぼくは落胆して叫びました。「ローマにはそんなにたくさんのひとが住んでいるのですね。それなのに、ぼくは行ったこともないなんて。でも、ぼくの町が一番好きだと思います」

「わたしもそうだよ」。画家が熱心に答えました。「でもマルクス・アウレリウスはそう思わないだろうね」

「それなら、そのひとは招待しませんと、ぼくは言いました。「あなたは招待しますか」

「きみが招待しないなら、私もしないよ」と、画家が言いました。その件が片付くと、ぼくたちは少しの間黙っていました。

やがて画家が言いました。「ときおり、きみの町のようなところへ行ったというひとたちに会うことがあるよ。たぶん同じ町だったんだろう。あまり多くを語ってくれなかった。ときおり、とぎれとぎれにほのめかすだけでね。でも行ったことがあるのは確かだったよ。そのひとたちは特に何も気にかけたりしない様子で、つらいことも楽しいこともすべて違いはないようだった。そのうち、いつの間にかいなくなって消えてしまい、二度と会うこともない。たぶんその町へ戻っていったんだろうね」

「そうでしょうね」と、ぼくは言いました。「そもそも、なぜその町から帰ってきたのか、わかりません。ぼくならそこから帰ってきたりしませんよ。ここでは壊してもいないものを壊したと言われたり、台所で使用人と一緒にお茶を飲むのを禁じられたり、犬と一緒に寝るのを許してもらえないんですよ。でもその町へ行ったひとたちを、ぼくも知っています」

画家は、目を見開きましたが、あからさまにではありませんでした。

「ランスロットです」と、ぼくは続けました。「本では死んだとあるけれど、正しいことが書かれているとは、どうしても思えません。ランスロットは、アーサーみたいに、ただ行ってしまったんです。それにクルーソー*もです。服を着て品よくするのに飽きたときにね。それから物語の中で王女さまと結婚しない良いひとたちみんなです。だって、お話の中で結婚できるのはいつもひとりだけですから。そういったひとたちが町にいるんです」

「それから、成功したことのないひとたちもね」と、画家は言いました。「他のひとと同じように努力するのに、失敗したり、チャンスを逃したり、雑踏の中に倒れ込んでしまったり、王女さまどころか二流の王国さえも手に入れられなかったりしたような、そういうひとたちもそこに行くんだ。そうだろう?」

「ええ、あなたがそう望むなら」と、ぼくは答えましたが、画家の言うことをあまりよくわかっていませんでした。「あなたの友だちなら、もちろん招待します」

「ぼくたちは、きっとそこですばらしい時間をすごせるだろう」と、画家は考えに耽りながら言いました。「マルクス・アウレリウスは、どれほどショックを受けるだろう」

いつの間にか影が長くなり、金色のもやが満ちてきて、灰色がかった緑の丘陵を覆いました。画家は絵の道具をまとめて、その場を離れる準備を始めました。ぼくは気落ちしました。とっても仲良くなれたばかりなのに、どうやら、もう別れないといけないのです。画家が立ち上がると、背筋が伸びて背が高く、髪の毛とあごひげに夕日があたっていました。前に立つと、ぼくよりもはるかに大きいひとでした。画家は、対等の者のようにぼくと握手をしました。「きみと話せて楽しかったよ」と、言いました。「とてもおもしろい話題を提供してくれたね。まだ半分も論じ尽くしていない。また会えるだろうね」

「もちろんです」と、ぼくは答えました。それは疑う余地もないことでした。

「たぶんローマで?」と、画家が言いました。

「ええ、ローマで」と、ぼくは答えました。「でなければピカなんとかか、どこかで」

「どこかほかのところでかもしれないね」と、画家は言いました。「あの町かもしれない。そこへ行く道がわかればね。私はきみを探すよ。きみも私を見つけたら、すぐに大声を出してくれたまえ。そうして私たちは腕を組んで通りを歩き、全ての店に入ろう。私は自分の家を選び、きみはきみの家を選ぶ。そして私たちはそこで王子や善人たちのように暮らすのさ」

「あなたは、ぼくの家に泊まってくれますよね」と、ぼくは叫びました。「ぼくは誰でもを招くわけではありません。でも、あなたはお招きします」

画家は、ちょっと考えるふりをしました。それから「わかった！」と、言いました。「きみが本気だと信じるよ。だから、きみの家に泊まらせてもらおう。他の者の家には行かないさ、どれほど頼まれてもね。きっと長居させてもらうだろう。でも面倒はかけないよ」

こんな風に約束をかわしてから、ぼくたちは別れました。そしてぼくは、自分を理解してくれたひとのところから、何をしてもうまくいかない家へと、沈んだ心で戻っていったのです。あのひとにとっては何もかも自然で筋の通っていたことが、どうしておじさんや牧師さんや他のおとなには、くだらない冗談としか思えないのでしょうか。そのわけは、そして他のたくさんのことも、次に会ったときに画家が説明してくれるでしょう。騎士の道！　この道はいつも、言い尽くせない慰めを与えてくれるのです。あの画家は、ぼくが長い間ずっと探し続けていた、消えた騎士のひとりだったのでしょうか。次に会うときには、甲冑を身に着けているかもしれません。ありそうなことです。甲冑が良く似合うだろうと、ぼくは思いました。黄金の町の目抜き通りを、彼が馬に乗ってやってくるとき、先にそこへ行き、兜と盾に日の光があたってきらめくのを見るのです。

それまでの間、しなければならないのは、その町を見つけることだけです。それはとても簡単なことなのです。

第13章

秘密の引出し

めったに人の出入りもなく、ほとんど使われたことのない部屋に、引出し付きの古い書き物机*がひっそりと置かれていました。昔は女のひとの私室に使われていたのでしょう。褪せた金襴織《きんらんおり》にわずかに残る色合いや、置かれたままになっているバラ色と青色の磁器や、大きな鉢に入った繊細で古風なポプリの香りに、女のひとの雰囲気が漂っていたのです。鉢には青と白の模様があり、奇妙な穴の開いたふたがついていて、書き物机の上に置かれていました。今時のおばさんたちは、この階上の風変わりで時代遅れの部屋には見向きもせず、家計簿を付けたり手紙を読んだり書いたりするときも、あわただしい家の中心にいるほうを好むのでした。そこなら、片方の目で門から玄関に至る通り道を見張り、もう片方の目で使用人がずる休みをしたり子どもたちが悪いことをしたりしていないか見張ることができたのです。ときには、旧世代のおばさんのほうがぼくたちと気質が合っていたのではないかという気がしました。けれども、立ち入り禁止にされてもたいていどこでも入ってしまえるぼくたち子どもでさえ、ほんのたまにしか、その部屋を訪れませんでした。というのも、ぼくたちがぜひとも欲しいものや、どうしても必要なものが何もなかったからです。その部屋にあったのは、背もたれの部分が金色に塗られたひょろ長い脚の椅子と、年代もわからないほど遥か昔にイライザおばさんが弾いたという言い伝えのある古いハープと、部屋の隅にはめ込んだ戸棚と、その中にしまわれた磁器、そして古い書き物机だけでした。けれども、その部屋には、他の部屋にはない独特の雰囲気がありました。入ってはいけないような雰囲気というか、もし侵入する者がいたら、侵入しているという気分にさせられるような圧迫感、あるいはほんの少し前まで誰かが部屋の中にいて、書き物机の椅子に座って書き物をしたり磁器を触ったりしていたと思わせるような空気、とでもいうのでしょうか。何かにとりつかれているという表現は、ぼくたちみんなが気に入っていたこの古風で心地よい部屋にふさわしいものではありませんでした。とはいえ、よそよそしく、くつろげないような気配が、確かにあったのです。

古い書き物机に何かあるのではと、ぼくに最初に気付かせてくれたのは、トマスおじさんでした。ある日の午後、ぼくにおともに付いてくるよう言いつけて、おじさんは家の中をぶらぶらしていました。ほんの一瞬でもひとりで放っておかれたくないひとだったのです。そのとき、おじさんは書き物机に目をとめて、「ふうん、シェラトンか*」と、言いました。（このおじの知識はたいてい生かじりで、単語については特にそうでした）。それから垂れ板を下ろし、空っぽの分類棚やほこりだらけの羽目板を調べて、「見事な象嵌《ぞうがん》細工だ」と、言いました。「どこもかしこも、できのよい仕事ぶりだ。この手の物はよく知っている。どこかに秘密の引出しがあるのさ」。ぼくがかたずをのんで近づいていくと、おじさんは突然、「ああ！　急に煙草が吸いたくなった」と、言いました。そして回れ右をすると、とうとつに庭の方へ出ていったのです。ぼくは、すばらしいものを目前でとりあげられたように、あとに残されたのでした。喫煙というのはなんておかしなものだろうと、つくづく思いました。法廷にいようが、キャンプ中であろうが、木立の中であろうが、突然イフリート*のように人を捕まえて、飛んで行かせるのです。遠い未来におとなになったら、ぼくも同じことをするのでしょうか。

しかし、ぼくには無駄な物思いにふけっている暇はありませんでした。あの「秘密の引出し」という魔法の言葉に、心の底からわくわくしていたのです。「洞窟」や「落とし戸」や「引き戸」や「金の延べ棒」や「インゴット」や「スペイン・ドル*」などの言葉を聞いたときに感じるような、心に訴えかける響きがありました。というのも、秘密の引出しだけでも無上の喜びでしたが、その中に何か入っているに違いないと思えたからです。空っぽの秘密の引出しなんて、聞いたことがありません。それに、ぼくはお金がとっても欲しかったのです。どうしても欲しくてたまらない物を、ひとつひとつ思い起こしました。

まず、ジョージ・ジャナウェイにパイプを贈りたいと思っていました。羊飼いのジョージはマーサの恋人で、ぼくの頼もしい味方でした。この前の市でジョージは恋人にお土産を買いました。誠実な羊飼いなら当然のことでしたが、そのとき、特別にぼくにもすばらしいヘビのおもちゃを買ってくれたのです。木製で、継ぎ目があって、手の中でとてもうまく動くヘビでした。緑の地に黄色の斑点があり、ペンキを塗ったばかりで強い臭いがしてべとべとしていました。そして上あごと下あごの間に赤いフランネルの舌が巧みに貼り付けてあったのです。ぼくはそれをとっても気に入り、毎晩ベッドの中に持って入ったので、しまいに脊椎がゆるんでバラバラになってこの世での命は尽きてしまいました。市でぼくのことを気にかけてくれたジョージをとても優しいと思いました。だからパイプを贈りたかったのです。春もまだ浅く冷え込む季節、羊の出産の時期になると、ジョージは遠く離れた寒い高原に出かけ、車輪付きの小さな木造の小屋*に住み、毛に覆われた内気で物言わぬ羊の顔だけを見て暮します。結婚したら、マーサは毎日二マイルの距離を歩いてジョージに食事を運ぶのです。ジョージは食後に、ぼくのあげたパイプをふかすでしょう。それはふたりにとって牧歌的な暮らしになるだろうと思いました。けれども、このような生活にふさわしい上質のパイプは、マーサが教えてくれたところによると、十八ペンス以上出さないと手に入らないのです。ああ、それなのに…!

　さらに、ぼくにはエドワードに四ペンスの借りがありました。返せとうるさく言ってくるわけではありませんでしたが、エドワードはエドワードで、セライナに返すためにそれが必要でした。セライナも、近づいてきたハロルドの誕生日に甲鉄船艦を買う二シリングをつくるため、そのお金が入用だったのです。英国の戦艦マジェスティック*は、国民がそれを切実に必要としているときに、風もないのに無駄に傾いたまま、おもちゃ屋のショーウィンドウに横たわっていました。

　それから、村の少年が小リスをつかまえました。ぼくはまだリスを飼ったことがありませんでした。その子はリスをくれるかわりに一シリングほしいと言うのですが、現金で九ペンスなら、応じてくれるかもしれません。でも、こんなみじめでくだらない物思いにふけっていても何になるでしょう。たとえ十シリング金貨に値する金塊を発見したとしても、すべて使い果たしてしまうほど、ぼくには欲しいものがたくさんあったのです。今や、唯一の望みは魔法の引出しにありました。それなのに、ぼくはここに立っているだけで、貴重な時間を過ぎるにまかせているのです。道徳的にみて、「見つけたもの」を「自分のもの」とみなしてもよいのかどうかなど、考えもしませんでした。

　静まり返った部屋の中を、ぼくは書き物机に近づいて行きました。静けさのなかに期待が張りつめているようでした。垂れ板を下ろしたとき、ニオイイリスの根*のかすかな香りが漂い、古い木の茶色や黄色と調和して、色と香りが一つにまじりあって同化してしまったような気がしました。その前から、ポプリと古い金襴織の色合いは混じり合って、一体となっていたのです。期待に満ちた指先で空の分類棚をさぐり、なめらかに動く引出しの奥行きを測りました。ぼくの知っている本には、こうした探索をやるときの決まった方法は書いてありませんでした。けれども、何の助けもなく、ひとりでやり遂げた時の栄光のほうが、ずっと大きいのです。

成功を約束された者には、運命の女神は途中でちょっとした励ましを与えてくれるものです。二分とたたないうちに、ぼくは錆びたボタンかけ*を見つけました。これは本当にすばらしいものでした。もちろん子ども部屋には、男女共通で使う普通のボタンかけがありましたが、その時の気分次第で貸してあげたり貸すのを断ったりできる自分だけの特別なボタンかけを持っている者はいなかったのです。この宝物をていねいにポケットにしまうと、作業を続けました。もうひとつの引出しの後ろから、外国の古い切手が三枚見つかり、富への道をまっしぐらに進んでいることがわかりました。

こうした発見は励みとなってぼくを元気づけてくれましたが、そのあとしばらくは何の成果もなく、報われない退屈な時間が続きました。引出しを全部取り出して、表側も裏側も、なめらかな表面を隅から隅まで触って確かめたのですが、つまみも、ばねも、突起も、何一つ、期待に震える指先に触れませんでした。古い書き物机は、もし本当に秘密があるとすればですが、その秘密を守りながらも、ひるむことなく、どっしりとかまえていました。ぼくは疲れてきて、希望を失い始めました。トマスおじさんが実は浅はかで無知で、ぼくたちに無駄骨を折らせたのは、初めてのことではなかったのです。これ以上続けても無駄ではないだろうか。何をしても全く無駄なのではないだろうか。心の中で過去の失望を思い返すと、人生は失敗と挫折の長い記録のような気がしてくるのでした。幻滅し落胆して、作業をやめて窓辺に行きました。部屋の中は次第に陰ってきて、窓の外では日光が地平線に集まって入り日の準備に専念しています。庭の向こうの方で、トマスおじさんがエドワードの足を持って逆さ吊りにして叩いていました。エドワードは半狂乱で叫びながら、おじさんのおなかがあると思われる方向に、やみくもにこぶしを打ちつけています。ポケットの中のさまざまな物が芝生の上に散らばっていました。ぼくも一、二時間前に同じような目にあったのに、それも遠い出来事のようで、自分とはかけ離れたことのような感じがしました。

　西の空では、雲が集まってスミレ色の低い土手のようになっていました。その下から、北と南の方角に、細い金色の光の筋が地平線に沿って見渡す限りどこまでもまっすぐに伸びていました。どこか遠いところで誰かが角笛*を吹いているか細い澄んだ音が聞こえてきました。すると、金色の筋が耳に聞こえる音になり、音は目に見える金色になったような気がしたのです。この音楽と色のまじりあいが、消えてしまいそうだったぼくの勇気をかりたててくれました。ぼくは最後の試みをしようと、机に向き直りました。すると運命の女神が、それまでぼくを不当にからかってじらしていたのを恥じるかのように、態度をやわらげ、固く握りしめたこぶしを開いてくれたのです。もう一度あの頑固な木の机に触ったとたんに、かすかなため息のような、まるで安堵のむせび泣きのような音がして、秘密の引出しが突然開きました。

引出しを取り出して窓の方へ運ぶと、薄れて行く明かりのなかで調べました。探索に実りがなかったために次第に希望を失っていたので、あまり期待はしていませんでした。そして一日で、かすかな期待もガラス細工のように足元で粉々になるのがわかりました。一週間のあいだ幼いモンテ・クリスト伯*になる栄誉を与えてくれるはずの金塊もお金も、ここには入っていなかったのです。外では、遠くから聞こえていたか細い角笛の音もやみ、金色は色あせて薄い黄色になり、何もかも寂しげで静かでした。家の中では、確信に満ちて思い描いていた小さな楼閣がトランプのカードでつくった家のように崩れ落ち、ぼくは不動産も動産も、財産のすべてをはぎ取られ、失望に意気消沈していました。

それでも、幻想の消えた引出しのなかに入っていた小さな収集品にもう一度目をやると、それを集めた者はぼくと同じ魂の持主だと気付いて、胸のなかに温かい気持ちがよみがえってきました。光沢を失った金ボタンが二つ、これは明らかに海軍の軍服用でした。誰だかわからない王さまの肖像画が、かなり古い印刷物から切り抜かれて、ぼくが色付けするときのように大胆な筆づかいで器用に色付けされていました。外国の銅貨もあって、それはぼくが密かにためていた硬貨よりも分厚くて細工の荒いものでした。鳥の卵のリストには、見つかった場所も記されていました。ほかにも、イタチの口輪がありましたし、タールを塗った糸を撚り合わせた紐には、まだかすかにそのにおいが残っていました。つまり、ぼくが見つけたものは、まさしく男の子の収蔵品だったのです。その子も幸運な星回りのもと、この秘密の引出しを発見して、宝物をひとつひとつしまい込んだのでしょう。そしてしばらくはこっそりとそれを大事にしたのでしょう。それから、どうしたのでしょうか。この貴重な持ち物が回収されずにここに入ったままになったわけは、もはや誰にもわかりません。けれども長い時をへだてて、何年も前に（いったい何年前でしょうか）亡くなった小さな同志と、ぼくはわずかのあいだ触れ合えたのです。

中身を入れたまま、しっかりした書き物机に引出しを戻し、ばねのカチッという音を聞くと、満ち足りた気分になりました。いつかまた、別の男の子がばねをはずすでしょう。その子もきっと、中身を見てぼくと同じくらい満足するでしょう。立ち去ろうとしてドアを開けたとき、廊下のつきあたりの子ども部屋から大声や叫び声が聞こえてきて、狩りが終わったのだとわかりました。騒ぎ具合から判断して、クマか、あるいはきっと山賊が夕食の献立にのぼるのでしょう。一分後には、ぼくもその中に入って、暖かくて明るい笑い声の真っただなかにいることでしょう。それでも、まだ旧世界の部屋の戸口にたたずんでいるぼくには、とても遠い道のりと長い時をへだてたところのように思えたのです。

第14章

「暴君の退場＊」

すばらしい日が、ついにやってきました。はじめてそれを聞いたときには、果てしなく遠い先のことに思えました。すてきなことというのは、いつでも待ち遠しいものです。二週間前、スメドリー先生が本当に辞めると聞いて、ぼくたちは一週間ものあいだ有頂天になり、それまでの先生の横暴や罪や悪意の数々を次から次へと思い返しては、ひたすら語り合いました。解放の日がまだ地平線上の小さな星よりも遠いころ、暗い顔で耐え忍んだ侮辱や思いやりのない言動や体罰のあれこれを、お互いに語っては思い起こし、やがてくる輝かしい日々に何をしたいか思い描いたのです。もちろん、せちがらい世の中ですから、新たな面倒がやってくるのはわかっていました。けれど少なくとも、長年の苦しみのひとつから解放されるのです。残りの一週間で、ぼくたち民衆の気持ちを実際に表わす計画を練りました。エドワードのみごとな指揮のもと、残酷な圧政者のスメドリー先生と荷物を乗せた馬車が車道へと動き出す瞬間に、鶏小屋の上に旗を高く揚げる準備を整えたのです。隠れ垣の上に真鍮の大砲を三つ置いて、退却する敵の耳に、ぼくたちの消えることのない思いをはっきりと届けることになっていました。犬にはリボンをつけ、うまく言い逃れができてごまかせるようなら、小さなかがり火をたき、ぼくたち民衆の資金でまかなえる範囲でかんしゃく玉をひとつかふたつ破裂させる予定でした。

その朝、ぼくはハロルドに起こされました。脇腹をつつかれ、「今日、行ってしまうよ」

という声が朝の讃美歌のように響いて、眠気がすっかりさめたのです。とても重要な事実が、しだいに頭の中ではっきりしてきましたが、おかしなことに、当然感じるはずの歓喜の気持ちがわき上がってきませんでした。実のところ、着替えているときに、なんとも形容しがたい不快な気持ちがしだいにこみ上げてきたのです。体のどこかに打ち身を負ったような感じでした。ハロルドも明らかにぼくと同じ気分になっていました。というのも、まるで祈祷書中の連祷*のような調子で「今日、行ってしまうよ」と繰り返した後、ぼくの顔をじっと見つめて、この状況にどうやって対処すればいいのか指示を待っている様子だったからです。でも、ぼくは不機嫌な調子で、邪魔をせずにさっさと朝のお祈りをするようハロルドに命じました。よりにもよって今日という日に、天国を黒い雲で覆うような憂うつな気分になるなんて、いったいどういうことなのでしょう。

やっと階下に降りて家の外に出ると、エドワードが木戸の横木に足をおいて前後に揺らしながら、素朴な農場の家畜の歌を歌っていました。順番に家畜が出てきて、それぞれの鳴き声でわけのわからないことを言う歌で、各々の節はいつも次のような二行連句で始まるのです。

さあ、みんな、一緒においで

朝早くから、出かけよう

重要な出立の日をすっかり忘れてしまっているのは明らかでした。ぼくはエドワードの肩に触れて、「今日、行ってしまうよ」と言いました。水道の蛇口をひねって閉めたみたいに、ぴたりとエドワードの歌が止まりました。「そうだった」と答えると、すぐに木戸から飛び降りたのです。ぼくたちは、それ以上何も言わずに家の中へ戻りました。

朝食の席で、スメドリー先生は、とてもずるくて納得のできないふるまいをしました。神が家庭教師に授けた暴君としての権利のなかには、泣くことは入っていないはずです。むしろ、圧政の犠牲者の特権なのに、それを強奪するなんて、ボクシングのリングの規則を無視してベルトより下を打つ*ようなものです。シャーロットはもちろん泣いていましたが、それは別に規則違反ではありませんでした。シャーロットは、時期が来て豚に鼻輪がつけられただけでも泣くのです。取り付ける人々はあきれて、豚は嫌がっていないよと元気づけました。豚のことをよく知っていたのです。けれども、雲を乗りこなす神にも等しい存在が、雷を脇に置いて、泣くという手段をとるなんて、反抗的な人類としては不当な扱いを受けたと感じて当然ですし、理由もなく困難な立場に立たされたと考えるのも当然です。もしハンニバル*が泣いたとしたら、ローマ人はいったいどうしたでしょう。歴史上、そんな可能性を誰も考えたことすらありません。規則や先例は、双方の間で厳しく守られねばならないのです。もし守られなかったら、そうされた側は、傷つけられたと感じても当然です。

予想通り、その朝は授業がありませんでしたが、それも不満の種でした。最後まで叙法や時制のあれこれに悩まされながら苦闘したのち、九九の表をバラバラに引きさき、その残骸を踏み越えて、憎悪で頬をほてらせながら永遠に決別する、というのが物事のあるべき姿なのです。けれども、そんなことは起こりませんでした。ぼくは気の向くままひとりで庭をぶらつき、憂うつな気持ちがつのってくるのをできる限り抑えようとしていました。なじんだ人がいなくなってしまうというのは本当に良くないことだと思いました。何事も今までと同じように続いていくべきなのです。もちろん変化はあるでしょう。たとえば、豚はうんざりするほど頻繁にやってきては去って行きました。

鋭い一撃を放ち
激しく突撃して　ついに倒れ伏した＊

それは自然の女神が定めたことで、お返しにすぐ後継者を与えてくれました。豚を愛するようになり、その豚がいなくなったとしても、悲しみはすぐにいやされます。新しく生まれた仔豚のなかから選ぶという楽しみがあるからです。でも、比類なき豚のことではなく、ただの家庭教師のこととなると、自然の女神は力になってくれず、忘れさせてくれる仔豚もいませんでした。事態は前より良くなるかもしれないし、悪くなるかもしれませんが、いずれにしても前のままではありません。子どもは生来保守的で、貧しくなることも豊かになることも求めず、変わらないことを望むものなのです。

やがて、エドワードが、ぼくと並んで前かがみになって歩き出しました。ジャムをくすねようとして捕まったときのような、ばつの悪そうな顔をしていました。「スメドリー先生が本当に行ってしまったら、なんて楽しいだろう！」と、尊大な調子で言いましたが、そう見せかけているだけなのは明らかでした。

「すごく楽しみだね！」と、ぼくが辛い気持ちで答えると、会話はとぎれました。

鶏小屋に着くと、最高の瞬間にそよ風にひるがえるよう準備しておいた自由の旗を、ふたりでじっと見つめました。

「馬車が出発したら、旗を揚げようか」と、ぼくは尋ねました。「それとも、馬車が見えなくなるまで待つ？」

エドワードは決めかねた様子であたりを見回して、「雨が降りそうな気がする」と、言いました。「新しい旗だから、だいなしにするのはもったいないよ。揚げるのはやめたほうがいいかもしれないな」

ハロルドが、インディアンに追われたバイソンのように突進しながら角を曲がってきて、「大砲をみがきあげたよ」と、叫びました。「すごくりっぱに見えるよ。火薬を詰めてもいい？」

「やめておけ」と、エドワードは厳しい調子で言いました。「さもないと、吹き飛ばされてしまうぞ」（エドワードは普段は他人を思いやるという美徳を持ち合わせていませんでした。）「いいと言うまで、火薬にさわるんじゃない。言うことを聞かないと、げんこつをくらわせるぞ」

ハロルドは後ずさりをすると、勢いを失くし、うちのめされた様子で従いました。そして話し出しました。「手紙を書いてほしいんだって。綴りは間違っても気にしないから、ただ書いてくれればいいって言うんだ。あの人がそんなことを言うなんてね」

「もう黙っていろ」と、エドワードがひどく怒って言いました。ぼくたちはまた静かになって、みじめな思いにとらわれていました。

「雑木林のほうへ行ってみようよ」緊張をやわらげるために何かしなくてはと思って、ぼくはおずおずと提案しました。「新しい弓矢を削ろうよ」

「この前の誕生日にナイフをもらったんだ」と、エドワードがふさぎこんで身じろぎもせずに言いました。「大したナイフじゃなかったけど、失くさなければよかった」「足が痛いとき、夜中までつきそって薬を塗ってくれた」と、ぼくは言いました。「今朝まですっかり忘れていたよ」

「馬車が行くよ！」突然ハロルドが叫びました。「砂利の上を走るときのガラガラという音が聞こえる」

そのとき初めて、ぼくたちはお互いに顔を見合わせました。

馬車とその乗客は門を通ってついに姿を消し、車輪の音も消えていきました。旗が太陽のもとで勝ち誇ったようにひるがえることはなく、王朝の終焉を宣言する砲声も轟きませんでした。運命の女神は、砂糖をまぶしたケーキから一片を切り取るように、ぼくたちの暮らしのなかからかけがえのない一部を切り取ってしまったのです。どちらを向いても、ぽっかりと穴があいたような感じがしました。ぼくたちは、めいめい違う方角へこっそりと去りました。お互いにひとりになりたかったのです。すると、今すぐ庭に行って端から端まで土を掘り返そうという考えが頭に浮かびました。実際、掘る必要はなかったのですが、掘り返しても困ったことにはならないので、炎天のもとで一生懸命全力で働きました。体を動かすことで何も考えないですむようにしたのです。一時間ほどたって、エドワードがそばにやってきました。

「ずっと薪を割っていた」。説明を求められてもいないのに、エドワードはやましいことでもあるような調子で言いました。

「どうして？」ぼくは愚かな質問をしました。「薪の束はもうたくさん山積みされているのに」

「知っているよ」と、エドワードは言いました。「でも、多すぎてもかまわないさ。何が起こるかわからないからな。おまえは、どうしてこんなに掘り返したんだい」

「雨が降りそうだと言っただろう」ぼくはあわてて説明しました。「だから、その前に掘り返してしまおうと思ったんだよ。腕の良い庭師は、それが正しいやり方だといつも言っているからね」

「確かにあのときは雲行きがあやしかったのさ」と、エドワードは認めました。「でも、もうおさまったようだ。まったくおかしな天気だよ。だから今日は朝からずっと気分が悪かったのかな」

「そうだね、天気のせいだと思うよ」と、ぼくは答えました。「ぼくも一日中気分が良くなかった」

気分が悪かったのと天気は何の関係もありませんでした。ぼくたちにもそれはよくわかっていました。けれども、ふたりとも本当の理由を言うくらいなら、死んだ方がましだったのです。

第15章
青い部屋

自然の女神がときとして人の心に同調するという考えは*、今まで何度も唱えられ、そのたびに新しい発見のように言われてきましたが、ぼくたちは、いつも自然は人と同調していると感じていました。ですから、風の吹きすさぶ三月のある日、エドワードとぼくが駅のプラットホームで新しい家庭教師の到着を待っていたとき、ポプラの木の上で風がうなったりむせび泣くような音をたてたり、それがおさまったかと思うと突然雨が降り出して埃っぽい道の上に跳ねかかったりするのを、ごく当然なことに思えたのです。言うまでもありませんが、迎えの手配は、おばさんの考えでした。内気で無邪気なぼくたちが駅からの道すがら家庭教師と打ち解けて、互いの誠実さが明らかになり、きっと尊敬の念が沸いて固い友情が結ばれるだろうという甘い考えを抱いたのです。しかし、それは美しい夢にすぎません。家庭教師の圧政の矢面に立たされることがわかっているエドワードは、むっつりと無口で、行儀のよい子と思われる範囲で愛想良くもなければ悪くもない態度をとると堅く決心していたので、ぼくが代弁者となって口先だけの挨拶をかわさなければならなかったのでした。だからといって、ぼくもエドワードより愛想良くはなかったのです。儀礼的な挨拶や、歓迎の言葉や、説明や、そのほかの宮廷の侍従長のようなふるまいは大嫌いでした。速度を落とした客車の窓を不機嫌そうににらみながら歩いていたとき、ぼくらのこころのなかにも三月の大嵐が吹き荒れていたのです。

けれども、よくあることですが、本当の困難は予想していないところにあったのでした。歓迎自体は、苦もなく堅苦しくもなく終わりました。いかにも田舎風な乗客のなかでは、家庭教師はすぐに見分けられ、ぼくが念入りに考えた歓迎の言葉を発する前に、彼の旅行かばんはすでに手荷物車に乗せられていて、本人も通路に出てきていたのです。ぼくは少しほっとして、一緒に歩き始めたわれらの新しい友人を見上げたとき、もっと退屈そうで学者ぶった厳格な人物を予想していたことを思い出しました。少年のような熱心な顔、気難しそうな鼻めがね、乱れた髪、絶えずコマドリのようにすばやく左右に動かす首、しょっちゅうアルトのように高くなってしまう声、こうした様子は、とても奇妙で目新しいものでしたが、少しも恐ろしくはありませんでした。

家庭教師は落ち着きなく左右に目をやっては村を進んでいき、まもなく「すばらしい」とか「なんとすばらしく楽しいところだろう」という言葉を発しました。

こんなことは予想していなかったので、助けを求めてエドワードのほうを見やりましたが、エドワードは手をポケットに入れたまま、怖い顔で下を向いていました。こういう態度を取ると決めたからには、それに徹するつもりのようでした。

一方われらが友人は、指を丸めて望遠鏡のようにして、目を細め、ぼくには見えないものを見ていました。「最高にすばらしい！」と、突然叫びました。「十五世紀だろう、違うかな、いや、そうにちがいない」

ぼくは、怯えるとはいかないまでも、困惑してきました。怯えた人々には店先に並ぶ骨付き肉の切り身さえバラバラになった人体のように見えるという『アラビアン・ナイト』の肉屋の物語*を思い出しました。このひとには、ありふれた単調な田園風景のなかに、とても特別なものが見えるようなのです。

生け垣の間をゆっくり進んでいたとき、「ああ！」と、また家庭教師が突然言葉を発しました。「こんどは畑だ。丘陵を背景にして、雨雲がたちこめている。どこもかしこも、デイヴィッド・コックス*そのものだ！」

「あれは農夫のラーキンさんの畑です」知らなくて当然と思ったので、ぼくは、ていねいに説明してあげました。「もし農夫のコックスさんとお友だちでしたら、明日コックスさんのところへお連れします。でも見るものは何もないですよ」

むっつりとしてついてきていたエドワードが、「なんてばかげた変人なんだ」とでも言いたそうな顔をぼくにしてみせました。

「きみたちの住んでいるのは、ほんとうに牧歌的*なところだね」と、その人は熱心に続けました。「あの田舎家や農場に備わっている雰囲気は、過去の芸術の名残りだ。英国の風景を神々しく独特なものにしている！」

飛び回るバッタのように落ち着きのないこの人物が、ますます厄介になってきました。畑や農場は見慣れたもので、葉っぱや小枝のひとつひとつまでよく知っていましたが、こんな風に形容詞を並べたてる理由がまったくわかりませんでした。神々しいとか、独特とか、なんとかだなんて、思ったこともなかったのです。畑や農場は、ただそれだけで、それ以上のものではありませんでした。どうしたらいいかわからずに、エドワードの脇をついて、理屈の通った会話を始めてもらおうとしたのですが、エドワードは歯をむいてみせただけで、頑固にこれまでの態度をとり続けました。

「家が見えてきました」まもなく、ぼくは言いました。「放牧地でろばを追いかけているのはセライナです。ろばがセライナを追いかけているのかな。はっきりわからないけど、いずれにしても、ろばとセライナです」

言うまでもなく、家庭教師は形容詞を連発しました。「すばらしい！」と、大声で言いました。「なんと甘美で、調和がとれているんだろう。途方もなく似つかわしい」（途方もなく変なのは家庭教師の方だとエドワードが考えているのが、その表情からわかりました。）「あの古い切妻屋根の下では、ロマンスの可能性もあるだろう」

「屋根裏部屋のことを仰っているのでしたら」と、ぼくは言いました。「古い家具がたくさんあります。それにたいていリンゴでいっぱいの部屋もあります。軒下にはときどきコウモリがいてバタバタ飛び回っているので、ぼくたちが上ってへアブラシなどで追い出します。でもぼくの知る限り、ほかには何もありません」

「ああ、でも、コウモリのほかにも何かいるにちがいない」と、家庭教師は叫びました。「幽霊がいないとは言わせないよ。いなかったら、とてもがっかりしてしまうからね」

ぼくは返事をする気になれませんでした。この種の会話はもう手に負えないと感じていたのです。それに、家が近づいてきたので、ぼくの役目も終わりでした。イライザおばさんが玄関で迎えてくれて、いつもおとながやるように、どちらもが同時にしゃべり、砲火のように激しい形容詞の応酬がありました。そのすきに、ぼくとエドワードは、客間でお茶を一緒に飲めと言われる前に家の裏手へのがれ、すばやく文明と距離をおいたのです。ぼくたちが戻ってくるころには、客は夕食の前に着替えをするために階上へ上がっているでしょうから、少なくとも明日までぼくたちは解放されたのでした。

一方、三月の風は、日没のころにいったん弱まったのですが、その後しだいに大きく激しさを増していきました。いつもの時間に眠りについたものの、真夜中にぼくは暴風の音で目をさましました。月明かりのなか、日よけの向こうで木の枝が風にさらされて不気味に上下左右に動き、煙突はガタガタと音を立て、カギ穴はヒューヒューと鳴り、あちこちで騒々しい音がしていたのです。とても眠ってはいられず、ベッドから起き上がってあたりを見回しました。エドワードも身を起していました。「いつになったら目を覚ますのかと思っていたんだ」と、エドワードが言いました。「こんなときに眠ろうとしてもむだだ。起き出して、何かしよう」

「そうしよう」と、ぼくは答えました。「船に乗って海にいる遊びをしよう（古い家が暴風にさらされてきしんでいることから、自然とこれを思いついたのです）。難破して島に打ち上げられてもいいし、筏に取り残されるのもいいね。好きな方を選んでいいけど、ぼくだったら島の方がいいな。そのほうが色々なことが起きるから」

エドワードは考えていましたが、やがて異議を唱えて、「それだと大きな音をたててしまう」と、指摘しました。「思いきり騒げないなら、船で遊んでも楽しくないよ」

扉がキィーと音をたてて、白い服を着た小さな人影が慎重に忍び込んできました。「話し声が聞こえたと思ったの」と、シャーロットが言いました。「風の音がいやだわ。怖いの。セライナもよ。すぐにやってくるわ。ご自慢の新しいガウンをはおっているところなの」

エドワードはひざをかかえて、セライナが現われるまでじっと考え込んでいました。新しいガウンを身につけたセライナは裸足で、背が高くほっそりと見えました。すると、「いいかい！」と、エドワードは叫びました。「みんなそろったから、探検に行こうよ」

「いつも探検をしたがるね」と、ぼくは言いました。「この家でいったい何を探検しに行くんだい？」

「ビスケットさ！」良い考えを思いついてエドワードが言いました。

「ばんざい！　行こう！」ハロルドが突然起き上がって口をはさみました。ずっと起きていたのですが、やりたくないことをさせられないように、寝たふりをしていたのです。

エドワードが思い出したとおり、ときどきおとなたちはうっかりビスケットを出したままにして、夜間うろつきまわる鋼鉄の神経を持った冒険者の戦利品となることがありました。

エドワードはベッドから転がるように出て、着古しただぶだぶのニッカーボッカーズにむき出しの脚を通しました。それからベルトを締めて、片側には大きな木製のピストルを、反対側には古い木刀をさして、最後に、縁の垂れた大きなソフト帽をかぶりました。これは、もとはおじさんの物で、ガイ・フォークスごっこやチャールズ二世が木に登るという遊び*をするとき、ぼくたちがよく使っていました。エドワードは、観客が誰であろうと、可能ならいつも念入りに、そして忠実に、自分の役割にふさわしい扮装をするのです。一方、真のエリザベス朝の人間*であるハロルドとぼくは、衣装の細かい点にはこだわりませんでした。胸をドキドキさせてくれるドラマティックな要素さえあれば十分だったのです。

さて、われらが司令官は、イライザおばさんがいつも扉を開けたまま眠ることを指摘して、墓場のような沈黙を保てと命じました。その扉のそばを、列をなして進んでいかなければいけないからです。

「でも、青い部屋を通って行けば近道になるわ」と、抜け目のないセライナが言いました。

「その通りだ」と、エドワードが同意しました。「忘れていたよ。では行こう。きみが先頭に立ってくれ」

青い部屋は、大昔に不要な通路を改造して建て増しされた部屋で、好都合なことに扉が二つあるだけでなく、そこを通れば、恐ろしい竜のようなお目付け役のおばさんのねぐらのそばを通らずに階段の上にたどりつけたのです。ときたまおじさんがやってきて泊まる以外は、めったに誰も使っていませんでした。ぼくたちは一列になって、音を立てずに入りました。部屋は真っ暗でしたが、明るい月の光が床の一角を照らしていて、ぼくたちはそこを通ってもう一方の戸口から出ていかなければなりませんでした。そのとき、先陣を務めるわれらがレディは立ち止まり、この機会を利用して新しいガウンのすその具合を確認しました。すっかり満足すると、女らしくこれ見よがしに気取ってポーズをとり、空想上のパートナーとメヌエット*を踊りながら月光の中をゆっくりと進みました。芝居好きの本能を刺激されたエドワードは、一瞬ためらったのち、がまんできずに木刀を抜くと、その場にふさわしい大げさな身振りで舞台に躍り出ました。お決まりのやり方でもみ合いがあって、おしまいにセライナは熱のこもった演技でゆっくりと刺され、その死体は冷酷な騎士によって部屋から運び出されました。あとの者たちも大喜びして跳ね回るしぐさをしながら、ひとかたまりになって急いで後を追いかけたのです。この演技の一番の魅力は、無言劇のようにまったく無言でやりとげなければならないところでした。

　暗い階段の上に出ると、外の嵐の音が凄まじかったので、それほど沈黙を守る必要はなかったことに気づきました。そこで、アルプス登山家*が危険な場所で互いをロープでつなぐように、お互いのガウンのすそをつかみながら、勇敢に氷堆石《ひょうたいせき》の階段を降りて行きました。ぞっとする氷河のような玄関ホールを横切ると、客間の半開きの扉からもれるかすかな光が、宿泊所の心地よい灯りのようにぼくたちを招いていました。なかに入ると、浪費家のおとなたちが暖炉の火を十分に残していて、簡単に炎の勢いを強めることができました。そしてお皿一杯のビスケットと、半分に切ったレモンが、まるで歓迎するかのようにぼくたちにほほえみかけていたのです。レモンはすでにしぼってありましたが、まだ汁を吸えそうでした。ビスケットを公平に分配し、レモンを順に回してかわりばんこに吸いました。暖炉の火を囲んでかがみこむと、むき出しの手足が温められて、夜間の様々な危険を冒して出てきたかいがあったと思いました。

おしゃべりをしているとき、「なんだか変な感じだよ」と、エドワードが言いました。「昼間はあんなにこの部屋がきらいなのに。顔を洗って、髪をブラシでとかして、ばかげたおしゃべりに付き合わなければいけないからね。でも今夜は、ほんとうにとっても楽しいよ。どこか違って見える」

「お客さんはなんのためにお茶に来るのか、まったくわからないよ」と、ぼくは言いました。「ほしけりゃ、自分の家でお茶くらい飲めるのに。貧しい人たちじゃないんだよ。家だったら、ジャムなんかも一緒に食べられるし、受け皿から飲んでもいいし、指だってなめてもいいし、とても楽しくやれる。それなのに、遠くからわざわざやってきて、椅子の横木に足をのせずに背筋を伸ばして座り、一杯のお茶を飲んで、毎回同じようなことを話すんだよ」

セライナは軽蔑したように、ふんと鼻であしらいました。「あんたは、なんにも知らないのね」と、言いました。「社交界では、お互いに訪問し合わなければいけないのよ。それが、ふさわしいやり方なの」

「ふん！　きみだって社交界に出ていないじゃないか」と、エドワードが平静に言いました。「それにさ、これからも絶対に社交界に出られないよ」

「いいえ、いつかは社交界に出るわ」と、セライナが言い返しました。「でも、あんたに会いに来てとは言わないわ、絶対によ」

「来てと言われても行くもんか」と、エドワードが怒って言いました。

「そんな機会はないわね」と、姉さんは言い返して、有無を言わせず話を終わらせました。

こんなやりとりをしても、ふたりとも激したりはしませんでした。これが礼儀正しい会話のやり方だと、ぼくたちのあいだでは了解済みだったのです。

「社交界の人たちはきらいだ」と、ソファに大の字に寝そべったハロルドが口を挟みました。昼間にはとてもできない格好でした。「今日の午後、兄さんたちが駅に出発したあとで、お客さんが来たんだよ。それでね、ぼくは芝生で死んだネズミを見つけたの。皮を剝ぎたかったけれど、ひとりでできるかどうか自信がなかったんだ。それからお客さんたちが庭に出てきて、ぼくの頭をなでたんだよ。誰も頭をなでたりしないでくれたらいいのに。そのうちのひとりがお花を摘んでほしいと言ったの。どうして自分で摘めないのかわかんないけど、『いいですよ、ぼくのネズミを持っていてくれたらね』と言ったら、その人は悲鳴を上げて、ネズミを投げ捨てたんだよ。そしたらネコのオーガスタスがくわえて、持っていってしまったの。たぶんはじめからオーガスタスのネズミだったんだよ。失くしたものを探すみたいに、あちこち見て回っていたからね。だからオーガスタスのことは怒っていないの。でも、あのひとは、何だってぼくのネズミを投げ捨てたりしたのかな」

「ネズミの扱いには気をつけろ」と、エドワードが言いました。「つるつる滑ってつかみにくいからな。ピアノの上で、死んだネズミで遊んでいたときのことを覚えているかい。ネズミはロビンソン・クルーソーで、ピアノが島だった。どうしたわけかクルーソーが島の中に滑り落ちて、機械部分のなかに入り込んでしまったよな。熊手やあらゆるもので試したけど、調律師が来るまで取りだすことができなくて、そして来たのは一週間もあとだったから——」

このとき、それまで神妙な顔でうなずいていたシャーロットが、炉格子のほうに眠気で倒れこみ、ぼくたちは風が弱まったことに気づきました。家の中はシーンと静まり返っていたのです。空っぽのベッドがぼくたちを緊急に呼んでいるように思えて、エドワードが退却の合図をしたとき、みんなはほっとしました。階段の上で、思いがけずハロルドが反乱を起こして、自由な国では手すりを滑り降りる権利があると言い張りました。状況から言って議論の余地はなかったので、ぼくは代わりに、カエルの行進*を提案しました。そうしてハロルドは体を水平にしてだらんとさせ、四人に手足を持ってもらって運ばれたのです。月明かりの青い部屋を行列がおごそかに横切って行きました。やっと暖かくて心地よいベッドにおさまって、寝入りかけたとき、エドワードが突然鼻を鳴らしてクスクス笑うのが聞こえました。

「なんてことだ！」と、エドワードは言いました。「すっかり忘れていた。新しい家庭教師の先生が、青い部屋で寝ていたんだ！」

「起こしてしまって捕まらなくてよかったね」と、ぼくは眠そうにブツブツと言いました。そのことはもうそれ以上考えずに、ふたりとも、一生懸命働いた後に当然与えられる眠りに落ちました。

翌朝、新たな困難に立ち向かおうと身がまえて朝食に降りて行くと、昨日はあんなにおしゃべりだったわれらが友人は、朝食に遅れて現われて、妙に静かで明らかに上の空だったので、ぼくたちは驚きました。ポリッジ*をさっさと平らげたあと、ウサギにえさをやりに走って出て行き、意地悪な家庭教師のせいで以前のようにぼくたちと一緒に楽しく遊べなくなるだろうと、ウサギに説明してやりました。

勉強にあてられた運命の時間に家に戻ってみると、われらが新しい知人を乗せた駅馬車が車道を走り去って行くのが見えて、仰天しました。イライザおばさんは断固として口を閉ざしたままでしたが、おばさんが何気なく、あの人は頭がおかしいにちがいないと言ったのを、偶然耳にしました。この説には、ぼくたちもまったく同意見だったので、家庭教師のことはその後すっかり忘れてしまいました。

何週間かたったころ、トマスおじさんが、あわただしく訪ねて来て、ポケットから週刊誌『魂（プシュケ）――霊界ジャーナル』*の最新号を出しました。そして、明らかにぼくたちをだしにして、わけのわからない冗談を一生懸命言い始めたのです。ぼくたちはしきたりに従って作り笑いをして辛抱強く聞きながら、おじさんのひらめきのもととなった情報源を知りたいと思っていました。それは目の前に置かれた記事の一節のようでした。そこには、ぼくたちのささやかで平凡な住まいが詳細に描写されていたのです。書き出しは「事例三。以下は、誠実さとまじめさに疑いの余地のない当協会の若い会員から伝えられたもので、最近実際に経験した詳細な記録である」となっていました。続いて、まぎれもなくこの家のなかが細かい点までとても正確に描写されていたのです。しかし、そのあとには幽霊やら夜の訪問者やら、取るに足らないたわごとが次から次へと続き、その書き方から筆者は頭のおかしい想像力に欠ける人物であることが窺えました。おまけに筆者には独創性すらありませんでした。題材は、嵐の夜や、幽霊の出る部屋や、白衣の女性や、再現された殺人など、おなじみのものばかりだったのです。雑誌のクリスマス号ですでに使い古されたものでした。誰にもさっぱりわけのわからない代物で、うちの静かな住居との関連もわかりませんでしたが、エドワードは、短い付き合いだった新しい家庭教師がなんらかの形で関わっていると言い張りました。最初から怪しい人物だと思っていたからです。

第16章
仲たがい

後になってから、ハロルドは事の次第をしぶしぶ少しずつ語ってくれました。ハロルドが話してくれたのは、思い出ではありませんでした。みじめな思いをしたとき、その心の痛みは、打ち身のように残ります。いつかはすっかり消えてしまうとしても、なかなかすぐには消えてくれないものです。海外の戦場で受けた銃弾が身体に入ったままの退役軍人のように、まだ時々ちくちくと痛むと、ハロルドは打ち明けてくれました。

やってしまった瞬間から、自分が卑劣なことをしたとわかっていました。セライナはハロルドを慰めて手助けしようとしたのであって、苦しめるつもりではなかったのです。けれども、七かける七は四十七だと言い張っただけなのに、勉強部屋から出してもらえなかったとき、ハロルドの心はひりひりと痛んでいました。あまりにも不当だと思ったのです。四十七も四十九もたいして変わらないじゃないか！ 一方の数字のほうが美しいわけでもないし、明らかに気まぐれな好みの問題にすぎないのに。それに、そもそもハロルドにとってはずっと四十七でしたし、これからも永遠に四十七なのです。セライナは、ハロルドの九九を聞いて自由の身にしてやるために、極西部地方*も、毛皮を取るわな猟師*をも後に残し、アパッチ族*の妻となる栄誉を先延ばしにして、勉強部屋の中に入ってきました。そのときハロルドは、思う存分すねたいから放っておいてほしいと強く思っていたので、悪意をむきだしにしてセライナに食ってかかりました。姉の親切な申し出を拒絶して、思いやりに満ちたその胸の肋骨のあたりに肘鉄すら食らわせたのです。一時的な興奮はすぐにおさまり、自分のしたことに気付いて、ハロルドの魂は悲嘆で砕け散りました。その悲しみのなかで、傷つけたセライナを癒やせるような英雄的な償いはないだろうかと考え始めたのです。

もちろん、かわいそうなセライナは献身的な行為も英雄的な行為も全く求めていませんでした。ごめんなさいと謝ってほしいとすら思っていなかったのです。仲直りさえしてくれたら、自分のほうから謝ってもいいと思っていました。けれども、男の子のやり方は違っていたのでした。もっと形のある何かを、当然差し出すべきだとハロルドは感じていたのです。それが成し遂げられるまでは、仲直りを考えてはいけませんでした。劇的な効果が半減するからです。というわけで、ハロルドが勉強部屋から出るのを許されたとき、セライナは目を合わせようとそばをうろうろしていましたが、ねじ曲がった動機に取りつかれたハロルドは、仲直りが刻一刻と遅れることに心のうちでは血の涙を流しつつも、ずっとセライナを避け続け、代わりにぼくのところにきたのでした。言うまでもなく、ぼくはハロルドの計画に心から賛同しました。単におとなしく仲直りするなら誰にでもできますが、ハロルドの計画のほうがずっと格調高いやり方だったのです。女の子は、敵意に満ちた肘で肋骨のあたりを強打されたら、一瞬たりともそのことを忘れるとは思えないので、傷ついた心をいやす特効薬となる捧げ物が必要だと思ったのです。

「セライナが一番ほしいものはわかっているよ」と、ハロルドは言いました。「おもちゃ屋のショーウィンドウに飾ってある赤と青の花模様のティーセット*がほしいのさ。何か月も前からずっとほしがっているんだ。セライナの人形は本物のアフタヌーンティーができるくらい大きいからね。あんまりほしいものだから、町に行ったとき、その店のある側の通りを歩こうとしないんだよ。でも、五シリングもするんだ」

それからぼくたちは真剣に検討を始めました。午後いっぱいを費やして、財産を現金化し、英国政府のものだと言っても恥ずかしくないくらいの予算を組みました。その結果は次の通りです。

二シリング六ペンス。おじさんのひとりからもらったけれど、失くして一週間近く見つからなかったので使っていなかった（結局犬小屋のわらのなかで見つかった）。

一シリング。別のおじさんからもらうのを担保として、ぼくが立て替える（もらえなかった場合はクリスマスに回収する）。

四ペンス。宣教師の献金箱を振り、小刀の刃も使って取り出した（強制的に徴収されたぼくたちのお金）。

二ペンス。農夫ラーキンの雄牛がいる牧草地をハロルドが横切れるかという賭けで、できないほうに二ペンス賭けたエドワードにハロルドが勝って得た（やっとのことで回収した）。

一シリング。担保はなしでマーサに立て替えてもらった（ただしおばさんには言わないこと）。

以上、合計五シリング。

こうしてぼくたちは、ほっと息をついたのでした。

あとは簡単そうに思えました。セライナは翌日五時に、赤ん坊のころからいろいろな人形をもてなしてきた、縁の欠けた木製のティーセットで、お茶会を開く予定でした。ハロルドは昼食のあとですぐに抜け出します。子どもだけで町に行ってはいけないことになっていたので、疑いを招かないようにひとりで行かなければなりません。小さな町まで約三キロはありましたが、かんなくずに包んできちんと梱包された和解の品をかかえてハロルドが帰ってくるまで、時間はたっぷりありました。それに、友人の肉屋の主人に会えたら、荷車に乗せてもらって帰れるかもしれません。そうして五時になったら、セライナは突然ふってわいた新しいティーセットに有頂天になり、ハロルドは体面を失わずに罪を償うことができて、ついに和解が成立するのです。前途に待ち受けているすばらしい瞬間を思うと、あと一日仲たがいをしたままますねたふりを続けるのは、ハロルドには大したことではありませんでした。けれども、お楽しみが用意されているのを当然知るよしもないセライナは、夜までずっとしょんぼりとしたままで、沈んだ心で眠りについたのです。

翌日、計画を実行に移す時間になると、ハロルドは長い間の鍛錬で身につけた自然で控えめな態度でオリンピアンの注意をそらし、正門へ急ぎました。ハロルドを目で追いかけていたセライナは、カエルを捕まえに池のほうへ行くのだと思って、後を追いました。二人で一緒にやろうと楽しみにしていた遊びだったのです。しかしハロルドは、セライナの足音を聞いても振り返らず、毅然として崇高な使命にまい進しました。残されたセライナはしょんぼりとして、花壇の間をあてもなくさまようしかありませんでした。花の色はあせて、香りも失われたとセライナには思えたことでしょう。ぼくはそれを一部始終見ていました。理性ではぼくたちのやり方が正しいと思っていましたが、本能ではぼくらは人でなしだとわかっていました。

後で話してくれたところによると、ハロルドは道中をほとんど走って、記録的な時間で町に着きました。姉か妹の心を傷つけて良心の呵責を感じた者が他にもいて、六か月ものあいだショーウィンドウに置かれていたティーセットを先に買ってしまわないかと恐れたからです。ですから、そのセットがまだ残っていて、値札に記された値段で持ち主が喜んで手放してくれるとわかっても、信じられないくらいでした。ハロルドは、取引があとで取り消されないように、すぐに代金を払いました。そして、ショーウィンドウからティーセットが取り出されて梱包されるあいだ、午後の時間もまだたっぷり残っていたので、都会の楽しみを少し味わってボヘミアンの生き方*をしてもよいかと思ったのです。もちろん、まず商店を見て回りました。ゴムまりがいくつも飾られているショーウィンドウや、ぜんまい仕掛けの機関車*のショーウィンドウに、次々と鼻を押し付けました。床屋のウィンドウにも押し付けましたが、そこには台に載せたかつらが置いてあって、おじさんを思い出しましたし、ひげそり用のクリームはとてもおいしそうに見えました。食料雑貨店のウィンドウでは、英国民全員が思う存分食べても余るくらいたくさんの小粒の種なし干しブドウが陳列されていました。銀行のウィンドウでは、金貨は軽んじられ、シャベルですくって取り扱われていたのです。次に、にぎやかで楽しい市場に行きました。逃げ出した子牛が砲弾のような勢いで通りを走ってきたとき、ハロルドは生きていて良かったと実感しました。市場全体があふれんばかりの興奮に満ちていて、何のためにここに来たのかを忘れてしまうくらいでした。教会の時計を見てやっと我に返ると、帰りつくのにちょうどの時間しか残っていないことに気づいて、あわてて町から飛び出したのです。五時に遅れてしまったら、大成功の瞬間を逃すばかりか、おそらく、境界を踏み越えてきた闖入者とセライナにみなされてしまうでしょう。それは、掛け算について個人的な意見を持つのとは比べ物にならないくらいひどい罪なのです。それでハロルドは、あれこれ考えながら、そしていつものように独り言をたくさん言いながら、帰路をひたすら走りました。ほぼ半分くらいの道のりを帰ってきた時、突然、みぞおちが沈み込むような恐ろしい心地がして、手足が麻痺したようになり、周りの世界から光と音楽が消え、太陽が真っ黒になって空がぐらぐらと揺れました。ティーセットを忘れてきてしまったのです！

何をしても無駄でした。希望もなく、すべてはおしまいで、もはやどうすることもできませんでした。それでもハロルドは回れ右をして、狂ったように必死に走り出しました。泣きじゃくって喉を詰まらせても、無慈悲な冷たいまわりの世界から憐れみも慰めも与えられませんでした。脇腹は両側とも刺すように痛み、目には埃が入って、心は暗澹たる絶望に捕われていました。そうして鉛のように重くなった脚で、張り裂けそうに痛む脇腹を抱えてよろけながら進みつづけ、角を曲がったとき、あやうく一頭立て二輪馬車の車輪に轢かれそうになりました。それはまるで運命の女神が最後に最悪の打撃をハロルドに残しておいたかのようでした。馬車が停まると、乗っていた恰幅の良い人物は、あの大敵の農夫ラーキンだったのです。まさにその朝、ラーキンのアヒルをねらって石を投げつけたばかりでした。

ハロルドがもし普通の状態で、意識もはっきりしていたら、少し前に生け垣を抜けて姿を消していたことでしょう。ハロルドの姿を見た農夫に不快なできごとを思い出させて傷つけたくはなかったからです。けれど実際には、どうしようもなく立ち尽くして、しゃくりあげながら泣くしかありませんでした。これ以上どんな不幸に見舞われようと、かまわなかったのです。農夫のほうは驚いて、みじめな姿のハロルドを見つめ、親しげな口調で呼びかけました。「どうしたんだね、ハロルド坊ちゃん。何があったのかね。逃げてきたんですかい？」

するとハロルドは、いつもなら出ない勇気を必死の思いでふり絞って、馬車の踏み段に飛び乗り、なかによじのぼると、底に敷いてあったわらの上に倒れこんで、町へ戻りたい、戻りたい、と涙にむせびながら訴えました。状況は判然としませんでしたが、農夫は言葉よりも行動の人だったので、すばやく馬を回し、ハロルドが落ち着きを取り戻して詳しいことを十分話せるようになったころには、もう町に戻っていました。店に乗りつけると、戸口で女の人が包みを持って待っていました。そしてお先真っ暗の危機的な状況からほんの一分もたったと思えないうちに、二人はすぐに帰路につき、ハロルドは大切な包みをしっかりと胸に抱いていたのです。

思いがけないことに、今や農夫はまったく別人のように見えました。フェンスや網垣を壊されたり、作物を踏み荒らされたり、家畜を追いたてられたりしたことについては、一言も言わなかったのです。まるで、生涯で家畜を一頭も所有したことがない人のようでした。そのかわり農夫は、辛いティーセット探索の顚末を詳しく聞きたがり、算数については自分も同じ教育を受けたことがあったかのようにハロルドの意見に共感してくれました。家に近づくころには、驚いたことに、ハロルドは体を起こし、新しい友人に心を許しておしゃべりしていたのです。そして、庭の生け垣のちょうどいい隙間に降ろしてもらう前に、セライナがこのティーセットで最初に正式なお茶会を開くとき、おがくずの人形の家族一同とともに、娘さんのミス・ラーキンを招待する、と約束していました。すると農夫は農産物品評会で金メダルをとったように喜んで誇らしそうに見えました。ぼくはこの話を聞くと、オリンピアンたちにも本当は心の奥底に良いところがあるのだとわかりはじめて、いつかは罵倒するのをやめなければならないだろうと思うようになったのです。

ハロルドが行きそうなところを探しまわって午後を過ごしたセライナは、五時になると、悄然として人形と一緒にお茶の席につきました。人形たちは融通がきかず、約束の時間に始めないと承知してくれなかったのです。木製のティーセットはいつもにもまして縁が欠けているように見えましたし、人形も、今までに覚えがないほどロウとおがくずでできているようで、人間らしい肌色や知性を失っているように見えました。ハロルドが飛び込んできたのは、そのときでした。ほこりまみれで、靴下はかかとまで垂れ下がり、うす汚れた頬には涙の筋がついたままでした。そして、ようやくセライナは、ハロルドが無分別なかんしゃくを起こして以来ずっと自分のことを思ってくれていて、ふくれっ面は見せかけだけで、ひとりでカエル捕りに行ったわけではなかったのだと知ったのです。その夕べ、輪になって座るガラスの目の膝の曲がらないお客さんをもてなした女主人は、とても幸せそうでした。数々の人形らしい不器用なふるまいは、いつもなら厳しくとがめられたはずですが、その日はまるで誕生日のように大目に見られたのです。

けれどもハロルドとぼくは、セライナが幸せそうだったのは長い間欲しがっていたティーセットが手に入ったからだとばかり思っていました。それが男の浅知恵だったとわかったのは、後になってからでした。

第17章

「十分に遊んだ」——旅立ちのとき*

オリンピアンの頭には愚かな考えがたくさん詰め込まれていましたが、これはその最たるものでした。オリンピアンは、名前や日付やその他の手がかりさえ口に出さなければ、ぼくたちに関係のあることを、ぼくたちの前でも全くおかまいなしに話してもよいと思っていたのです。あれこれ考え合わせて正しい判断をする能力は、ぼくたちにはないと考えていたのでした。サルは賢明*にも、自分で生計をたてろと言われないように言葉を発するのを控えていますが、それと同様に、ぼくたちは単純な三段論法で考える力があるのを慎重に隠していました。ですから、何を言われてもめったに驚いたりはしなかったので、おとなたちはがっかりして、ぼくたちを無感動だとか、驚異を感じる神聖な能力に欠けているなどと思いこんでいたのです。

毎日郵便物が届いたり、その後にわけありげな相談が続いたりしたので、トマスおじさんが何かぼくらに関係のある任務を帯びているということは、すぐにわかりました。トマスおじさんはよく用事を頼まれることがあり、その内容も様々でした。もったいぶっていて、その任務が好きなのに荷が重いと文句を言うような人で、いわば、人里離れたぼくらの住居に派遣された伝道師のようでした。釣り合うリボンを選んだり、商店へ走って行ったり、料理人の面接をしたり、それと似たような用向きをこなしたりしましたが、それらは、おじさんのロンドンでの空虚な生活に常に色どりや変化を与え、体形の維持にも役立っていました。けれども、ぼくらの面前でうなずいたり代名詞を用いたりしてその件を話し、しかも意味ありげに中断したり、フランス語をさしはさんだりすると、ぼくたちは危険信号の旗を掲げ、暴風警報標識*も掲げました。そして慎重に無関心なふりをつづけ、まもなく謎の核心に到達したのです。

ぼくたちは自分たちの出した結論が正しいか知るために、みんなでいきなりマーサのもとへ押しかけました。けれども、単に真相を問い質したのではありません。そんなことをしてもだめだったでしょう。そうではなく、学校が話題の中心になっている様子があたりに満ちていると伝え、ぼくらはみんな知っていると告げて、否定できるかと問うたのです。マーサは信頼できる人でしたが、弁護側の証人には不向きでしたので、ぼくらはすぐに全てを聞きだすことができました。指示がすでに出されて、学校が選ばれ、持って行くシーツまでがまさに今縫いをされており、そして犠牲者に選ばれたのはエドワードでした。

学校と呼ばれるこの奇妙で未知なものは、避けては通れない小川のように、常にぼくたちの前にありました。それでも、いや、だからこそ、それがどういう意味を持つのか真剣に考えたことがありませんでした。けれども、とうとうこの気味の悪い亡霊がのしかかるように迫ってきて、やせこけた手を仲間のひとりに伸ばしたのです。ぼくらはこの状況を直視して、海図に載っていないこの未知の海で水深を測るように、そっと事態を探り、どこへ向かって流されているのか知る必要がありました。あいにく、ぼくらの手持ちの資料はまったく不十分なもので、正確な情報をどこに求めたらいいのかわかりませんでした。もちろんトマスおじさんなら、はるか大昔にそこにいたことがあるので一部始終教えてくれたでしょう。けれども残念なことに、ぼくたちは、おじさんを生まれつきおどけてばかりいるひとだと確信していたので、おじさんの話は聞くのもうんざりであるばかりか、証言として信用できなかったのです。また、同年輩の者に尋ねてみても、その話には疑わしいところがありました。ある者によると、学校とは、陽気ないたずらや、お祭り騒ぎや、解放の場で、成人男子の幸福を一足早く味わえるところでした。別の者によると、残念なことにそれが大多数の意見でしたが、学校とは個人の経営する奇妙な冥界*で、しかも冥界をはるかに上回る恐ろしいところだというのです。エドワードが胸を張り、ふんぞり返って颯爽とした様子で歩きまわっているときは、将来を一方の面から見ているのだとぼくにはわかりました。逆に、おとなしくて非攻撃的で、女のきょうだいと一緒にいるときは、別の観点からの見かたが優勢になっていると、ぼくは気づきました。そういうときには、「ねえ、いつでも逃げ出せるからね」と、慰めるように言ったものです。それを聞くとエドワードはとても明るくなりました。けれどもシャーロットは、兄が靴ずれで足を豆だらけにし、風の強い厳寒の夜をおなかをすかせて干し草の山の陰で過ごす姿を思い描いて、涙にくれました。

当然ながら、この状況で心配事を抱え込むのは主にエドワードでした。けれども、それに伴うぼく自身の境遇や立場の変化もまた、ぼくには深刻な悩みの種となったのです。ぼくは今まで、おおむね命令通りに行動してきました。何か向こう見ずないたずらを考え出して提案したときも、エドワードの賛同を得て実行されましたし、その責任は特に年長者としてエドワードが負いました。これからは、「責任」という恐ろしいものが気がかりになり、どれほど喉を締め付けられるものなのかを、自覚するようになったのです。たしかに、ぼくの新しい立場にはその代償もあるでしょう。エドワードは長としての力が抜きんでていましたが、横柄で、少し狭量でした。確かな事実を熱烈に支持し、ごっこ遊びにはほとんど共感してくれませんでした。これからは、ぼくは自由で、束縛されません。計画の立案や実行に関して、より芸術的になるよう同意し、拒否できるのです。

そのうえ、もう「急進派」になる必要もありませんでした。もともとそうではないし、共感したわけでもなく、実際一度も「急進派」だったことはないのです。ある日、エドワードがぼくらの小さな共和国に上院をつくろうと提案したときに、その役割をぼくに押し付けたのでした。エドワードは、ものごとの原理を学者らしくうまく並べ立てたので、なかなかおもしろそうに聞こえました。けれどもそこでエドワードは、最初は自分が上院議員になると説明したのです。残りのぼくらは下院議員でした。もちろん功労や適性に応じて昇進はあり、それは男女ともに開かれている、とエドワードは付け加えました。そして特にぼくには迅速な昇進の見込みがあると言ってくれました。けれども、はじめの段階では、エドワードが一番目のただ一人の上院議員でなければ物事がうまく進まない、というのです。即座にぼくは断固として、全部くだらないし、上院なんてちっともいいところがない、と言いました。「それなら、おまえは卑しい急進派にちがいない！」と、エドワードは侮りをこめて言いました。そんなことを言われる筋合いはないと思いましたが、どうしようもありませんでした。ぼくはその状況を受け入れ、撫然として、わかった、ぼくは卑しい急進派だ、と言ったのです。それ以来、このばかげた役柄の仮面をかぶり続けざるをえませんでした。けれどもこれからは、仮面を投げ捨て、世の中と直面できるのです。

しかし、仮面をぬぐことも他の利点も、本当に不利になる点を上回るのでしょうか。たしかに、これからは、ぼくがリーダーで首長になります。けれども、オリンピアンとぼくの小さな氏族との間の盾にもならねばなりません。エドワードには、それはたいしたことではありませんでした。不動のテネリフェ＊やアトラス＊のように、ひるむことなくオリュンポスとの衝突を耐え忍びました。けれども、ぼくには、その務めを果たすだけの力量があるでしょうか。むしろ平和と平穏を保つために妥協し、和解し、折り合いたくなってしまう危険はないでしょうか。そして堕落の果てに「非の打ちどころのない優等生」に成り下がってしまわないでしょうか。もちろん、ここに述べた言葉通りのことを考えていたわけではありません。当時は、漠然とした考えを、必ずしも言葉という不十分な媒体へ機械的に変換する必要はなかったからです。けれども、これほど微妙な立場にふさわしい資質が、ぼくにはあるのだろうかという気持ちを抱いていたのでした。

新調された服が届くと、エドワードの背後にさす超自然的な後光はいよいよはっきりとしてきて、責任感のある堂々とした態度をとるようになりました。トランクと寄宿学校用の私物を入れる箱*が送られてくると、今や未来に属する兄と、依然として過去の世界に住むぼくたちとの間に生まれつつある亀裂は、ますます目立ってきたのです。一つ一つにエドワードの名前が大きな文字で書かれていて、それらが届いてから、持ち主はわけありげにたびたび姿を消すようになりました。やがて、うっとりとした様子で「エドワード・○○○」とつぶやきながら荷物の回りをうろうろしている姿が見られたのです。もちろん、その姿は格好が悪く、エドワードの軟弱さのあらわれでしたが、印刷された自分の名前を初めて見た時の感動を覚えている者なら、エドワードのことを悪くは言わないでしょう。

残り少ない日々が過ぎ去り、恐ろしい行事の影が次第にぼくたちの玄関先にまで伸びてくると、不自然な礼儀正しさや、うす気味悪い丁寧な言葉があたりに満ちてくるようになりました。最後のころには、エドワード自身が「お願いします」とか「あのボールをとってきてくれませんか」とぼくたちに言うのを頻繁に聞きましたし、ハロルドとぼくは、時には言われる前にエドワードの望みをかなえようとしたのです。女の子たちは、ひたすら足元にひれ伏していました。オリンピアンも、気おくれや甘やかしの気持ちから、ぎこちない言い方ながらも、エドワードのことを今まで誤解していたと言いつのりました。ますます状況はひどくなり、わざとらしくもなってきたので、学校へ行く当日になり、それらがおしまいになったときには、みんながほっとしたようでした。

もちろん、ぼくらはみんなで、ぞろぞろと駅まで行きました。「旅立ちを見送る」ことの滑稽さに人々が本当に気付くのは、もっと後の時代になってからです。エドワードが一行の花形でした。たとえその陽気さが時には少し大げさに思えたとしても、とやかく言う場合ではありませんでした。重い足取りで歩いて行きながら、ぼくは、エドワードが休暇で帰ってくるまで、これ以上ブタを殺さないよう農夫ラーキンに頼んでおくと約束しました。エドワードは、ちゃんとした石弓、それも子どものおもちゃではなく殺傷能力のある本物を送ると言ってくれました。そして道を半ばまで行ったころ、女の子のひとりがすすり泣きを始めました。

船酔いの苦しみをものともしない特権的な少数派でも、ときには、航海の仲間が目の前で突然倒れると、あわてて悔悛したり、今後はもっと謙虚になろうと心がけたりしたことを、おそらく思い出すでしょう。エドワードもまさにそんな様子で、顔をそむけて風景に関心があるように装いました。けれども、それは一瞬のことで、すぐに帽子をかぶっていることを思い出しました。しっかりした山高帽で、その種の帽子を買ってもらったのは生まれて初めてでした。それを脱ぐと、念入りに手触りを確かめました。帽子の何かから力を得て、エドワードは一人前の男らしさを取り戻したのです。

駅に着くと、エドワードはまずプラットフォームに荷物の箱を置いて、つけられたラベルや名前がみんなに見えるように気を配りました。初めて学校へ行くというのは、しょっちゅうあることではないのです。それから、切符の両面を念入りに読み、ポケットというポケットに次々と移し替えたのちに、お金をチャリンと鳴らして、勇気を奮い起こしました。このころには、みんなは話すことがなくなってしまい、祭壇にささげられた着飾った生贄のような彼のまわりに立って、黙って見つめているしかありませんでした。新調された紳士服を着て、しっかりした帽子をかぶり、片方のポケットには鉄道の切符を入れて、もう片方には自分のお金、それも好きなように使えて何に使ったかも聞かれないお金を入れたエドワードを見ていると、ぼくたちの間にぽっかりと口を開いている裂け目がどれほど大きいものなのかが、なんとなくわかってきました。さいわい、まだ幼かったのでそれ以上のことには気付きませんでした。この小さなプラットフォームの上で旧体制は息絶える寸前だということや、たとえ帰ってきても元のエドワードではなく、何もかも以前と同じには二度と戻らないということに、ぼくは気付かなかったのです。

とうとう汽車が蒸気を上げると、ぼくたちは、エドワードがこの上なく居心地よくすごせるような、彼の栄誉に一番ふさわしい客車*を選ぼうとして、性急に乗り込みました。それぞれが同時に理想的な車室を見つけて、声高にその良いところを主張していたので、エドワードはもう少しのところでホームに置いていかれそうになりました。ポーターがエドワードを一番近いドアから押し込んで乗りこませてくれました。汽車が出発する時、エドワードは窓から頭を突き出して、いよいよという時のためにとっておいた、申し分のない最高の笑顔を浮かべました。遠ざかる長い列車の側面から見える顔は、とても小さくて白く見えました。けれども笑顔はまちがえようもなくしっかりと保たれていて、列車がカーブを曲がって視界から消えてしまうまで見えていました。そして列車のガタガタいう音が消えていくとともに、エドワードは、ぼくたちの穏やかな片田舎から、辛酸や競争に満ちたせわしない世の中へ、新生活へと連れ去られていったのです。

カニが足を一本失うと、その足どりは、今までになくぎこちないものになります。それでも、時間と自然による癒しのおかげで、かつてのようにすっかりなめらかに*動けるようになるのです。ぼくたちは、関節が外れたような気分でだらだらと戻りました。ハロルドはとても静かで、最後の頼りない支えであるぼくにぴったりとくっついていました。前を歩く女の子たちは、頭を寄せ合って、すでに休暇まで何週間あるか数えていました。やっと家に着くと、ハロルドが密輸のからんだ気のきいた暇つぶしに誘ってきたので、ぼくらは精一杯勇敢に務めましたが、少しも興味をそそられませんでした。それから、ぼくが他の遊びを提案しましたが、結果は同じような失敗に終わりました。とうとうぼくらは、ひっくり返された手押し車の上に黙って腰かけたまま、あごに手を当てて、変わってしまったぼくらの生活の心細い現実や、過ぎ去った過去の思い出のかけらを、憔悴して見つめるしかありませんでした。

そのあいだずっとセライナとシャーロットは、オデュッセウスの帰還*に備えて、ぞっとするような変な緑色の飼料をせっせとエドワードのウサギにやったり、まるで春に大掃除する家主のように徹底的にエドワードのネズミの檻をみがきあげて、住人のネズミたちを大騒ぎさせたり、新しい弓矢や鞭やボートや銃や四頭立て馬車の引き具の材料を集めたりしていました。トロイ戦争や、あらゆる戦いから帰ってきた英雄が、苦労してつくられた不格好な武器を見て、くだらないにせものの子どもの玩具にすぎないとさげすむだろうとは、夢にも思わなかったでしょう。同じような兆候はほかにもありましたが、幸いにも女の子たちはそうしたことに気づきませんでした。もし真実が明らかになって、女の子たちがわずか三か月後のエドワードの姿を見るのを許されたなら、どうだったでしょうか。ぼろぼろになった盛装で、歯に衣を着せず、伝統を軽蔑し、新しい奇妙な拷問のやり方を覚え、半時間もしないうちに人形をバラバラにして聖なる信仰を粉々に打ち砕く姿、すなわち、カリブ海から戻ってきたばかりの肩で風を切る船長のような姿を見たとしたら、もしそうなることを少しでも予測できていたなら、おそらくは…。しかし、未来をかいま見ても耐えられる神経の太さがあるのは、ぼくよりも女の子のほうなのでしょうか。たとえなんらかの幻滅が待っていたとしても、女の子たちはまったく同様のことをしてあげたのでしょう。そうであってほしいと願うのみです。

　子どものころも、少し後になってからも、夢中になっている楽しみごとが他人にどう見えるかばかりでなく、やがて自分にもどう見えるだろうかなんて、決して察したりできないものです。それはおそらく、とてもありがたいことなのです。ですから、ぼくたちは、傍目には哀れにすら見えるような喜びと熱意をこめて、ひとつのばかばかしい楽しみから、また別の風変わりな楽しみへと移っていくのです。誰があえて冥界の裁判官ラダマンテュス*を気取ってその記録を審査し、しっかり達成されたことと、単なる子どもの遊びとを、判別しようとするでしょうか。

『黄金時代』訳注

（文中の英訳で訳者名が明記されていないものは、本書の訳者による）

序章　おとなはみんなオリンピアン──

（P5）オリンピアン……現在「オリンピアン」というと「オリンピック選手、またはその経験者」を言うが、もともとの意味は、オリュンポス山の神の意である。オリンピアンには、ゼウス、ヘラ、アテナ、アポロン、アフロディテ、アレス、アルテミス、デメテル、ヘパイストス、ヘルメス、ポセイドン、ヘスティアの男神六・女神六の計十二神がいる。このオリュンポス山の神々は、人間のように愛憎劇を繰り広げており、「ギリシャ神話」として知られている物語に登場している。作者グレアムは、この「オリンピアン」を「おとな」の意で用い、子どもから見た「おとな」は、オリュンポス山の神々のように、人間に対して力をふるい、高みにいて理解しがたい行動をとるのだという視点から物語を語っている。

（P5）キャリバン、セティボス……キャリバンとセティボスは、シェークスピアの劇『テンペスト』をもとにしたロバート・ブラウニングの詩“Caliban Upon Setebos”（*Dramatis Personae*『劇中人物』一八六四という詩集の一編）からきている。ブラウニングは劇中人物のキャリバンの独白として、自分を創造した神セティボスがどうして自分を原始的で惨めな人間にしたのか語らせている。（Caliban という名前は、Cannibal 食人種を想起させる）グレアムはこの詩を頭に置いて書いていると考えられる。当時、ダーウィンの『種の起源』（一八五九）によって引き起こされた「神」論争が盛んであった。キャリバンの野蛮人の神は、野蛮人しか生み出せないのだろうかという問いは、「自然神学」（神の啓示よりも自然界の知識と人間の理性に基づく理論）から出ている。

（P5）ただそうしたい……「ただそうしたい」は、ブラウニングの詩“Caliban Upon Setebos”の三行目‘Just choosing so’の引用。

（P7）インディアン……「インディアン」は、Native American（北米先住民）と表記されることが多くなっていたが、最近になって、その言い方も正確でないという批判があり、インディアンはインディアンでよいのではないかという議論も出ている。一九世紀後半から二〇世紀初頭のイギリスの子どもたちは、フェニモア・クーパーの『モヒカン族の最後』（一八二六）やキャプテン・メイン・リードの『頭皮ハンター』（一八五一）などの作品や再話本に出てくる場面やモチーフ（頭皮を剝ぐ、トマホークで殺す、ウイグワムに住む、モカシンを履いて足跡をたどる、など）を使って冒険ごっこを行っている。本作だけでなく、ネズビット『砂の妖精』（一九〇二、第十章）やバリ『ピーター・パンとウェンディ』（一九一一、ネバーランドの住人 Tiger Lily など）、アーサー・ランサム『ひみつの海』（一九三九、第二十章「頭皮をはぐ」への言及がある）などでもインディアンは登場している。**P40**にも「インディアン」についての「ぼく」とハロルドの会話があり、ヴィクトリア朝の子どもにとって人気キャラクターとなっていた。

（P7）副牧師……原文：Curate　英国国教会の場合、聖職者の構成は、主教 Bishop、司祭 Priest、執事 Deacon の三階級あり、司祭は地域の教会の牧師 Rector の任務につき、通常、牧師館 Rectory に住み、地域の教会員からの寄付などで独立した運営がされる。（Vicar も牧師であるが、辞書では、「十分の一税受給地域代表、教区付司祭」という訳があり、外部からの経済的援助で運営される。）司祭には職務を補助する執事がいて、副牧師 Curate として働く。Clergyman は、Bishop 以下の聖職者に使われるようである。ここで登場している副牧師は、グレアムの母親の双子のきょうだいデイヴィッドおじさんがモデルといわれている。

（P8）洗いたてのエリ……グレアムの子ども時代のファッションで、糊のきいた白いエリを掛けて、きちんとした服装をして客を迎えた。硬くてごわごわして首まわりが窮屈になり、子どもには嫌がられた。

（P9）悟り……原文：*illuminati*　悟りをえたと自称するひとのことをいう。

（P10）「わたしはアルカディアにいた」……原文：*Et in Arcadia ego* ラテン語の名言。Et は英語の also の意で Arcadia は古代ギリシャの高原の地名であるが牧歌的な楽園、理想郷を意味し、ego は人称代名詞の「わたし」である。ego には死神という解釈もあり、理想郷においてでさえ、死神が存在する、つまり、生のはかなさとどこにいても死を免れることはできないことを表現している。グレアムは死について言及していないが、単なる理想郷とは考えていなかったことがわかる。

第1章 休日――

(P13) ハロルド、シャーロット、エドワード……作中のきょうだいは、長女Selinaセライナ、長男Edward、次男語り手「ぼく」、次女Charlotte、三男で末っ子Haroldとなっている。グレアムは、長女Helen、長男Willie、次男Kenneth（作者）、三男Rolandと、四人きょうだいの次男である。作中の次女シャーロットだけは実際のきょうだいにはいなくて創作である。従姉妹もいたので、モデルには事欠かなかっただろう。また、物語好きにしたことで、いろいろの文学作品に言及することができた。

(P13) マフィン売り……「マフィン売り」は、マフィンを売り歩く行商人で、「マフィン売りをしっているかい？」というイギリスの伝承童謡は、繰り返しの歌詞が覚えやすく、遊び唄としてもよく知られている。ハロルドが売り歩いているのは、English muffinといわれるイースト入りの生地を鉄板で焼いた丸くて平べったい薄味のパンだと思われる。グレアムの子ども時代には、さまざまの物売りが街々で、呼び声をあげながら練り歩いており、子どもたちはそのまねをして遊んだ。

Do you know the muffin man,
The muffin man, the muffin man?
Do you know the muffin man
Who lives in Drury Lane?

マフィン売りをしっているかい？
マフィン売りだよ、マフィン売り
マフィン売りをしってるかい？
ドルリー通りに住んでいるやつだよ
（以下、二連省略）

(P15) 原始時代……原文：the Age of Acorns（どんぐりを食べていた原始時代）穀物の栽培を人間に教えた豊穣神デメテルより前の時代をいう。十八世紀アイルランドの作家Henry Brookeの引用句に"In the age of acorns, before the times of Ceres, a single barley-corn had been of more value to mankind than all the diamonds of the mines of India."（実りの女神ケレスの時代より前

の原始時代には、人びとにとって一粒の大麦は、インドの鉱山のダイヤモンドすべてより価値があった。）がある。

（P15）道にライオンが二頭いる……『天路歴程』（P73訳注参照）に登場するライオン。主人公クリスチャンは、「困難の丘」で出会ったティモラス（臆病氏）とミストラスト（不信氏）からシオンの都に行く途中で二頭のライオンが道に横たわっていたので、引き返してきたと聞くが、恐れずに進んで行くとライオンに出会う。門番のウォッチフル（覚醒氏）からライオンは鎖で繋がれていて、信仰を試すためであることを聞き、道の真ん中を震えながら進んで行くと、害を受けることなく進んで行けた。（竹友藻風訳『天路歴程』第一部　一一一〜一二ページ　岩波文庫）

CHRISTIAN PASSES THE LIONS IN THE WAY.

二頭のライオン

（P16）「自分たちがしてもらいたいことをするのじゃないかしら」……新約聖書「マタイ」（七・一二）「何事でも人々からしてほしいと望むことは、人々にもそのとおりにせよ。」"they would do as they would be done by" からきている。

（P16）「アンドロクレスのライオン」……アンドレクレスは紀元前のローマの伝説的な奴隷。アンドロクレスは逃亡して捕まり、闘技場でライオンに食べられそうになったとき、以前、足のとげを抜いてもらったことを覚えていたライオンは犬のように近づいてきて、手をなめたので、皇帝は驚いて、アンドロクレスを自由にし、ライオンも森に返してやったという物語がある。バーナード・ショーがこの伝説を基にした劇 *Androcles and the Lion* (1912) を書いており、映画化もされている。C・S・ルイスの「ナルニア国ものがたり」の第三巻『朝びらき丸東の海へ』の「第六章　ユースチスの冒険」で、竜になったユースチスが前足をあげたとき、金の腕輪のために傷んでふくれているのを見たルーシィが、「そのせいで、きっと泣いていたんだわ。だからきっと、アンドロクレスとライオンの話のように、わたしたちになおしてもらおうと思ってやってきたんだわ」（瀬田貞二訳、一二二ページ　岩波書店、一九六六）という場面がある。

（P16）「聖ヒエロニムスのライオン」……英文で

は、St.Jeromeと表記される聖ヒエロニムス（342?〜420）は、ヘブライ語やギリシャ語の聖書を研究し、カトリック教会公認のラテン語訳「ウルガタ聖書」を完成させた学僧として著名である。そして、ベツレヘムの地の修道院で、苦行者として聖書研究に没頭しているとき、やってきたライオンに跳びかかられそうになりながら、足にトゲがささっているのを見つけ抜いてやると、ライオンはおとなしくなり、それ以来、ずっとそばを離れなくなったという伝説でもよく知られている。絵や彫刻にもなっているこの伝説の出典は、ヤコブス・デ・ウォラギネのキリスト教の聖者や殉教者の列伝『黄金伝説』（一二二六七？）である。（「平凡社ライブラリー」で翻訳されている）

（P16）「ライオンとユニコーン」……イギリスの伝承童謡で、ユニコーンはライオンに負かされる。

The Lion and Unicorn,
Were fighting for the crown,
The Lion beat the Unicorn,
All about the town.
Some gave them white bread,
And some gave them brown,
Some gave them plum cake.
And drummed them out of town.

ライオンとユニコーン
王冠かけてたたかった
ライオンがユニコーンをやっつけて
街じゅうを追いかけまわした

白パンあげるひとがいて
黒パンあげるひとがいて
干しブドウケーキあげるひともいて
そうしてどちらも街から追い出した

『鏡の国のアリス』の第七章は「ライオンとユニコーン」で、この歌の通りのことが物語になっている。ライオンはイングランド王家の、ユニコーンはスコットランド王家の紋章であるので、一六〇三年の両国の対立をうたっていると解釈されてきたが、このライオンとユニコーンの争いは、もっと古くからの文献で辿ることができると言われている。

（P17）マーサ……Marthaグレアム家のきょうだいが祖母に預けられるとき、乳母がついていったので、ハロルドと「ぼく」が名前を口にする信頼されているマーサは、きょうだいの乳母がモデルになっていると推定できる。

(P17) 仮装劇の役者……mummer クリスマスや祝祭日などに、仮面をつけたり、仮装をして陽気に騒いだりパントマイムを演じたりする人。(第九章の訳注P108参照)

(P18)「土は土へ」……"earth to earth, ashes to ashes, dust to dust"(「土は土へ、灰は灰に、ちりはちりに」は、死者を埋葬するときに使われる祈りの言葉で、英国国教会の祈祷書に記されている。もともとは、旧約聖書の「創世記」で、神が土からアダムを創ったが、アダムが楽園から追放されて、人類は土にかえる運命になったとされるところに由来している。

(P20) 踏み越え段……(スタイル stile) 牧場や畑などにある柵に牛や羊は乗り越えられないが、人間だけが使える「踏み越え段」がところどころに設えてある。

A wooden country stile
踏み越え段

(P22) 海賊の黒い旗……海賊旗というと、"The Jolly Roger"(黒地に白い髑髏と大腿骨二本を組み合わせた模様の旗)がよく知られている。一七一〇年代に実際に海賊船の船長によって使われはじめ、二〇年代には、よく知られるようになった。海賊船は、いろんな旗を使い分けていて、略奪にかかる合図として使った。ランサム『ツバメ号とアマゾン号』の第八章「海賊旗」で、ナンシーとペギー姉妹が操る小帆船アマゾン号に、三角形の海賊旗をあげて海賊のシンボルにしている。

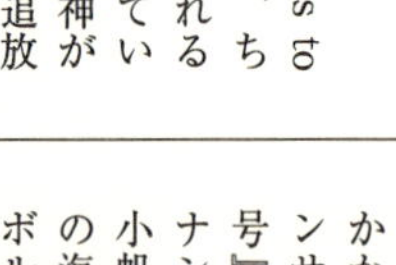
海賊旗

(P22) デカダン……原文 decadent 十九世紀末から二十世紀初頭にかけて、フランスやイギリスに起こった技巧を凝らした文体で耽美主義的な作品を発表した作家の一群を言う。ボードレールやランボー、ワイルドなどで、退廃派などと呼ばれた。ここでは、腐敗した死体を指して使っているようである。

(P23) 鞭打ち柱……原文 whipping post 罪人を公開の鞭打ち刑に処するのに使われた柱。柱には、手鎖を固定するための金具がついている。イギリスでは、十七～十九世紀初頭まで使われていた。他に、足を固定するstocksと、首と手を固定するpilloryというさらし台があった。鞭打ち柱は、アメリカでも黒人奴隷や刑務所内での体罰として使われており、二十世紀初頭の使用例が記録されている。

WHIPPING POST. A post to which offenders were tied to receive a whipping

鞭打ち柱

(P23) スターン……スターンは、Laurence Sterne（1713-68）のことであると推察される。スターンの代表作『センチメンタル・ジャーニー』*Sentimental Journey through France and Italy*（1768）は、旅行記というより、独白が多く、感じたそのままの心情を綴ったものとして愛読されてきた。

(P24) ベッド送り……go to bed は、通常「床につく、寝る」意味であるが、子どもが悪いことをしたときや言うことを聞かないとき、罰として食事抜きで寝室に閉じ込めるときに大人が子どもに対して命令形で使うフレーズでもある。現在は、親は子どもにそれほど高圧的ではなくなっているが、ケネス・グレアムの子ども時代には、子どもはおとなに絶対的な服従をしなければならなかった。（この罰は、「第四章　お姫さまを見つける」の結末にも出てくる。P55訳注参照）

第2章 汚名を返上したおじさん―

(P26) トマスおじさん、ジョージおじさん、ウイリアムおじさん……グレアムきょうだいを育ててくれた母方の祖母には、五人の息子がいて、作中には、副牧師のモデルになったDavidおじさん、船員のJackおじさん、子どもたちが預けられたThe Mountを経済的に支えていたオリンピアンの代表のようなJohnおじさんが登場していると推察される。

(P27) テンジクネズミやフェレット……ヒマラヤウサギをプレゼントするようにほのめかされて、珍しいペットを求める気持が高揚し、当時、子どもたちには、手の届かないテンジクネズミやフェレットへと夢を膨らませている。その思いを逆撫でするようなおじさんの言動は、罪深いものであった。第七章で、フェレットをツケで買って、金策に苦労するボビーという男の子が登場している。

(P27)「まるで噴水がごぼごぼいいだしたように」……出典は、ロバート・ブラウニングの詩集『劇中人物』*Dramatis Personae*(1864)。Epilogue の Second Speaker, as Renan の "The music, like a fountain's sickening pulse, / Subsided of itself;" からの引用。

(P28) 華やかな東洋……原文 held the gorgeous East in fee は、ウイリアム・ワーズワースのソネット "On the Extinction of the Venetian Republic"(1802)の第一行目からの引用である。"Once did She hold the gorgeous east in fee; / And was the safeguard of the west: the worth / ～"(ヴェニスはかつて華やかな東洋を領有し、西方の防衛でもあった。その価値は……)とはじまる「ヴェニス共和国の滅亡」という詩で、ワーズワースはナポレオンがヴェニスに最後通告をして議会を解散させ、長く続いた「自由の市」を滅亡させたことを悲しんでいる。

(P30) ニッカーボッカーズ……Knickerbockers のもともとの意味は、ニューヨークに移民したオランダ人の子孫を指すものであるが、それは、ワシントン・アービングが一八〇九年、『ニューヨークの歴史』を書いた時の筆名 Diedrich Knickerbocker に使われ一般化して、普通名詞になった。それが、「膝でくくるゆったりした半ズボン」の意味に変化するのは、アーヴィング著のさし絵でオランダ人が半ズボンを穿いていたことからきている。「第12章ローマへの道」(P145)の中で、ぼくが「ニッカーボッカーズをはくのは、男の子と画家だけ」と思っている場面が出てくる。

KNICKERBOCKERS. Knee-breeches such as are worn by boys and men.

ニッカーボッカーズ

(P30) ハーフ・クラウン銀貨……一九七一年に十進法に移行するまで使用されていたコインで二シリング六ペンスに相当する。一シリングは十二ペンスなので、ペンスに換算すると三十ペンスになる。一ポンドの八分の一にあたり、子どもにとっては大金である。(このコインは、P54とP55にもでてくる。)

第3章 戦場のざわめきと兵士の出撃――

（P33）戦場のざわめきと兵士の出撃……タイトルの Alarums and Excursions は、戦場のざわめきと兵士たちの行き交うさまに使うエリザベス朝時代の劇のト書き。

（P34）騎士党員と円頭党員…………Cavaliers, Roundheads イギリスのピューリタン革命のなかで、国王支持派の騎士党と議会派円頭党が対立した歴史がある。騎士党は、王党派 Royalists とも呼ばれ、貴族や大土地所有者が多く、議会派は、議会が立法府として行政を支配すると主張した。オリバー・クロムウエルがあらわれ騎士党派は劣勢となる。騎士党には、中世の名誉ある騎士ではなく貴婦人との色恋沙汰にふけるだらしない男という意が含まれており、また、円頭党には、清教徒の一部に頭を短く刈り上げていた人がいて、当時、丸刈りをしていたのは、ロンドンの徒弟身分の若者であったので蔑みの意味が含まれている。こうした両者の対立が「ごっこ遊び」として人気があったのは、言葉の両義的な意味を含む面白さがあったからだろう。

（P34）円卓の騎士……アーサー王物語で、アーサー王に仕えた騎士のなかでキャメロット城にある円卓に座ることが許された者をいう。聖杯伝説によってさまざまの異本があるが、十二人と十三番目の空席があるという物語がよく知られている。したがって、十二人の騎士にはめまぐるしい変動があるが、著名な騎士をあげておくと、ランスロット卿、ガウェイン卿、パーシヴァル卿、ガラハッド卿、ケイ郷、トリストラム卿あたりであろうか。

（P34）ランスロット……アーサー王物語などに登場する伝説上の人物。円卓の騎士のなかで一番強いとされ、特に、馬上槍試合では、乗馬術、槍使い、アロンダイトと名付けられた剣のさばきなどの見事さが称えられている。アーサー王の妃グイネヴィアとの禁断の恋、同じ円卓の騎士で聖剣ガラティーンを持つガウェインとの一騎打ち、アーサー王の死など、物語の中心にいる騎士である。

（P35）トリストラム……「トリスタン」と表記されることもある。『アーサー王伝説』とは異なった中世ヨーロッパの伝説『トリストラムとイゾルデ』の主人公であったが、アーサー王伝説に組み込まれていく。恋人イゾルデを巡る王との確執からコーンウォールを出たトリストラムは、ランスロットと並ぶ円卓の騎士となり活躍する。

(P35) ケイ卿……『アーサー王の死』で、アーサー王の義兄（乳兄弟）として育ち、巨人討伐などで活躍する。後世になって、道化のような役割を持つ陽気なキャラクターになっていき、間抜けな大男として描かれることもある。

(P36) サラセンのパロミデス卿……Palomides the Saracen「パラミディーズ卿」や「パラメデス卿」と表記されることもある。アーサー王物語に登場する円卓の騎士の一人である。トリストラム卿とイゾルデへの愛をめぐって争ったことや「吼える獣」の探索をしたことで名高い。初期にはイゾルデを誘拐する、槍試合中にランスロット卿の馬の首をはねるなどの卑怯な行為をする悪役として登場するが、後には、武勇にすぐれた騎士になっていく。

(P36) ブルース・サン・ピティ卿……Sir Breuce Saunce Pite バーティロット卿の兄で、「アーサー王物語」にたびたび登場する数少ない悪騎士。名前からして、「慈悲心のない」という意である。遍歴の騎士の大敵であり、婦人や乙女を殺している偽騎士ともいえる。乗馬の名手で逃げ足が速い。九人の仲間とパロミデス卿を殺そうとしていた時に、ランスロット卿に撃退される、ガウェイン卿を殺そうとしてトリストラム卿に飛掛られて敗走する、など数々の場面で登場している。

(P36) キャメロット……アーサー王の宮廷のあった所で、王はこの地にキャメロット城を築き、多くの戦いに出陣したと語られている。

(P36) 矢来……竹や丸太を縦横にあらく組んで作った仮の囲いのこと。騎士が槍試合をする場となった。

(P37) 陶製のパイプ……clay には、それだけで clay pipe の意味がある。pipe clay は、上質の白いケイ酸質粘土で、タバコタイプの製造に用いる。イギリスでは、一六世紀後半から、クレイパイプは作られており、一七世紀以降は、オランダ製が主流になっていった。白い素焼きなので、使っているうちに黒くなっていく。シャーロキアンの調査によると、シャーロック・ホー

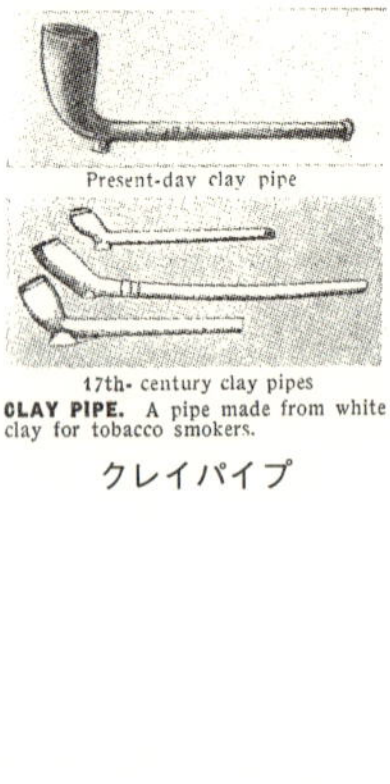

クレイパイプ

ムズは三種のパイプを使っているが、一番よく使っているのでは、クレイパイプだということである。もともとクレイパイプは労働者階層が使う安価なもので、ここでは、兵士が使用している。

（P38）バラ戦争……百年戦争（一三三七—一四五三）が終結した後のイギリスにおいて、一四五五年から一四八五年まで続いた内乱で、王位継承を巡るランカスター家とヨーク家の戦争をいい、前者が紅バラ、後者が白バラを家紋にしていたところから名付けられた。最後は、ランカスター家一族のテューダー家のヘンリーが、ヨーク家のリチャード三世を倒して、ヘンリー七世として即位し、ヨーク家のエリザベスと結婚することで終結している。

（P39）動詞の活用 amo……amo は、ラテン語で「愛する」という動詞である。ラテン語学習の第一歩として、第一変化動詞の活用で出てくる単語である。ラテン語の動詞の活用は、第四変化動詞まであって、それぞれ変化の仕方が違っている。

amo の現在時制変化：

amo　私は愛する
amamus　私たちは愛する
amas　あなたは愛する
amatis,　あなた方を愛する
amat　彼（彼女）を愛する
amant　彼らを愛する

これを習得しないと先に進めないので、amo の変化を覚えることは大切であった。

（P40）バスティーユ……もともとは、一三七〇年シャルル五世時代に建てられた要塞であったが、十七世紀、ルイ十三世時代に、政治犯や思想犯などを収容する監獄になった。一七八九年七月十四日フランス革命の発端となった襲撃を受け、その後、解体された。囚人といっても国事犯であったので、家具を持ち込み、コックや使用人を雇うこともでき、暗い牢獄のイメージとはかけ離れたものであったようである。バスティーユ監獄に収監された有名人に、マルキド・サドと鉄仮面がいた。鉄仮面は、正体がわからない謎の男として、小説や映画の題材になっている。

（P40）ヤスリ……「棒状または板状の鋼の表面に鋭く突起する多数の細かい凹凸をつけて焼き入れした工具」（『日本国語大辞典』）。小さくて薄く隠すのにも向いているので、囚人が鉄格子や手錠の鎖などの金属部分を削り切るのに使った。ロンドンの監獄から四度脱獄に成功して「世界一の脱獄王」といわれるレジェンド、ジャック・シェパード（Jack Sheppard. 一七〇二–二四）は、二度目の脱獄で、手錠を切るのにヤスリを使っている。また、ディケンズの『大いなる遺産』には、逃亡中の脱獄囚が、墓場で孤児のピップに食べ物とヤスリを持って来いと脅す場面がある。ピップは鍛冶屋をしている義兄ジョーの仕事場からヤスリを持ちだして、脱獄囚のところに持っていくが、その後この脱獄囚は逮捕された。

（P42）馬車……医師が使っているのは、自家用の一頭立て四輪の大型のものと推定される。御者が馬を走らせ、老医師は箱馬車のなかでふたりに戦争の話をしてくれた。

（P42）機械じかけの神さま……「時の氏神」と訳されることもある。もともとは、古代ギリシャの劇で物語が錯綜して、もつれてしまい、解決困難になったときに、神を演じる役者が機械仕掛けで舞台上に現れて、混乱した状況を解決した手法からきている。（**P72**でも使われている）

馬車

第4章 お姫さまを見つける——

（P46）歯ブラシ……子どもの歯みがきの習慣はいつどのように始まったかは未詳。一七八〇年ころ、イギリスのウイリアム・アディス William Addis（一七三四–一八〇八）が獄中で暇にまかせて、床を掃く箒からヒントをえて歯ブラシを発明したといわれている。十九世紀になると、その子孫が改良した取っ手に牛の骨などを使い、剛毛のイノシシや馬の毛を使った歯ブラシができた。最初は上流階層のものであったが、十九世紀半ばには、徐々に一般家庭に普及したと言われている。高級品としてアナグマの毛が珍重された。

（P46）カミソリと革砥……洗面所まわりで、歯みがきの次に、「ぼく」の頭に浮かんだのが、髭剃りであった。大人になるまで使えないものである。カミソリの刃先は、砥石で研いただけでは荒れているため、安全に毛が剃れるように、さらに革砥（かわと）で摩擦し滑らかな刃先に整えた。

また、当初の切れ味を失ったカミソリを、数回革砥上を往復させれば切れ味を復活することができた。イギリスの理髪店では、紳士の髪をカットするだけでなく、髭剃りにも手間暇をかけた。

(P46) つばを吐く……つばを吐くのは、日本でもイギリスでも、行儀の悪い行為であり、常識のある者はやらない。しかし、この場面での御者のマネをした「つば吐き」には、悪ぶることへの憧れのような気分が入っているようだ。

(P47)「九九の表」……原文tables。イギリスをはじめとするヨーロッパ諸国では、十二進法を使っていたので、「九九」と訳するのは間違っているが、日本語では、他の言い方がないので「九九」とした。インドでは、二けたの二十×二十までを暗記し、九九×九九まで教える学校もあり、数学に強い国として注目されている。「九九」の覚え方については、語呂よく暗記する方法がどこの国でも工夫されている。一八一六～一七年にかけて、J・ハリスが四部作として出版した『マーマデューク・マルティプライの楽しい掛け算暗記法』*Marmaduke Mulitply's Merry Method of Making Minor Mathematicians; or, the Multiplication Table*, Illustrated by Sixty-nine

J・ハリスの「楽しい掛け算暗記法」より（梅花女子大学図書館蔵）

Appropriate Engravings. は、一ページ毎にひとつずつの「九九」に口調のよい詩と工夫したさし絵をつけた絵本である。模倣作の同じようなコンセプトのアメリカ版も出ており、百年にわたるロングセラーとなった。

（P47）自分の石板と自分の鎖……石板は、四×六（または七×十）インチの大きさの持ち運びできる黒板のような文具である。スレート（粘板岩）の薄板に、木製の枠をつけ、石筆で文字や絵を書くが、布やスポンジで拭くと何度も繰り返し使用できる。ハロルドの石板には、木枠に穴をあけて専用のスポンジがついていた。黒板と違って石板は、ひとり用なので、一クラスのなかに年齢差や習熟度の違う子どもがいる場合、便利な文具であり、繰り返し使えるので、現代も開発途上国などの学校で使われている。鎖については未詳（かばんなどにぶら下げるためか、あるいは、鎖そのものが自慢なのか）。

（P48）平らな木の十字架……水やミルクをバケツで運ぶとき、こぼれないように十文字型の木を浮かべる方法は、あちこちで使われていて、日常の暮らしの知恵であったと思われるが、その朝、見慣れたものが違って見えたひとつの例として、大袈裟に描写されている。

（P48）大スズメバチ、アシナガバチ……原文hornet、wasp。辞書によれば、wasp は「ハチ、スズメバチ科、ジガバチ科などの大型のハチの総称」で攻撃的な狩りをする、hornet は「スズメバチ、クマンバチ：スズメバチ科の大形のハチの総称」なので、厳密には、hornet は、wasp に含まれている。"as mad as a hornet"という「カンカンに怒っている」という比喩があるほど、猛毒の針を持つ hornet の凶暴性はよく知られている。

（P49）自然の神さま、知恵ある女神さま……原文："Nature" "the wise Dame" 旧約聖書「箴言」（八：二二―三二）に、神が天地を創造したとき、「その技の初めとして、わたし（＝智恵ある女神）は造られ」、神の創造の傍らにあって、名匠となり、「日々に喜び、常にその前に楽しみ、その地で楽しみ、また世の人を喜んだ」とある。この聖句のイメージからきていると考えられる。

（P49）連水陸路運搬……原文 portage。船や貨物などを一つの水路から別の水路へ陸上運搬することをいう。

（P50）海賊旗……P22訳注参照

（P50）スイレン、金魚、クジャク……「スイレンの影に揺れる金魚」は、色彩的にも美しく異国的であり、また、クジャク（おそらくインド・クジャク）は、庭に放し飼いができ、水の流れる池のほとりにいると、景観として効果的であり、ヴィクトリア時代の庭園をより効果的に見せる装置として取り入れられた。

（P51）「眠り姫の園」……原文 the Garden of Sleep。詩や絵画で Garden は楽園のイメージで描かれることが多い。また、そこからの連想として、ペローの『眠りの森の美女』やグリムの『いばら姫』など、お姫さまの眠っているイメージと結びついていったようである。

（P51）猟場管理人、庭師……きちんと整備した庭で遊びまわり、森で危ない木登りや予測のつかない動きをする子どもたちは、猟場管理人や庭師にとって野生動物と同じように油断のできない天敵であった。子どもの側からは、おとなの管理人の目を盗んで、いたずらするのは、スリル満点の遊びであった。ロアルド・ダール『ぼくらは世界一の名コンビ！』（小野章訳、てのり文庫）に、父さんが森で猟場管理人を出し抜いて密猟する痛快な話がある。

（P52）水の子……チャールズ・キングズリーの『水の子』（一八六三）が、男のひとの頭にあって、急に川から出現した子どもを、とっさに物語の世界からきた"a water-baby"と呼んだのである。『水の子』がよく知られていたことがわかる。

（P53）オールダーショット……Aldershot は、ハンプシャー州の寒村であったが、クリミア戦争時の一八五四年にイギリス陸軍の訓練基地ができたため、よく知られるようになった地名。そのため、ここでは、適当に、その地名を使ったのであろう。

（P53）領主……「ぼく」のいる家には、下働きのコックやメイドなどの使用人はいるが、給仕をするバトラー（執事）がいなかったので、その貫禄ある風貌と態度から領主と誤解したのだろう。実際は、給仕をするバトラーであった。バトラーは上流階級（そのまねをしたい富裕な中流でも上層）の家庭で、多くの使用人を束ねる地位にあった。

（P55）小さなからだ……原文 a dirty, weary little object この文章のあたりから一人称の I（ぼく）の語りが、もう一人の自分を物体のように客観的に描写して三人称 he に移行している。

（P55）食事なしでベッドに送り込まれる……原文

to be sent tealess to bed　原文の「お茶」は、軽い食事を指している。食事抜きでベッドに入れられるのは、イギリスの子どものしつけのなかでも、よく使われる効果的な罰であった。(**P24**訳注参照)

(P56) コールド・プディング……イギリスでは、プディングはメイン料理からデザートまで、多種多様なものがある。もともとプディングは暖かい料理として供されるものであったが、ここではコールド・プディングとなっているので、この場面の「大きい塊」を特定することは難しい。ブレッドプディング（余り物のパンで作る）か、デザートの残り物（日本ではケーキと呼ばれている類のもの）だったのか。暖かいプディングの残りものを、温めないで、冷めたまま、持って来てくれたのであろうか。現代では、「コールド・プディング」は、食事のあとのデザートの甘いケーキやプリンなどを指すことが多くなっている。

第5章　おがくずと罪

(P57) おがくずと罪……原題：Sawdust and Sin　出典は、ジョージ・ハーバート（一五九三〜一六三三）の詩 Love「愛」（六行三連）の二行目。Love はキリストを指す。

Love bade welcome.　Yet my soul drew back
Guilty of dust and sin.

愛なる主はよく来たと招いてくれた。しかし、わたしの魂は後退りした
塵と罪の責めを負うべきと

dust が sawdust になっているのは、人形のからだのなかに、おがくずが入れられていたからであろう。

(P58) シャクナゲ……シャクナゲの原種はもともと高山の冷涼な環境で生育していた。プラントハンター（植物採集家）によって、原種が、十九世紀半ば、ヒマラヤや中国からヨーロッパにもたらされ、品種改良が行われた。比較的手入れが楽で、花も豪勢に咲き、寒冷地でもよく育つ品種のシャクナゲが、イギリスの庭で、低木の茂みを作るのによく植えられたのである。

(P58) 大ウミヘビ……原文 sea serpent　海で目撃されたり、遭遇したりする細長くて巨大な姿をしている未確認生物の総称。大ウミヘビについての記述は、旧約聖書の「ヨブ記」や「イザヤ書」

のリヴァイアサンをはじめとして各国に残っている。蛇以外では、竜、ワニ、亀の「ような」生物と表現されている。十七世紀に航海時代に入ると目撃情報も多くなり、現代にいたるまで、絶えず、新聞や雑誌を賑わしている。

（P58）（絵本などによく描かれているので参照のこと）……ワニとトラの戦いがよく絵本に描かれているとあるが、現代でもYouTubeに実写で、ワニがトラだけでなく、ライオン、大蛇（アナコンダ）、カバ、サメなどと戦っている場面が多くアップされている。残酷で惨いシーンはいつの時代も隠れた人気があるのである。

（P59）財務大臣……イギリスでは、政府の予算案は、財務大臣が下院に提出するが、その予算案を提出する日が決まっており（Budget Day）、その前夜に、女王が大臣を晩餐に招待して、予算案の概要を聞くという慣例がある。

（P59）ジェローム……Saint Jeromeは、日本では「聖ヒエロニムス」（三四七?～四二〇）と訳されている。キリスト教の神父で、神学者であり、歴史学者でもあるが、聖書のラテン語訳であるウルガータ訳（中世から二十世紀に至るまでカトリック教会で使われた）の翻訳者として著名である。そのため、多くの聖画が残っているが、頭のてっぺんには、髪の毛がなく、両耳のあたりから垂れ下がる白髪と長い顎鬚の姿で描かれている。髪型の類似から名付けられたのであろう。

St Jerome, by my favorite artist Ghirlandaio, 1480

聖ヒエロニムス

（P16「聖ヒエロニムスのライオン」訳注参照）

（P59）つり目……原文slant eyes。東洋人、特に、中国人や日本人の眼を表現する言葉であるが蔑視のニュアンスをもっており、差別語として使われた。

（P60）白ウサギ、（P61）「首をちょんぎれ！」……ルイス・キャロル『ふしぎの国のアリス』（一八六五）がもとにあるが、シャーロットの話に出てくるのは、最初に登場した白ウサギと最後に登場するハートの女王の「首をちょんぎれ！」だけである。子ども読者は、こうした場面のもつ残酷性にひかれていたと考えられる。作者グレアムは、ルイス・キャロルの作品を愛読していたようである。（P76、P102の訳注参照）

（P62）小鬼、シロクマ……原文：bogy, White Bear『妖精事典』によれば、ボギー（「小鬼」と訳している）は、意地悪なゴブリンで、悪魔の呼び名のひとつである。昔は、子どもをおどすのによく使われた名前であり、各家庭でボギーの出てくる怖い話が持ちだされた。シロクマは、北極グマの俗称で、やわらかそうな白いふわふわした毛皮をもつ動物として、極北探検の成果のひとつであり、十九世紀に入ってから絵本や物語の人気キャラクターになった。ここでは、シャーロットの「本当は、とってもよいクマなので」から、「太陽の東月の西」（一八五七）に出てくるシロクマと思われる。貧しい百姓にシロクマが近づき、金持ちにするから一番下の娘を貰いたいと言って連れて行く。このシロクマは、実は魔法にかけられた王子で、苦労の末、娘は王子を魔法使いから救い出す物語である。一八四九年出版のAnthony R. Montalba作、Richard Doyle 絵、*Fairy Tales from All Nations* を読んだものと推察される。後に、アンドリュー・ラング『青色の童話集』（一八八九）に採録されている。

EASTWARD OF THE SUN AND WESTWARD OF THE MOON. P.319

シロクマ

（P63）「壁の方を向いて隅っこに立っていなさい」……イギリスの家庭や学校の子どもを立たせるやり方。悪戯が過ぎたり、規則を破ったり、無作法であるなどのとき、尻叩きの体罰とともに、よく行われている。ジョン・バーニンガムの絵本『いつもちこくのおとこのこ』には、いつも遅刻するジョン・パトリック・ノーマン・マクヘネシーが先生から受ける罰の二つ

隅っこに立たされる

目に、「すみにたって」同じ文章を四〇〇回唱えている場面が描かれている。

（P65）恋愛は罪ではない……「日本では恋愛は罪ではない」は、「日本では自殺は罪ではない」"Suicide was no sin in Japan"とともに、よく耳にするが、どこからきたのかは未詳。温泉場での混浴や人前での授乳などを見た欧米人の体験などから、開けっ広げで性へのタブーがないと考えられていたところかきているのだろうか。もちろん、宗教の違いも大きい要素であるだろう。

（P65）レトリバー……retriever 日本では、ゴールデン・レトリバーの人気が高いが、この黒いイヌは、ラブラドール・レトリバー種で、「レトリーブ」には回収するの意があり、もともとは、獲物を回収する狩猟犬であったので、この場面での行動も肯ける。

（P66）真っ黒い悪霊……原文：The Black Man。ここでの「黒いひと」は、黒犬のロロのことであるが The Black Man には、悪魔や悪霊の別名として使われていた時代があるので、わかりやすいこの訳にしている。

第6章「若きアダム・キューピット」——

（P67）「若きアダム・キューピット」……原文：'Young Adam Cupid' シェークスピアの『ロミオとジュリエット』第二幕第一場十五行目のマーキューシオのセリフに出てくる。

Young Adam Cupid, he that shot so trim,
When King Cophetua loved the beggar-maid!

いと若き弓取りのキューピッド神は、その業を示せり
かのコフェチュア王がこじき娘に恋した折に

こじき娘に扮したアリスの写真

こじき娘に恋して王妃にしたコフェチュア王の物語は、古民謡でよく知られていた。一八四二年、アルフレッド・テニスンの短詩八行二連の"The Beggar Maid"やエドワード・バーン＝ジョーンズの絵"King Cophetua and the Beggar Maid"にもなっており、ルイス・キャロルが、アリスにこじき娘の扮装をさせて撮った写真も有名である。

（P68）九柱戯……原文：skittles　ボーリングの原型といわれるゲームで、倒すピンの数が九本あるところから nine pins とも呼ばれている。倒したピンの数で得点を競うゲームは、古代から中世にかけてヨーロッパ諸国で広く行われていた。ドイツの宗教改革で活躍したマルチン・ルターがピンの数を九本にして統一ルールを作ったことからさらに普及した。イギリスでは、パブで行うゲームとして各地で独自のルールややり方で楽しまれた。また、スポーツとして野外競技のスキトルズも盛んであった。ここで述べられている skittles with the map of Europe が、室内ゲームなのか、野外でやるゲームなのか、調べたがわからなかった。

（P70）悪の根源……原文ラテン語　*fons et origo mali*「禍の源泉にして起源」の意味。

（P70）三目並べ……イギリスでは noughts-and-crosses、アメリカやカナダでは tick-tack-toe、日本では○×ゲームといわれる五目並べに似た子どもの遊び。紙きれや黒板、地面などどこでも遊ぶことができる。縦・横二本の平行線で作った九つの区画に、二人の競技者が交互に○と×を記入し、縦、横、斜めのいずれかの方向に三つ連続して先に書き入れた方が勝者となる。五目並べでは先攻が有利であるが、三目並べはコツを覚えれば引き分けに持ち込むことができる。

（P70）アタナシウス派の教義………原文：the Athanasian Creed　キリスト教が盛んであったローマ時代に、アレクサンドリアの司教であったアタナシウスは、イエスは神の子であり神性を持つと主張し、イエスは神聖ではあるがあくまでもひとの子とするアリウス派と対立した。三二五年にコンスタンティヌス帝によってニケーア公会議がもたれ、アタナシウスの説がローマ教会の正統の教義となった。その後、アリウス派が盛り返して、アタナシウスを追放したがその後も戦い続けた。その死後、三八一年にコンスタンティノープル公会議で、アタナシウスの三位一体説が正統信条として確定し、後にカトリック教会の信条は、

「アタナシウス信条」と言われるようになっている。グレアムは、スコットランドの厳格なカルビン教徒であった父のもとで育っており、性的なことに興味を持つのはタブーであった。しかし、長じて、宗教の堅苦しい教義に反発するようになり、自身はボヘミアンを標榜していた。

（P71）翼廊……原文：transept コンスタンティヌス大帝の時代からヨーロッパ各地にキリスト教の聖堂が造られ、四世紀末に、長方形の堂内は二列の列柱によって三廊に分けられ、その短辺の一方に入り口、対向する側に半円形（アプス）を設ける形態が確立した。その後、祭壇の左右にトランセプト（翼廊）が付け加えられ、これが基本形式となった（平面図でみると十字架の形になる）。

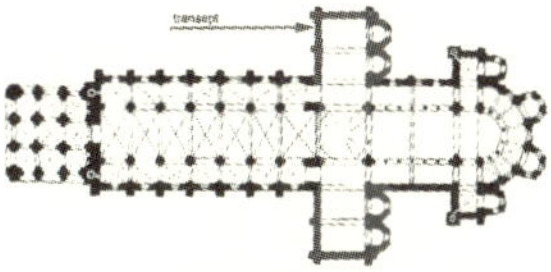

教会の翼廊図

（P71）ベネディクトゥス賛歌……「主なる神をたたえよ」Benedictus Dominus Deus）は、キリスト教聖歌のひとつで、日本聖公会では「ザカリアの賛歌」と訳されている。十二行あるうちの最初の二行を紹介しておく。

Blessed be the Lord God of Israel: for he hath visited, and redeemed his people;
And hath raised up a mighty salvation for us: in the house of his servant David;
ほめたたえよ、主イスラエルの神を　神はその民を訪れてこれを解放し
わたしたちのために力強い救いを　しもべダビデの家に立てられた

この祈りのあとに、短い頌栄を唱える。英語では、"Glory be to the Father and to the Son and to the Holy Spirit, as it was in the beginning, is now, and ever shall be, world without end."（願わくは父と子と聖霊に栄あらんことを／初めにありしごとく今もいつも世々にいたるまで）であるが、エドワードは、この短い頌栄の終わるのを待ちきれなかった。

（P72）サーカス……十九世紀半ばから、イギリス各地で興行するサーカス団が活動しており、子どもたちの楽しみになっている。何日かすると次の土地へ巡回していく。『黄金時代』の続編『夢の日々』の「マジックリング」はサーカスに行く話である。チャールズ・キーピングの一九七五年刊

行の絵本に、『空き地のサーカス』*Wasteground Circus* がある。ふたりの男の子の体験として、ロンドンのさびれた地域の空き地にサーカスがやってくると、それまでの無色の世界が、色彩豊かなサーカスの世界に変化していくさまを表現している。

（P72）金星、御者座……「金星」は日本では、金星の雲が太陽の光をはねかえして金色に輝くところから命名されたが、英語では「Venus」といい、明るく美しく輝くところからローマ神話の愛と美の女神ヴィーナスに因んで命名された。「御者座」は、「Auriga」北天の星座で、一等星のα星カペラがもっとも明るい恒星。サーカスの星 the circus star は未詳。

（P72）「機械じかけの神さま」……P42訳注参照

（P73）「わくわくして楽しそうに」ふるまうエリザベス女王……エリザベス女王の伝記（例えば、J・E・ニールの一九九二年刊『エリザベス一世女王』や、キャロリー・エリックソンの一九八三年刊の『エリザベス一世』）に、"Mary did not dance so "high and disposedly" as Elizabeth."（「メリーは、エリザベスほど上手く楽しげに、のりのりで踊れなかった。」とある。また、ロバート・ナイの『故シェークスピア氏』（一九九八）にも、She danced high and disposedly と使われている。よく知られた表現であるようだが、その出典は未詳。

（P73）スグリのワイン……原文：currant wine 家庭でよく作られる果実酒で、酸味のあるアカスグリ（あるいは、クロスグリ）を発酵させてつくる。丁度、日本で梅酒を作るのと似ているが、実をきれいに洗って乾かし、砂糖と蒸留酒で漬け込む。レシピは家庭によっていろいろあるようだが、モンゴメリーの『赤毛のアン』（一九〇八）で、アンが友だちのダイアナを初めて家に招待し、「ラズベリー・コーディアル」と間違って「スグリのワイン」を出し、酔わせてしまう痛恨の場面で出てくるワインである。ラズベリー・コーディアルと間違えたので、アカスグリのワインであったことがわかる。（ちなみに、「コーディアル」もアルコール飲料でリキュールと同義語であるが、マリラの作ったのは、ラズベリーの果汁をしぼって、大量の砂糖などの甘味を加えたノンアルコール飲料で、水で薄めて飲むものであったと推定される）

（P73）『天路歴程』……ジョン・バニヤン作の宗

教的な寓話で、一六七八年に初版刊行後、加筆修正された版が出た。主人公の妻子が同じ道を遍歴する続編が、一六八四年刊行されている。読みやすい言葉で書かれており、会話も多く、幅広い読者に読まれて、三百年以上読み継がれている稀有なロングセラーである。その多くは、簡略版であり、第五版以後はさし絵や地図の入った本になって普及した。多くの家庭において、聖書以外で日曜日に読むことが許された数少ない本であった。物語はすべて夢のなかで起こり、荷物を背負った主人公クリスチャンが家庭をあとにして旅立つところから始まっている。「破滅の道」に向かったクリスチャンは、エヴァンジェリスト（福音伝道者）に出会い、その忠告をきき、「落胆の泥沼」を通り、「怪獣アポルオン」と戦い、「死の影の谷」から「虚栄の市」「巨人デスペアのいる疑惑の城」を経て、数々の試練に遭いながら、最後に「天の都」に至る遍歴の物語である。途中で出会う頑固 Obstinate、優柔不断 Pliable、世渡り上手氏 Mr. Worldly Wiseman、親切 Goodwill、誠実 Faithful、おしゃべり Talkative、ねたみ Envy、無知 Ignorance など、寓意そのままの名前の人物が次々と繰り出されてきて、あきさせることがない。後世の多くの作家、作品に影響を与えている。影響のわかりやすい例として、オルコット作『若草物語』（一八六八）があげられる。四姉妹が自分たちの導きの書として随所で言及しており、「第一章　天路歴程ごっこ」で、子どものころ、姉妹で地下室から重荷を背負って、屋上の「天の都」を目指した遊びを思い出して、父不在のなかでよい子になろうと話しあっている。章立てだけみても第六章「ベス、美しい宮殿を見つける」、第七章「エイミーの「屈辱の谷」」第八章「ジョー、アポルオンに出会う」、第九章「メグ、虚栄の市に行く」となっており、四姉妹が経験するさまざまの試練が『天路歴程』の遍歴になぞらえた少女版になっていることがわかる。

(P73)「道の向こうですっくと立っているアポルオン」……原文：'Apollyon Straddling Right across the Way.'『天路歴程』の主人公クリスチャンが、「屈辱の谷」で出会った怪物で、「この怪物は見るからに醜怪なものであった。魚のやうな鱗を纏ひ、悪龍のやうな翼と、熊のやうな足があり、腹からは火と煙が吹き出していて、口は獅子の口のやうであった。」（竹友藻風訳、岩波文庫、一三二ページ）と描写されている。さし絵で、もっとも人気のあったのは、クリスチャンとアポルオンが戦う場面で、アポルオンの表現に技を競い合った。

怪物アポルオン
ジョージ・クルークシャンク絵

（P74）日本のテンジクネズミ……Japanese guinea-pigs ヨーロッパでは、十六世紀ころから、テンジクネズミの輸入が始まり、ペットとして人気があったようであるが、十九世紀になって日本の品種も購入できるようになったようである。

（P74）「慈悲」が天国の小門をノックする場面……原文：Mercy knocking at the Wicket Gate『天路歴程』の続編に、クリスチャンの妻クリスティアーナと子どもたちとともに、小門までやってきた同行者の隣人「慈悲」Mercyが、先に妻子だけが門に入ったので自分が断られるのではないかと心配のあまり、激しく門をたたいて気絶する場面がある。助けられて立ち上がり、やってきた理由を述べ中に入ることができた。この場面も絵やさし絵によく描かれる。最初はアポルオンのさし絵をみていたサビーナが、おばさんの話が終わるころ「慈悲」のさし絵を見ているので、彼女がみている『天路歴程』は、絵本のような簡略版か、あるいは、本を読まず、絵入りのページだけを見ていたかのどちらかだと思われる。

MERCY AT THE GATE.
天国の小門にいる「慈悲」
ジョージ・クルークシャンク絵

（P75）ガザ……Gaza ガザは、パレスティナ南西部の地中海に面する海港市。古代貿易ルートの中心で、古代イスラエルと敵対していた。旧約聖書「士師記」一六：二一–三〇に、サムソンがデリラの裏切りでペリシテ人に両眼をくりぬかれた土地として出てくる。

（P75）ペリシテ人……Philistine ペリシテ人は、紀元前十二世紀ころ、エーゲ海から地中海東海岸に進出した「海の民」で、ペリシテ人が定住した地方という意味で、カナーンの地をパレスティナと呼ぶようになった。ガザなどの五つの都市国家を形成し、武器に鉄を使用し北部のヘブライ人と戦い強大な勢力となったが、紀元前十一世紀にダビデ王が部族を統一してヘブライ王国を建国し、ペリシテ人を破った。旧約聖書の「サムエル記」上一七：四、四九-五一、下二一：一九でダビデがペリシテの巨人ゴリアテを倒す物語は有名である。ペリシテ人は、英和辞書によると、「一俗物、実利主義者：教養がなく知的な興味、美的感覚に欠けるひと」とあって、「二ペリシテ人：古代Philistia人：長年イスラエル人を圧迫した」とある。史実に宗教（特に、旧約聖書）が関係して、「俗物」のような解釈ができてきたようである。

（P75）日曜日……キリスト教のSundayは、安息日（the Sabbath）、仕事を休み、儀式を行う日であるので、それ以外のことは、何もしてはならないことになっていた。

（P75）インディアンとバッファローごっこ……馬上で弓を絞ってバッファローを狩るアパッチ族などの雄姿をどこかでみたものと思われる。バッファローは、インディアン諸部族の食料源として重要であったが、白人がアメリカ大陸に入って来て狩猟の対象となり、また、害獣として駆除されて数が少なくなった。鉄道が敷設された一八六〇年以降、政策としてインディアンを飢えに追い詰めるための乱獲がはじまり、バッファローは姿を消していった。（P7「インディアン」訳注参照）

（P75）舌を出す……「べ～」と口から舌を出す仕草は、赤ん坊が母乳をお腹いっぱい飲むと、口から吐き出すところから始まっているという説があるほど、人種や年齢に関係なく、相手を拒絶するときにやる仕草であるといえる。

（P76）バランタインの冒険物語……パランタイン（B. M. Ballantyne, 1825-94）は、一九世紀を代表する冒険物語作家。十六歳でハドソン湾会社に雇われカナダに渡ったときの体験を綴った『毛皮集めの若者たち――極北地方の物語』（一八五六）が評判となり、『アンガヴァ――エスキモーの土地の物語』（一八五八）、『サンゴ島――太平洋の物語』（一八五八）、『犬のクルーソー――西部プレーリー大草原の物語』（一八六一）などを次々と刊行した。特に、三少年の活躍する『サンゴ島』は代表作となり、スティーブンソン『宝島』やバリー『ピーター・パンとウェンディ』などに影響を与えたといわれている。

（P76）コーチシナの雄鶏……原文：Cochin-China cock Cochin-China は、インドシナ南部の地域でもとフランス領（現ベトナム）の地名であるが、Cochin は中国語の「九斤黄」からきており、誤って混同されニワトリの名前として使用された。「斤」は、重さの単位で、中国では大型のニワトリをコーチンと呼んだのである。コーチンは十九世紀半ばにアメリカやヨーロッパで飼育ブームが起こった品種で、羽毛が高密度に生えそろい、色も美しくペットとしても愛好された。子どもたちがインディアンになりきって追い回すには、恰好の相手であった。

（P76）「人生に涙あり……」……原文 ラテン語 *sunt lachrymae rerum* 出典は、ローマの詩人ウエルギリウス『アエネーイス』*Aeneid* 1-462。続きの文章は、“et mentem mortalia tangent”（人間の苦しみは人のこころを打つ）である。『アエネーイス』（紀元前二九〜十九年ころ）は、滅びた祖国トロイをあとにした英雄アエネーイス Aeneas が長い放浪の末イタリアに到着してローマ民族の礎を築くまでの伝説を詳しく語る物語であるが、祖国トロイアの落城を描いた絵を見て、涙を流しながらアエネーイスが語ったのがこの句である。この句の解釈については、諸説ある。（参考文献：杉本正俊訳『アエネーイス』新評論社、二〇一三）

（P76）チェシャー猫……ルイス・キャロルの『ふしぎの国のアリス』「第六章 ブタと胡椒」に登場するネコ。“grin like a Cheshire cat”「（歯をむき出しにして）わけもなくにやにや笑う」という常套句から創られた名高いキャラクター。ここでは、「ぼく」の脳裏にサビーナの顔が浮かんでは消える譬えとして使っている。抱いていた赤ん坊がブタに変わったので、驚いたアリスが、地面にブタを降ろすと、森のなかに入っていったのでほっとして、木の上にいるチェシャー猫に気づき話かける場面がある。その会話は「アリス」のなかでもよく引用される問答である。

「ちょっと、伺いますが、ここからどっちに行ったらいいのでしょうか」

「どこへ行きたいのか、それ次第です」と、猫は言いました。

「どこって、別に――」とアリスは言いました。

「それなら、どっちに行っても同じですよ」と猫は言いました。

"Would you tell me, please, which way I ought to go from here ?"

"That depends a good deal on where you want to get to," said the Cat.

"I don't much care where ——" said Alice.

"Then it doesn't matter which way you go," said the Cat.

また、猫が最後に姿を消したとき、しっぽの先からゆっくり消え始め、最後に笑顔が残っていた場面で、アリスの言った"a cat without a grin"はよく見るが、"a grin without a cat"は、これまでに見たなかで一番の不思議だというのは、よく頭に残るセリフとして著名である。

第7章　泥棒を見たの——

（P80）二十五歳ぐらいの壮年期……平均寿命が男女ともに五十歳を超えたのは、日本では一九四七年、先進国であったイギリスでも、二十世紀に入ってからである。グレアムは一八五九年生まれなので、おばさんを見て、結婚適齢期を過ぎたthe summer（衰える前の円熟期）にあると思ったのだろう。当時、二十五歳はかなりの歳だとみなされたようである。

（P81）よきクリケット選手……現在は野球と同じようにプロ・スポーツとなっているが、イギリスでは、古くは上流階級がたしなむスポーツとして発達したため、「よきクリケット選手」は、紳士であることの別名ともなっていった。伝統あるパブリック・スクールの体育の必須科目であり、広い全面芝のグラウンドで試合をし、途中でティー・タイムをとって社交にいそしみ、終了までに六、七時間以上かかることも多いのだという。

（P81）「女子はお金を持っていないものさ」……十九世紀のイギリスの中産階級の家庭では、財布のひもは、男性が握っていたので、娘は父に、妻は夫に、未婚の女性は兄弟に扶養されており、自由になるお金を持っていないとされていた。そのため、エドワードはボビーのお姉さんはお金を持っていないと考えたのだろう。経済的に自立する必要のあるときは、同じ階級に属する家庭にガヴァネス（家庭教師）として雇われる以外の方法は殆どなかった。

(P82) フェレット……ferret は、「白イタチ」という日本語訳で定着しているが、毛色が白か薄い黄色ではないものも多いので、ここではフェレットのままにした。イタチ科の肉食性哺乳動物である。古くは三千年ほど前からヨーロッパケナガイタチから家畜化されてきた動物で、ウサギやネズミなどを穴から追い出す狩りに使われ、また、毛皮採取や実験動物として使われた時代もあった。また、古くから、ペットとしても飼育されているので、ボビーがつけで購入したフェレットが、ペットだったのか、ウサギなどの狩りに使おうとしたのかは、不明である。

(P82) くだらない本……原文：some rotten book 十九世紀の中ごろになると、中産階層の読者ではなく、主に、労働者階級の人たちをターゲットにした扇情的な物語や、実用書が大量出版され、安価で売られるようになった。それらをさしている。(P88「ペニー・ドレッドフル」訳注参照)

(P82) ロイヤル・オーク……Royal Oak は、清教徒革命時の一六五一年、後のイギリス王チャールズ二世が戦いに敗れ、オークの木に隠れて難を逃れた大木のことで、イギリス海軍の軍艦の名前をはじめ、ホテルやパブ、商品などの名前として広く使われている。

(P85) ポーチ……原文：A porch of iron trellis ポーチは、建物の出入り口に付属し、雨などの悪天候や日差しから守る屋根付きの構造物で、建物のデザインに変化をつけるために、その形態は多様であり、ギリシャの昔からつくられてきた。ここでは、十九世紀に普及した鉄製の格子を使って装飾したポーチが、窓の近くにあり、地面に降りるのに使いやすくできている。

(P86) チェロキー族のように……原文：Cherokee-wise　多くのアメリカ・インディアンが活躍する冒険物語では、インディアンはシカ皮製の平底靴モカシンを履いて音を立てずに歩くことができ、悪路でもすばやく匍匐前進できるなどの場面が描かれていることが多い。「チェロキー族」の名前が出されたのは、インディアンを代表する種族であったからであろう。一七〇〇年当時、チェロキーは、アメリカ・インディアン最大の人口約二万人を擁し、アパラチア山脈を源流として東西を流れる河川の流域で暮らしていた。アメリカ独立戦争時には、イギリスに味方したが、四度の植民地軍の侵攻を受けて多くの人命と土地を失っている。その後、一七九〇年代に「文明化」を受け入れたが、独自の憲法をもつチェロキー国を設立し、その独自性を守ろうとした。しかし、一八三八年、インディアン居留地に強制収容（移動する途中で約四千人が亡くなったその悲劇は「涙の旅路」Trail of Tears と呼ばれている）されるなど、波乱の歴史を辿っており、物語にもしばしば言及されてきたからであると考えられる。

（P88）下働きの少年……原文：the knife-and-boot-boy　昔の大邸宅などで、食卓用のナイフを磨いたり、靴を磨いたりする下働きの少年のことを言う。こうした労働者階層の子どもと中産階層の子どもでは、雑誌や読みものが違っていた。

（P89）「ペニー・ドレッドフル」……原文：Penny Dreadful ハロルドが語った物語の種本となったのが、下働きの少年から借りた先週号の「ペニー・ドレッドフル」である。扇情的な「くだらない」物語を毎週掲載して人気があった。一八三〇年代から出版された安価な分冊形式の連載読み物、こうした雑誌類、犯罪者を英雄のように描いた小説などを総称して「ペニー・ドレッドフル」という。はじめは、子ども読者をターゲットにしていなかったが、途中から会社の給仕など働く青少年が読者の中心となっていった。金持、貴族、聖職者を攻撃の的とする一方で、犯罪者を美化し、裏舞台にいる人びとを応援するような内容のなんでもありの物語が大量に制作された。後にゴシック小説を生み出していく土壌となった。世紀末には、あまりにも扇情的過ぎる物語が批判されて、「反ペニー・ドレッドフル」の動きがあり、「健康的な」少年向きの雑誌の発行が相次いでいる。図書館などで資料として保存されることは殆どなかったが、熱心なコレクターによって、研究がなされ、その一端を知ることができる。

（P90）カワウソ狩り……原文：otter-hunt　十八世紀ころから、カワウソは川魚を大量に食べるので害獣とみなされ狩猟の対象とされた。やがて、カワウソ狩りのために改良された Otterhound という厳寒の川に入って巣穴に追い込む専用の猟犬が出現すると、「キツネ狩り」と同様にスポーツとして楽しまれるようになっていった。「カワウソ狩りごっこ」ができた所以である。現在、残酷なカワウソ狩りは実施されなくなって、猟犬オッターハウンドは、おとなしく人との協調性があることから家庭で飼われ、ペットとなっている。

第8章 収穫のとき――

(P94) 紋章……原文：Heraldry "A field *or*, *semée* with garbs of the same" の semée は、紋章の散らし模様のことをいうので、麦の刈り取られた畑が同じ小麦の束を散らした紋章のような風景に見えたという意味である。紋章では、古くは、有名なフランス王家の白ユリの紋章に、semée-de-lis がある。イギリスでは、紋章院があって、紋章の許認可、紋章係争の審判など、一切の紋章事務を把握しており、強い権限をもっている。「そんな紋章はないかもしれませんが……」は、紋章院に認められていない紋章もどきであることを言っていると考えられる。（参考文献：森護著『英国紋章物語』三省堂、一九九八）

白ユリの紋章

イギリスの紋章

(P94) カブの提灯……原文：turnip lantern 日本でも、ハロウィーンの夜、カボチャをくりぬいて「お化けちょうちん」Jack-o'-lantern を作るという習慣が知られてきているが、アイルランドやスコットランドで始まったハロウィーンでは、カブで彫った提灯が使われた。その夜、死者の霊がうろつくので、怖がらせて撃退するために始まったという説がある。ハロルドが「カブを生で食べてお腹をこわした」のは、食べ過ぎの上に、カブには不溶性植物繊維が多く含まれており、身体を冷やした、などの原因が考えられるだろう。

(P94) ガレー船……主に人力で櫂（オール）を漕いで進む軍艦。風に頼らないので、減速や加速、方向転換にすぐれ、海上での戦闘に向いていた。古代に、漕ぎ手座が一段で、一人が一本の櫂を担当して船体の両側に一列で並んで漕ぐ船として出現し、年々、帆がついたり、船首に衝角をつけて敵船を沈没させたり、漕ぎ手座が二段、三段と増えたりと改良を重ねていく。大砲がついたのは十六世紀であった。近世に入ると、数人の漕ぎ手（奴隷や捕虜、囚人など）が一本の長い櫂を漕ぐ方式の巨大な船が出現したが、構造が複雑になりすぎ、徐々に帆船に取って代わられていった。ただ、地中海やバルト海では、凪が多く、沿岸防衛船として十九世紀初頭まで使用されたという。

（P95）「リベンジ号」のリチャード・グレンヴィル卿……原文：Sir Richard Grenville on the Revenge　リチャード・グレンヴィル卿（一五四二？–一九二）は、エリザベス朝の海軍司令官として著名。ハンガリーでの戦いの後、第一次アイルランド反乱に参戦、その功績からナイトの称号を得て、その後、新世界であるロアノーク島殖民団の輸送にかかわる。そして、一五九一年、いとこであるウォルター・ローリー卿が、スペインのガレオン輸送装甲船団の襲撃に出発しようとしていたときに、エリザベス女王に止められ、代わりにグレンヴィル船長が出帆することになったが、その船がガレオン戦艦「リベンジ号」であった。「リベンジ号」（一五七七年製の新型ガレオン戦艦、三本マスト、約四百トン、長さ四三メートル、大砲四六門）は、アゾレス諸島でスペイン艦隊を待ち伏せするはずが、フローレス島でフェリペ二世の送り込んだ五三隻のスペイン艦隊と遭遇し、十二時間の戦いの後、ひどい損傷を受けて降伏、捕虜になり、その時の傷で亡くなり、リベンジ号も嵐で沈没した。これが、グレンヴィル卿最後の戦いとなった。この戦いがよく知られているのは、アルフレッド・テニスン卿の戦闘を劇的にうたった詩“The Revenge: A Ballad of the Fleet” I–XIV 一一九行によるところが大きい。その後、「リベンジ号」という名前は、イギリス海軍の戦艦に受け継がれ、十二艦を数えた。

（P95）煙渦巻くナイルの海戦……原文：the smoke-wreathed Battle of the Nile　ナイルの海戦は、「アブキール湾の海戦」ともいわれ、一七九八年八月一～二日早朝にかけてアレクサンドリア沿岸のアブキール湾で、ホレーショ・ネルソン率いるイギリス艦隊がフランス艦隊に勝利したフランス革命戦争における戦闘の一つ。これによって、地中海の制海権はイギリスのものになり、ナポレオン・ボナパルトはエジプトに孤立してしまい、ネルソンは常勝司令官としての名声があがった。「煙渦巻く」というのは、戦列艦十三隻、フリゲート艦四隻で南北に縦陣を敷いたフランス艦隊に対して、戦列艦十四隻のイギリス艦隊は、夕刻になって北からフランス艦と陸地の間に入って攻撃を開始、戦闘準備が整っていなかったフランス艦を一隻ずつ叩き、三、四時間後、旗艦の「ロリアン号」を炎上させ、大爆発させた夜の海の光景を述べていると思われる。当時のフリゲート艦（海軍快速帆船）は木造だったのである。

（P95）ネルソンの死……原文：the Death of Nelson ホレーショ・ネルソン（一七五八〜一八〇五）は、アメリカ独立戦争、フランス革命戦争などでイギリス海軍提督として活躍し、一七九八年の前述の「ナイルの海戦」で勇名を馳せ、一八〇一年、副司令官として「コペンハーゲンの海戦」を勝利し、その戦功によってネルソン子爵に叙せられた。一八〇五年、スペインのトラファルガー岬沖でフランス・スペイン連合艦隊と戦い、敵の隊列を分断する危険を伴う戦略で勝利したが、先頭艦にいたネルソンはフランス艦の狙撃兵の銃弾に倒れた。この「トラファルガーの海戦」によってナポレオンの制海権獲得やイギリス本土への侵攻を阻止できたとして、ネルソンは英雄となった。ロンドンのトラファルガー広場の真ん中に高いネルソン記念柱が建てられて、いまなお、その偉業を称えている。また、海戦がはじまるとき、"England expects that every man will do duty."（英国は各員がその義務を尽くすことを期待する）という信号旗を掲揚して、兵士を鼓舞したという逸話は有名である。息を引き取る時「神に感謝する。私は義務を果たした」と言ったと伝えられている。

（P95）海賊船の船員……原文はprivateersmanなので、正しくは、「私拿捕船員」と訳すべきである。「私拿捕船」とは、十六〜十七世紀のイギリスでみられた私的な船団であるが、国王や地方長官から特許を得て、外国の艦船に対して拿捕・略奪などの海賊行為を行った船のことをいう。一八五六年、国際的に禁止された。

（P95）英国フリゲート艦テルプシコラ号……原文：British frigate *Terpsichore*「テルプシコラ号」はギリシャ神話の舞踊と合唱叙事詩をつかさどる女神の名前に因んだイギリス海軍のフリゲート艦で、五艦建造されているが、ここで述べられているのは、一七八五年に進水し三二砲門も持つ二代目であろう。ネルソ

テルプシコラ号

ンが信頼を置いていた部下チャード・ボーエンが艦長として活躍したフリゲート艦である。エドワードは、ボーエン艦長になりきって演じていたのであろう。「ぼく」が三十二ある砲門の数を忘れたといっているのは、巨大で名高いフリゲート艦であることを示唆している。ボーエンの活躍のなかでよく知られているのは、一七九六年、ジブラルタルの海軍基地を目指して航行中に、スペインの「マオネーザ号 *Mahonesa*」を、戦死者を出さず捕獲したことや、一七九七年、「サン・ビセンテ岬の海戦」（ヨーロッパ南西端、ポルトガル南部のサグレス村にある岬）から退却していく、当時、世界最大のスペインの戦列艦「サンティシマ・トリニダード号 *Santisima Trinidad*」と遭遇し、大きい損傷を与えた戦勲である。ボーエンは「サンタ・クルス・デ・テネリフェの海戦」で負傷し、その後、一七九七年に亡くなっている。（なお、「テレプシコレ号」と表記されている場合もある。）

（P95）ハサミムシ……ハサミムシは、英語でearwig（耳の虫）といい、眠っている人の耳の穴に入り込み、脳を貫通することがあるという俗信があるので、怖いイメージを持ったのかも知れない。また、体型が細長く、尾毛が革質で無節のハサミ状をしていて、挟まれるとまれに出血することがあり、害虫と間違えられやすいが、実際は無害な虫である。落ち葉や石の下、堆肥などの日の当たらない湿気の多い場所に棲む。世界には十一科一九三〇種余、日本では二五種が知られている。（参考文献：梅谷献二編『原色図鑑 野外の毒虫と不快な虫』全国農村教育協会、一九九四）

（P95）ガレオン船……十四～十六世紀にヨーロッパ全域で使われていた大型帆船カラック船は、船幅、竜骨長、主甲板の長さの割合が一：二：三でずんぐりとし、船首、船尾に高い楼閣を持っていたが、その船首・船尾楼を低くし、割合も一：三：四と細長く改良されたのがガレオン船である。荷が多く積め、吃水が浅くなったためスピードも出せるガレオン船は、十六～

ゴールデン・ハインド号

十九世紀、主にスペインの軍船、貿易船として大航海時代の後半に活躍した。一五七七年に建造された「ゴールデン・ハインド号」は、イングランド王国のガレオン船として名高い。国から海賊行為の許可を得て、世界周航に出、スペインの植民地や船を襲い財宝を強奪する私掠船であった。船長フランシス・ドレークは、その功績でサーの称号を受けている。

（P96）ムンゴウ・パーク……Mungo Park（一七七一―一八〇六）は、スコットランド出身の西アフリカ探検家。一七九五年、アフリカの内陸に向かい、ムーア人の捕虜になるなどの苦難の末に、西洋人として初めて、一七九六年、セグー（現在マリ共和国）で、ニジェール河に達した。帰国後、二年にわたる体験を『アフリカ奥地旅行記』*Travels in the Interior Districts of Africa*、一七九九）として刊行、評判となった。一八〇五年、政府の探検隊長として二度目のニジュール河探検を行ったが行方不明となった。後の調査で、船で下流へと向かう途中、現地人の攻撃を何度も受け、最後は追い詰められて溺死したことがわかった。

（P97）ユダヤ人もキリスト教徒も……原文：neither Jew nor Gentile　出典：新約聖書「ガラテア人への手紙三：二八」。"There is neither Jew nor Gentile, neither slave nor free, nor is there male and female, for you are all one in Christ Jesus."（もはや、ユダヤ人もキリスト教徒もなく、奴隷も自由人もなく、男も女もない、あなたがたは皆、キリスト・イエスにあって一つだからである。）

（P97）「わたしは年寄りなので……」……旧約聖書「ヨエル書二：二八」の「あなたがたの老人たちは夢を見、あなたがたの若者たちは幻を見る」に拠っている。

（P97）小門……原文：a wicket-gate 普通名詞として使われている小門であるが、『天路歴程』の続編で「慈悲」がくぐる天国への小門 the Wicket-Gate とイメージが重なる。（**P74**訳注参照）

（P97）黄道十二宮にある乙女座……「黄道帯」the zodiac は、太陽の軌道である黄道（ecliptic）を中心に南北に各幅八度で広がっている想像上の球帯で、この球帯を十二等分して、それに一つずつの星座を配し、これを黄道十二宮と呼んだ。乙女座には、明るく輝くα星スピカという恒星の一等星があるので見つけやすい。

（P97）『宵の明星、昇り来ぬ、帰り給え、故郷へ』……原文ラテン語 *Venit Hesperus, ite capelloe* 出典は、古代ローマの詩人ウエルギリウス（BC七〇～十九、英語読みヴァージル）の『牧歌』*Eclogues* の最終行（英語訳：Get home goats, get home – the Evening Star draws on.）である。「さあ、家に帰れ、満腹になった雌山羊たちよ、宵の明星が現れた。さあ、行きなさい。」を援用している。（小川正廣訳『牧歌／農耕詩』京都大学学術出版会、二〇〇四、七二～三ページ）

（P98）レクター……原文：Rector イギリス国教会では、教区を管理する禄付の主任司祭。かつては教区の十分の一税の全収入を受領したので、俸給で雇われる教区牧師 vicar よりも役職としては上である。（P7訳注参照）

（P99）ユニオン・ジャックの旗……一八〇一年に制定されたイギリスの国旗であるが、船の国籍を示す旗としても使われている。イングランドの国旗（白地に赤い十字のセント・ジョージ・クロス）と、スコットランドの国旗（青地に白い斜め十字のセント・アンドリュー・クロス）で連合国の旗ができ、後にアイルランド王国（白地に赤い斜め十字、セント・パトリック・クロスの旗）が加わった。United Kingdom of Great Britain and Northern Ireland の国旗として現在も使われている。

（P99）「さあ、竪琴よ、ラテンの歌をうたっておくれ」……原文：'*Age, dic Latinum, barbite, carmen.*' 英訳"Come, sing a Latin song, barbiton"（さあ、竪琴よ、ラテンの歌をうたっておくれ）。ローマの抒情・風刺詩人ホラティウス（六五-八B.C.）の「ギリシャの模倣からラテンの詩へ　琴の讃歌」（『歌集』一・三二）からの引用句。ホラティウスは、lyre（リラ、古代ギリシャの七弦の竪琴）のことを barbite（英訳 barbiton）と呼んで、これまでのギリシャの作品の習作ではなく、ラテン語による独自の詩を作ることを示唆している。（参考文献：鈴木一郎訳『ホラティウス全集』玉川大学出版局、二〇〇一）

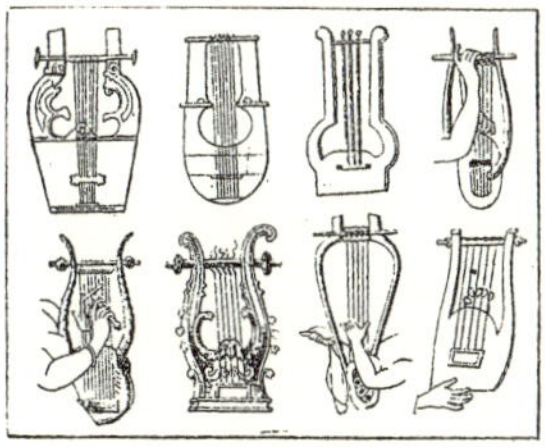

Examples of Greek lyres
ギリシャの竪琴

（P100）ボイオーティア……Boeotia ボイオーティ

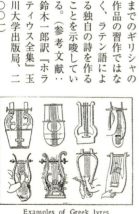

アは、古代ギリシャの一地方で、中心都市はテーバイ（テーべとも表記される）である。ギリシャでは紀元前八世紀ころからポリス（都市国家）が成立するようになり、諸ポリスは、古代マケドニアによる覇権が確立する紀元前三三八年まで統一されることなく分立していた。ポリスのなかでは、アテネとスパルタが名高いが、テーバイも紀元前三七一年のレウクトラの戦いでスパルタ軍を破り、二十年弱の短期間であったが、覇権を握ったこともある。テーバイを中心としたボイオーティア連合は、軍事的に強く外敵には団結して戦ったといわれている。また、スパルタの寡頭政治を廃して民主主義を導入したことで歴史に残っている。テーバイはオイディプス王の首都で古代ギリシャ悲劇の舞台としても知られている。

(P100) フォーン……faun を英語読みにして訳しているが、ローマ神話としては「ファウヌス」と表記される。上半身は人間で、下半身はヤギ、ヤギの耳、角、尾を持った半人半獣の林野・牧畜の神のひとり、ギリシャ神話ではサテュロス satyr にあたる。C・S・ルイス作「ナルニア国ものがたり」の第一巻『ライオンと魔女』で、ルーシィが衣装タンスから別世界に入って最初に出会ったのが、第二章に出てくるフォーンのタムナスさんだった。また、ギリシャ神話のヘルメスの子牧神パンも頭、胸、腕は人間、脚はヤギの半人半獣であり、葦笛を吹く。牧神パンは、グレアム作の『たのしい川べ』の第七章「あかつきのパン笛」で、カワウソのポートリー坊やを探しに行ったモグラとネズミの前にあらわれている。

(P100) セントール……原文：centaur ギリシャの伝説上の怪物で、胸から上は人間の形をしており、それ以下は馬体である。ギリシャ語読みでは「ケンタウロス」。C・S・ルイス作「ナルニア国ものがたり」最終巻の第七巻『さいごの戦い』の第二章で、「金髪、金のひげの大きなセントールが、そのひたいには人間の汗、栗毛の腹には馬の汗をかきながら」（瀬田貞二訳、岩波少年文庫、三三ページ）チリアン王に大きな災いがふりかかると告げにくる場面がある。そのセントールは「星うらべ」Roonwit といい、星を読むことが出来る知恵者であり忍耐力もある高潔なキャラクターとして登場している。「ハリー・ポッター」シリーズにも登場し、ホグワーツ校 Hogwarts 近くの「禁じられた森」Forbidden Forest に棲んでいる。

（P101）二つ折り本……原文：folio 全紙を一度折って二つ折にしたもの（四ページ分）を重ねて製本した本。本の最大の判で、特に縦三十センチ以上のものをいう。もっとも有名な二つ折本は、グーテンベルグの『聖書』（一四五五）である。シェークスピア劇の印刷本も“Folio collected edition”（一六二三）として著名である。学者でもあるこのレクターの書斎には、大型の二つ折本などの書物が無造作に置かれている。

（P101）ジャーマン・バンド……ヴィクトリア朝のイギリスでは、ドイツからやってきた音楽家がバンドを組んで、各地を巡って、同郷の人たちに故国の音楽の演奏をしてまわっていた。大多数が、貧困層であったため、根っからのイギリス人からは、疎んじられていたのかもしれない。『黄金時代』には、イギリス人の偏狭なドイツ蔑視のような言動がほかにも読み取れるところがある。（参考文献：Dr Barrie Trinder: *German Bands in Victorian England,* Anglo-German Family History Society, 11 Feb. 2012）

（P101）シュランプフューズ……Schrumpffius 未詳。

（P101）ヤップ……*yap* ギリシャ語。未詳

（P102）スナーク……原文：snark ルイス・キャロルの『スナーク狩り』*The Hunting of the Snark*（1876）に登場する神秘的な空想上の動物。snake と shark を混成したキャロルの造語であるが、辞書にも出ている。

（P102）アオリスト……ギリシャ語には、ギリシャ語の動詞の時制で「不定過去」。ギリシャ語には、「現在、未完了過去、未来、アオリスト、現在完了、過去完了、未来完了」の七つの時制がある。「アオリスト」（不定過去）とは、事柄や動作が過去において行われたことを示し、「～した」という言い回しに使う。

（P104）銀色の細い網状のくもの糸……原文：ゴッサマー　gossamer　穏やかな秋の日などに草むらにかかったり空中を浮遊したりしているクモの細い糸をゴッサマーという。その糸には、クモの幼体が付いており、糸は上昇気流に乗って吹きあがり、タンポポの種子のように遠くまで飛行することもある。この現象は「バルーニング」ballooning　といい、古くから知られていたが、クモの子であることが判明したのは十七世紀以降である。日本では、この現象のあと雪が降ることが多いので「雪迎え」と名付けている。

（P104）「戦に負けることなき愛よ」……

ἔρως ἀνίκατε μάχαν 原文のギリシャ語の意味は「戦に負けることなき愛よ」（『ギリシャ・ラテン引用語辞典』）である。（英語訳：“love, you who are invincible in battle” 出典：Sophocles: *Antigone* (c440 B.C.) 781）ソポクレース作のギリシャ悲劇『アンティゴネー』の七八一行目コロスのうたう「エロス讃歌」の一行目にある語句。万物に打ち勝つエロスの力を歌っている。呉茂一は、「恋心、かつて戦さに負けを知らない、恋心よ」（『ギリシャ悲劇Ⅱ』ちくま文庫）と訳しているが、「エロス」は、ギリシャ神話の恋愛の神（ローマ神話では、キューピッド）から、プラトン哲学でいう善きものに向けられる愛、キリスト教での人間的な愛などへと、解釈が変化している。ここでは、これまでに言われてきた「愛」の一例としてあげられている。
（参考文献：中務哲郎訳『アンティゴネー』岩波文庫、二〇一四）

（P104）「愛情」……原文：*στοργή*（ギリシャ語「愛情」の意、特に親子に関して用いることが多い）

第9章 雪に閉ざされて——

（P108）十二夜……キリスト教の十二日節（一月六日）の前夜祭。クリスマスと新年の祝いが伝統的に終わる日で、クリスマスの飾りつけを外すなど様々な行事が行われた。一月六日を十二夜とするところもある。伝統的に十二夜には祝祭が行われ、豆の入った十二夜ケーキを食べる習慣があり、豆に当たった者は祭りのあいだ王や女王となってその場を支配できた。十二夜には仮装をすることが多く、異性装（異性の服を着ること）やダンスや賭けごとも行なわれた。十九世紀までにはその騒々しさで評判が悪くなって、十二夜の祝祭はしだいにクリスマスへと移っていき、異性装や地位の逆転はパントマイムに取り入れられるようになった。ヴィクトリア朝には十二夜ケーキもクリスマスに食べるようになり、クリスマスの祝祭はより家庭的なものに変わっていった。（参考文献：ジェリー・ボウラー著、中尾セツ子 日本語版監修『図説クリスマス百科事典』柊風舎、二〇〇七）

（P108）仮装劇の役者たち……主にクリスマスのこ

ろにマンマー（mummer, 無言劇などの役者）またはガイザー（仮装する人）と呼ばれる役者たち（土地の農夫など）によって民間劇が演じられ、無言ではなくせりふもあった。公共の施設や家々を訪れて演じられ、演技のあとに食事や飲み物などをふるまわれた。遅くとも十八世紀中ごろから英語圏の諸国で行なわれていた。仮装劇の主な登場人物は、英雄（竜を退治した聖ジョージやジョージ王など）、その敵対者（トルコの騎士など）、道化、にせ医者、司会役のファーザー・クリスマス（サンタクロース）などで、英雄と敵対者が剣を交えて対決し、にせ医者は魔法の力で死者をよみがえらせた。十八世紀後半にはチャップブックの形態でも出版された。ユーイング夫人（一八四一ー八五）の『ピース・エッグおよびクリスマスの仮装劇』（一八七七）は、子どもたちの演じる仮装劇がきっかけで祖父と両親が和解する物語で、巻末にユーイング夫人が編集した劇の脚本がついている。この脚本では、まず聖ジョージがドラゴンを退治し、エジプトの王女サブラ姫の愛を得る。次に聖パトリックがエジプトの王子と戦って殺すが、王子は医者の薬をかけてもらってその場を去る。聖アンドリューがスラッシャーという兵士と戦い、兵士は傷つくが、医者の薬をもらって立ち上がる。さらに聖デイヴィッドがトルコの騎士と戦って勝ち、聖ジョージが巨人のサラディンを倒す。最後に歌を歌い、剣の舞を踊って終わる。また、南イングランドを舞台にしたトマス・ハーディ（一八四〇ー一九二八）の小説『帰郷』（一八七八）の第四章では、クリスマスに地域の農夫らによって演じられる仮装劇の様子が描かれている。芝居の行なわれる家の息子の顔を見たいと思ったヒロインのユーステイシアが、「トルコの騎士」に扮して飛び入り参加する。仮面のようなものをつけて男装しているので、観客に正体を知られない。「トルコの騎士」は「聖ジョージ」と剣を交えて戦って倒され、「医者」に手当てされるが、しだいに弱って最後には死んでしまう。ハーディは子どものころに仮装劇を見て、正確に覚えていたという。「ぼく」たちの家でどのような内容の仮装劇が行われたのかわからないが、後に劇のまねをするエドワードが竜退治を演じて姫と医者をも登場させようとするので、そうした場面が演じられたのではないかと推察される。

（P108）マーリン……アーサー王伝説の魔法使いの

予言者。引用は、マロリーの『アーサー王の死』第一巻第十七章でマーリンが変装してアーサー王に会った場面。グレアムが子どものころ、ジェイムズ・ノウルズ（一八三一―一九〇八）が子ども向けに出版した『アーサー王物語』（一八六二）が出ている。しかしここで引用されている表現は、マロリー版のものと思われる。

(P108) デーン人オジール……中世フランスの騎士物語の英雄で、シャルルマーニュの十二勇士の一人。ダーヌマルシュの王子オジールは、人質としてフランスにいるとき、異教徒との戦いで活躍し、フランスを守った。デンマークでは「ホルガー・ダンスク」という名の国民的英雄と同一視されている。ウィリアム・モリス（一八三四―一八九六）の長編詩『地上の楽園』（一八六八、六九、七〇）に「デーン人オジール」の詩が収録されている。そのなかで、オジールが生まれたとき六人の仙女が贈り物を与えたが、六人目の仙女は、もし彼が長生きをしたら、自分を恋人として与えると約束した。オジールは最強の騎士となり、長い年月の後、六人目の仙女（モルガン・ル・フェイ）と結ばれて仙女の国（アヴァロン）に住む。一度はこの世に戻ってきて、北方民族からフランスを救い、フランス王になる。しかし、仙女は彼を仙女の国に連れ帰る。（参考文献：『地上の楽園　春から夏へ』ウィリアム・モリス著、森松健介訳、音羽書房鶴見書店、二〇一六）

(P109) 雪の女王……アンデルセンの童話で、『新童話集』第一巻第二集（一八四四）に収められている。まもなく英国でも翻訳された。冬のある日、カイとゲルダの住む町に雪の女王がそりに乗ってやってきて、カイを連れ去る。ゲルダはトナカイの背に乗せてもらってオーロラの輝く地方へ旅し、オーロラの光が照らす雪の女王の城の広間でカイを見つける。

(P109) お供の槍を揺らしながら……オーロラの様子を槍で表現する例は古くからあった。旧約聖書続編「マカバイ記二」五：二―三に、金色の衣装をまとって槍で武装した騎馬兵が空中を駆け、盾を揺らしたり剣を抜いたりするのが見えたとあり、オーロラを記述したものと考えられている。中世までのヨーロッパでは、オーロラが縦じまを伴って空に広がる様子を、槍や剣で武装した兵隊が空を駆け巡っていると表現した。（参考文献：赤祖父俊一著『オーロラ　その謎と魅力』岩波書店、二〇〇二）。

（P109）われこそは、王のジャージ三世なり……エドワードは昨夜見た役者たちのまねをしている。P108訳注「仮装劇の役者たち」参照。「ジョージ」を「ジャージ」と言ったのは、役者たちのバークシャー地方の訛りもまねたためと思われる。グレアムたちが預けられた祖母の家はバークシャー地方にあったので、役者たちもその地域の出身だとわかる。参考までに、前述のハーディの『帰郷』におけるこの場面のせりふは、次のようなものである。

「われこそは　剛勇ならびなき聖ジョージ、
抜き身の剣と槍　伊達には持たじ。
竜とたたかい　竜をほふり
勲によって得たるは、エジプト王女サブラ姫。
われと思わんものは　この手に持つ
わが剣の前に立ちてもみよ！」（ハーディ著　大沢衛訳『帰郷』上巻　新潮社、一九五四）

（P109）紳士の社交クラブ……共通の趣味や関心をもつ人々が集まるクラブは英国では古くから存在したが、十七世紀後半にロンドンを中心にコーヒーハウスが社交場としての役割を果たすようになって、政治や文学、スポーツなど様々なクラブができた。やがてコーヒーハウスの一部屋を借り切って定期的に一定のメンバーが集まって語り合うようになる。夏目漱石は『文学評論』（一九〇九）で、英国の十八世紀のクラブについて、洒落者が服装を比較して新しい流行を考え出す「貴婦人抱犬倶楽部」や、夕食後に文学・科学・美術の談義にふける「文学倶楽部」などがあったと紹介している（夏目漱石著　櫻庭信之校注『文学評論　新装版』講談社、一九九四）。これらのクラブは、やがて上流階級の男性限定の閉鎖的な組織となっていく。こうした会員限定の社交クラブは十九世紀に最盛期を迎え、後出のアシーニアムやジュニア・カールトンのように、ロンドンのペルメル街に立派なクラブハウスを持つクラブができた。クラブハウスには食堂や図書室や宿泊できる部屋などの設備があり、紳士が心地よく過ごせるようになっていた。のちに上層中産階級の男性や、女性にも門戸が広がっていく。

（P110）『妖精の本』……ダイナ・マライア・クレイク夫人（一八二六-八七）の『妖精の本』（一八六三）を指すと思われる。当時のフェアリー・テイルの選集としては傑作のひとつとされていた。ペローの「眠れる森の美女」「親指小僧」「シンデレラ（サンドリヨン）」「まき毛のリケ」「赤頭巾」「長靴をはいた猫」、オーノワ夫人の「グラシューズとペルシネ」「金髪の美しい乙女」「白い猫」「青い鳥」「黄色い小人」、グリム兄弟の「一つ目、二つ目、三つ目」「ルンペルシュテルツヒェン」「ブレーメンの音楽隊」「雪白と薔薇紅」「鉄のストーブ」「狼と七匹の子やぎ」「カエルの王子」「白雪姫」「柏槙の話」のほかにも、「美女と野獣」「巨人退治のジャック」「親指トム」「ジャックと豆のつる」「フォルトゥナトゥス」など、様々な物語が三十六編収録されている。

（P111）ドラゴン……エドワードは聖ジョージになりきって、おそらくおもちゃのドラゴンを相手に、竜退治のまねをして遊んでいる。聖ジョージ（ゲオルギウス）はイングランドの守護聖人で、古代ローマの殉教者といわれる。竜を退治して王女を救ったという伝説が、十三世紀に編まれたラテン語の聖人伝『黄金伝説』（ウィリアム・キャクストンが一四八三年に英語版を出版）に含まれている。エドマンド・スペンサーの『妖精の女王』（一五九〇）にも聖ジョージを思わせる赤十字の騎士が竜と戦う場面がある。前出の仮装劇のP108訳注でも述べたように、聖ジョージ伝説は十九世紀の仮装劇でも扱われている。グレアムは『夢の日々』（一八九八）で、戦いたくなくて戦うふりをする竜と聖ジョージを描いている。二十世紀に入ってからもクリストファー・ミルン（一九二〇–一九九六）は五歳の誕生日に聖ジョージの甲冑一式をプレゼントにもらって、寝る時も着けていたいと思ったと自伝『クマのプーさんと魔法の森』（一九七四）で述べている。現在でも『妖精の女王』の竜退治を翻案した絵本 *Saint George and the Dragon: A Golden Legend* (adapted by Margaret Hodges, illustrated by Trina Schart Hyman, Boston: Little Brown, 1984) が出ている。

（P111）アシニーアム・クラブ……一八二四年に設立された名門の社交クラブで、ロンドンのペルメル街にある著名な文学者や学者の会。一八三〇年に豪華なクラブハウスが建設され、ドリス様式の列柱で支えられた屋根付きの玄関の上には女神アテナ像があった。二〇〇二年からは女性のメンバーも男性と同じ条件で入会を認められている。

（P111）ジュニア・カールトン・クラブ……一八六六年に設立された保守派の社交クラブ。一八三二年に設立された保守派のカールトン・クラブは入会の順番待ちの人数が多かったため、第二次選挙法改正で選挙権を与えられる予定の者が設立した。一九七七年に解散し、残っていたメンバーはカールトン・クラブに合流した。

（P111）「空が落ちてくる。王に知らせに行かなければ」……十九世紀なかばにJ・O・ハリウェルが採取した英国の古い童話「チキン・リキン」に出てくる表現。ドングリが頭に落ちて来て、空が落ちてくると思いこんだメンドリのチキン・リキンは、オンドリ、アヒル、ガチョウ、シチメンチョウなどの鳥と一緒に王さまに知らせに行こうとするが、キツネに騙されて食べられてしまう。「ヘニー・ペニー」、「チキン・リトル」というタイトルでも知られている。メンドリだけが助かるという結末もある。日本でも『たいへんたいへんイギリス昔話』（渡辺茂男訳、長新太絵、福音館、一九六八）、『めんどりペニー』（ポール・ガルドン文と絵、谷川俊太郎訳、童話館出版、一九九五、原書は一九六八）などの絵本が出ている。前者はメンドリだけが助かり、後者は全員食べられてしまう結末となっている。

（P112）ベイリンとベイランの哀しい物語……アーサー王伝説のなかの物語（マロリーの『アーサー王の死』第二巻第十七章・十八章）。ふたりは兄弟で、誤って決闘してふたりとも死んでしまい、マーリンによって一つの墓に埋葬される。

（P112）リフォーム・クラブ……ロンドンのペルメル街にある社交クラブで、一八三六年に自由党の前身であるホイッグ党のメンバーが中心になって設立された。選挙法改正法など、革新的な考えを話し合うことを目的としていた。一九八一年には女性も入会が認められるようになった。現在では特定の政見を持たない社交の場となっている。

（P113）ディナン……フランス北西部ブルターニュ地方の町。中世の建築物が残る観光地。

（P114）飲み込みが早い……原文：'gleg at the uptak' ウォルター・スコットの歴史小説『オールド・モータリティ』（一八一六）第七章の農夫Cuddie のせりふ "Every body's no sae gleg at the uptake as ye are yoursell, mither"（母さん、誰もが母さんみたいに飲み込みが早いわけじゃねえよ）からの引用と思われる。

（P114）サー・アイザックの飼い犬のダイヤモンド……英国の物理学者・数学者サー・アイザック・ニュートン（一六四二―一七二七）の飼い犬で、伝説によるとろうそくの灯を倒して実験のメモを書いた原稿を燃やしてしまったという。

（P115）ペルメル街……ロンドンのウェストミンスター区にある高級クラブ街。（P109訳注「紳士の社交クラブ」参照）

（P115）医者……仮装劇の主要登場人物の一人。死者を魔法で生き返らせる。（P108訳注「仮装劇の役者たち」参照）

（P115）大洪水のような清めと下水の記憶……原文はcataclysmal memories of purge and draughtで、新約聖書「マルコによる福音書」七：十九の「それは人の心の中に入るのではなく、腹の中に入り、そして外（下水）に出される。こうして、すべての食べ物は清められる（Because it entereth not into his heart, but into the belly, and goeth out into the draught, purging all meats?）」を指していると思われる。医者に下剤を処方された時のつらい体験のことを述べているのかもしれない。

（P115）「太陽の光を跳ね返す」聖杯……「アーサー王の死」からの引用かと思われるが、特定できなかった。英国生まれの米国の小説家P・G・ウッドハウス（一八八一－一九七五）も*A Damsel in Distress*（一九一九）の第四章で同じ表現を用いている。聖杯は目もくらむほどまばゆい光を放つので、この表現が用いられたと思われる。

第10章 女の子の話すこと――

（P118）ジンジャー・ビール……水・レモン・ショウガ・砂糖・酵母菌で作るショウガ味の炭酸ジュース。十八世紀半ばから英国で作られ、後にノンアルコールのものが流布するようになる。

（P118）ハーフ・クラウン銀貨……二シリング六ペンス貨。P30訳注参照。一シリングは十二ペンス。アーサー・ランサムの『六人の探偵たち』（一九四〇）の第一章で、船大工の息子のピート少年は、ぐらぐらする歯を抜くと母親から三ペンスもらえるので、友人に手伝ってもらって歯を抜くというエピソードがある。

（P118）村の郵便局……英国の田舎の郵便局は雑貨店も兼ねているところがある。

（P120）ポートワイン……ポルトガル産の赤葡萄酒、通例食後に飲む。発酵の途中でブランデーを加えて発酵を止め、糖分を残した原酒を熟成させたもの。十四世紀の中ごろからポルトガルの北部で生産が始まり、十八世紀には英国に大量に輸出された。ポルトガル第二の都市ポルトから積み出されていたので、英国でこの名で呼ばれるようになった。

（P121）スクーナーとカッター……スクーナーは通例二本マスト（時に三本以上のマスト）の縦帆式帆船、カッターは一本マストの小型縦帆船の一種。

（P123）『もう一度突破口へ、諸君、もう一度』……シェークスピアの『ヘンリー五世』第三幕第一場で、再度城門に攻撃をかける兵士の士気を鼓舞するヘンリー五世の言葉。副牧師は「お茶をもう少し」と「もう一度」の「もう」（more）をかけているのだが、「ぼく」にはそのしゃれがわからなかった。

（P123）『ただの小さなしおれた花です』……米国のエレン・クレメンタイン・ハワース（一八二七―一八九九）の詩のタイトルおよび一行目。一八六〇年にJ・R・トマス作曲で歌になっている。一八六四年出版の詩集に収録された。

'Tis but a little faded flower,
But oh, how fondly dear!
'Twill bring me back one golden hour,
Through many a weary year.
I may not to the world impart,
The secret of its power,
But treasured in my inmost heart,
I keep my faded flower.

ただの小さなしおれた花だが
なんと愛らしいことだろう
輝いていた時を思い出させてくれる
辛い年月を経たのちに
誰にも決して教えはしない
この花のもつ秘密の力を
心の奥底に大切に秘めておこう
このしおれた花をいつまでも

副牧師はボタンホールに花をさしていて、この詩にかけて自分も大切な思い出を持っているというふりをして冗談の種にしたのだと思われる。

第11章　アルゴ船の遠征隊――

（P125）アルゴ船の遠征隊……ギリシャ神話で、テッサリア地方のイオルコスの王子イアソンに従って黄金の羊の毛皮を得るためにアルゴという船に乗って黒海の東岸の王国コルキスに遠征した勇者たち。アルゴナウタイとも呼ばれ、ヘラクレス、テセウス、双子のカストルとポルックス、オルフェウスら約五十人が参加した。イアソンと結婚の約束をしたコルキスの王女メデイアが協力し、無事に黄金の羊皮を手に入れて、様々な苦難の末に帰還する。仲間たちと宝物を探しに行く冒険の旅の物語で、子どもにとっても魅力的だったと思われる。現代でも、全て開くと一枚の長い絵にもなる絵巻物形式の大型絵本『アルゴー船の大航海』（ジョバンニ・カセリ 絵と文、石井勇訳、評論社、一九九三）が出版されている。

（P126）ギリシャ神話の英雄……子ども向けのギリシャ神話の再話は、一六九九年にフランスでフェヌロンが『オデュッセウスの息子テレマコスの冒険』を出版し、同じ年に英訳された。一八〇六年には、ウィリアム・ゴドウィンがエドワード・ボールドウィンの筆名で『パンテオン』（一八〇六）を出版し、ギリシャ神話の神々や英雄を子ども向けに紹介した。一八〇八年にはチャールズ・ラムの『ユリシーズの冒険』が出版された。一八五六年にチャールズ・キングズリーが出版した『英雄たち――子どもたちのためのギリシャ神話物語』には「アルゴ船の遠征隊」「ペルセウス」「テセウス」の物語が収録されている。

（P126）「信頼とは成長の遅い木である」ということわざ……信頼を得るには時間がかかるという意味で用いられている。英国の政治家で首相も務めたウィリアム・ピット（一七〇八―一七七八）が、一七六六年に下院で演説したときの言葉「若者はすぐ信じてしまうが、老いた身には信頼は成長の遅い木である。Confidence is a plant of slow growth in an aged bosom; youth is the season of credulity.」に由来する。前半の前提の部分は、ここでは省かれている。グレアムは、老いた者だけでなく子どもも、すぐに信頼するわけではないと考えていたのであろう。

（P126）北部の妖精や魔女……グレアムはスコットランドで生まれて五歳までそこで暮らしたので、スコットランドの昔話を聞いたり読んだりしていたと思われる。スコットランドには、ブラウニー（夜間ひそかに家事の手伝いをするという小妖精）、ケルピー（馬の姿で現れ、乗り手を水死に誘ったり水死を予言したりする水の精）、人間に姿を変えるアザラシ、人魚や魔女などが出てくる妖精物語や、キツネやワシやミソサザイなど動物の出てくる昔話がたくさんある。

（P126）ふさふさした尻尾を広げてぼくたちを魔法

の城へ運んでくれるキツネ……グリム童話の「黄金の鳥」（KHM 57）のなかに、三人兄弟の末っ子を尻尾に載せて風のように駆けて城に運んでくれるキツネが登場する。黄金の鳥を探しに出た長男の王子と次男の王子は、キツネの忠告を聞かずに失敗する。末っ子の王子は、キツネに親切な声をかけ、尻尾に乗せてもらって黄金の鳥のいる城へ着く。しかし忠告を聞かずに黄金の鳥を手に入れるのに失敗し、黄金の馬を連れて来ることになり、再びキツネの尻尾に乗せてもらって黄金の馬のいる城へ行くが、また失敗する。三たび尻尾に載せてもらって今度は黄金城へ行き、結局、城のお姫さまと、黄金の馬と、黄金の鳥を手に入れる。キツネを撃ち殺して頭と四足を切り落とすと、キツネにかかっていた魔法が解けてお姫さまの兄の姿に戻る。グリム童話の英訳は、一八二三年にジョージ・クルックシャンクの挿絵入りの『ドイツの昔話集』が出て以来、数々の選集が出版された。

（P126）井戸の中のカエル……英国の民話「世界の果ての井戸」のカエルと思われる。この世の果ての井戸に行って、ふるいで水を汲んでくるように継母に命じられた娘が、何でも言うことを聞くかわりに、水を汲む方法をカエルに教えてもらう。カエルの要求は、戸を開けろ、膝に乗せろ、夕飯を食べさせろ、一緒に寝ろ、と次第にエスカレートして、ついにカエルの首を切れと言う。首を切り落とすと、カエルは呪いが解けて元の姿の王子に戻り、娘と結婚する。カエルではなく水中に棲む他の醜い生物が登場する類話がある。

（P126）木の上からカーカー鳴いて忠告をしてくれるカラス……カラスが登場する昔話は多いが、アンデルセンの「雪の女王」に、ゼルダに助言をしてくれるカラスが出てくる。

（P126）妖精の国の末男子相続制……末男子相続制は、中世の時代から一部の地域にあった慣行で、個人の不動産をすべて男性末子に相続させる制度。一九二五年に廃止された。グリム童話などの昔話では、前出のキツネのP126訳注のなかの「黄金の鳥」のように、三人兄弟の末っ子が成功する物語が多いので、それを妖精の国の「末男子相続制」という難しい言葉を用いて表現している。おそらく、末っ子のハロルドは得意になって、兄たちを軽んじたことがあったと思われる。

（P127）サトゥルヌス……ローマ神話の農耕の神。ギリシャ神話のクロノスにあたる。その子どもユーピテル（ギリシャ神話ではゼウス）に追放された。サトゥルヌスの治世は、労働をしなくても産物に恵まれ不正も悪もなく人類にとって至福の黄金時代と言われている。その後のユーピテルの時代は人類を滅ぼした白銀の時代とされる。サトゥルヌスは、ユーピテルに追われた後イタリアに逃れて、その地で黄金時代を築いたという伝説もある。本書のタイトル『黄金時代』も、サトゥルヌスの黄金時代を想起させる。

（P127）ペルセウス……ギリシャ神話のゼウスとダナエの息子。アテナとヘルメスから盾と大鎌を借り、ニンフたちから空を飛ぶ千里の靴と姿の見えなくなる帽子を手に入れて、髪の毛が蛇で正面から顔を見ると石になってしまう怪物メデューサを退治した。エチオピアの王女アンドロメダを海の怪物から救って、王女と結婚した。

（P127）アポロがアドメトスの門を叩く……アドメトスはギリシャ神話に登場するテッサリア地方の王。従兄弟のイアソンのアルゴ船の冒険に参加した。人間に仕えるようゼウスに命じられた太陽神アポロは、アドメトスのために羊や牛を放牧して面倒を見た。アドメトスが病になって倒れると、アポロは運命の女神に頼んで、身代わりになる者が現われれば、アドメトスの命を助けるという約束を取り付ける。

（P127）プシュケ……ギリシャ神話でエロスに愛された美女。アポロの神託により、姿の見えない夫（エロス）と結婚して、誰の姿も見えないのにすばらしい食事が供され楽しい音楽の聞こえる美しい城で暮らすが、言いつけにそむいて夫の顔を見てしまう。傷ついて姿を隠したエロスを探しに出たプシュケは、エロスの母で愛と美の女神アフロディテに、大量の穀粒をより分けたり危険な場所から水をくんできたりするという難題を課されるが、蟻や鷲に助けられる。最後に、冥界から美をわけてもらうよう命じられて、美の箱を開けてしまい、深い眠りに落ちるが、エロスに救われて正式に結婚し、オリュンポスに迎えられる。

（P127）オデュッセウス……この箇所の原文はラテン語名のユリシーズを用いている。ギリシャのイタカの王オデュッセウスは、アキレウスを仲間に引き入れたり、トロイの木馬を立案したりしてトロイ戦争で活躍した。帰りの航海では、巨人の国や食人種の国に流されたり、魔女キルケの島に着いたり、美しい歌声で惑わすセイレーンの島を通り過ぎたり、美女カリプソの島で暮らしたりして、十年の放浪の後、やっと故郷のイタカに帰る。求婚者たちに悩まされていた妻のペネロペは、織物が完成したら結婚すると約束して、夜中に織った部分をときほぐして夫の帰りを待っていた。オデュッセウスは求婚者を殺してペネロペと幸福に暮らす。ホメロスの『オデュッセイア』はこの帰路の旅を歌った作品で、これをフランスの教育者フェヌロンが脚色して『オデュッセウスの息子テレマコスの冒険』として一六九九年に出版し、同年に英訳された。

(P128)カナディアン・カヌー……両端がとがっていて船体が丸みを帯びたカヌー。片側にだけ水かきのある櫂を使ってこぐ。北米先住民が使っていたものを原型としているので、この名がある。

(P128)イアソン……P125訳注「アルゴ船の遠征隊」参照。

(P128)ワインのように黒ずんだ色の海……アルゴ船の遠征隊が通った黒海にみたてている。

(P129)メデイアと黄金の羊の皮……P125訳注「アルゴ船の遠征隊」参照。コルキスの王女メデイアは魔法使いだった。イアソンは黄金の羊の皮を手に入れるために、コルキスの王の条件に従って、炎を吐く牡牛を鋤につないで土地を耕し、竜の歯をまかなければならなかったが、メデイアの魔法の力を借りて達成した。黄金の羊の皮を守っている竜をも、メデイアのくれた魔法の薬で眠らせて、無事に羊の皮を手に入れた。メデイアは残酷なところもあり、コルキスから逃げる際に、連れて来た弟を八つ裂きにして海に捨てる。王が遺体を集めている間にアルゴ船の一行は逃げ去った。のちにイアソンはコリントスの王女と結婚するため、メデイアを捨ててしまう。憤激したメデイアは花嫁を毒殺する。

(P129)この遠征は『天路歴程』とは言えませんでした……つまり「天の都」に至るという大義名分も信仰心もない旅だったということ。『天路歴程』についてはP73訳注参照。

(P129)アタランテ……ギリシャ神話の美しく足の速い女狩人、競争に負けた求婚者は殺された。アルゴ船の遠征隊の一員。同じくアルゴ船の遠征隊の一員だったメレアグロスに呼ばれて、作物を荒らす猪をともに退治する。その後、負けたら結婚するという条件でメラニオンと走る競争をし、愛の女神アフロディテの助けを借りたメラニオンに負けて結婚した。

(P130)オリノコ川……ベネズエラ南部からコロン

ビア国境沿いを流れ、大西洋に注ぐ南米第三の川。P137で言及されている『おーい、船は西行きだ！』（一八五五）でも主人公たちの冒険の場所としてオリノコ川が登場する。探検先として当時の子どもたちのあこがれの場所の一つであったと思われる。

（P131）テッサリア……ギリシャ東部のエーゲ海に臨む地域。アルゴ船の出発地。

（P131）「打ち合う岩」……シュムプレーガデスの岩。黒海の入り口の両岸に立っていたという二つの岩。船がその間を通過しようとすると、両側から岩が合わさって船を破壊した。アルゴ船一行は、鳩を先に飛ばし、鳩はすり抜けたが、鳩を砕こうとぶつかり合った岩が反動で離れたすきに通過した。

（P131）セイレーン……カプリ島に住むセイレーンという鳥の姿をした魔女たちで、歌を歌って通りかかる船乗りを誘い込み、殺してしまうと言われている。アルゴ船は帰路で通りかかったが、オルフェウスが竪琴を弾いて歌ったので、魔女の誘いを逃れることができた。オデュッセウスも帰国の途中でセイレーンに出会っている。そのときは部下の耳に栓をし、自身はマストに身体を縛り付けて逃れた。

（P131）レムノス島……エーゲ海北部にあるギリシャの島。アルゴ船の遠征隊が最初に立ち寄った島。

（P131）ミュシア……トルコ北西部の古代都市。アルゴ船の遠征隊のヘラクレスが、泉のニンフに水の中に引き込まれた従者の少年を探しているうちに、船が出てしまう。

（P131）トラキア……バルカン半島のエーゲ海北東岸の地方。現在は、西側はギリシャ領、東側はトルコ領に分かれている。アルゴ船の遠征隊はミュシアの次にトラキアに着き、そこの王に頼まれて、女性の顔をした恐ろしい爪を持つハーピーという怪鳥を追い払った。王はその礼として、コルキスへ行く道と「打ち合う岩」の通り抜け方を教えてくれた。

（P134）ラウンダーズ……野球の原型ともいわれる英国の球技。

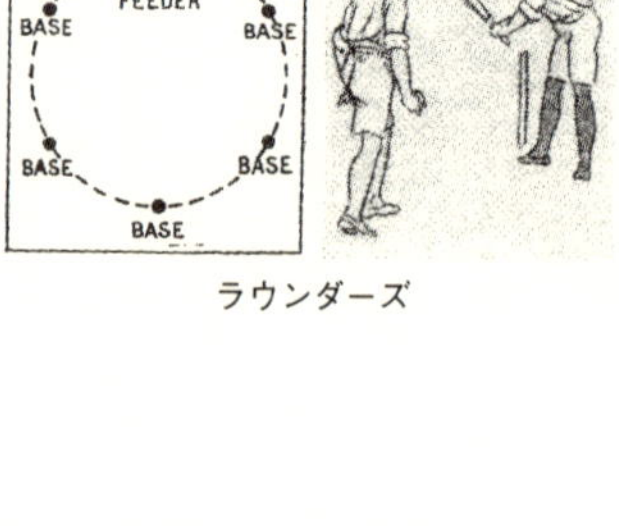

ラウンダーズ

チューダー朝のころから行われており、ジョン・ニューベリーが出版した児童書『小さなかわいいポケットブック』（一七四四頃）に、良く似たゲームがベースボールの名前で紹介されている。ウィリアム・クラーク編纂の娯楽の百科事典『ボーイズ・オウン・ブック』（一八二八）には、ラウンダーズの項目がある。十九世紀のラウンダーズは、一チーム五人から十人の二つのチーム（人数は同数）で対戦するゲームで、打者は野球のバットより短い木製バットでフィーダーと呼ばれる投手の投げるテニスボール大のボールを打ち、ボールが戻ってくるまでに四つ（または五つ）のベースを走って回る。走者は守備側の投げたボールに当たるとアウトとなり、ベースを一周回れたら得点となる。全部のベースを回れなければ、途中のベースで止まり、次の打者がボールを打つとまた走ることができる。現代でもラウンダーズは、軽いスポーツや遊戯として英国やアイルランドで行われている。

（P134）ラッパ水仙の咲く野原からさらわれて、地下の闇の国の女王となり、時々光に満ちた地上に戻って自由な空気に触れることを許されたあの少女……ギリシャ神話で、農業の女神デメテルの娘ペルセフォネのこと。野原で水仙の花を摘もうとしたときに、大地が裂けて、現われた冥界の王ハデスにさらわれて妻になる。デメテルは悲しみ、植物も芽をふかなくなったので、ゼウスがハデスにペルセフォネを返すように命じた。柘榴の実を食べたペルセフォネはずっと地上にいることはできず、一年のうち半年は地上で暮らし、あとの半年は冥界でハデスと暮らすことになる。

（P136）お茶の時間……ヴィクトリア時代の子ども部屋のお茶（夕食）の時間は、夕方六時であった。子どもの夕食は厚切りバター付きパンとミルクなどで簡単に済ませていたようである。

（P137）アルフレッド大王……古代イングランド七王国の一つウェセックスの王（八四九-八九九）。デーン人の侵略から国を守ったことで知られる。英国で非常に人気のある王であり、原文では「ぼく」はアルフレッドと呼び捨てにしているが、一般にはアルフレッド大王（Alfred the Great）と尊称をつけて呼ばれる。『バーネット自伝――わたしの一番よく知っている子ども』（一八九三。松下宏子・三宅興子編訳、翰林書房、二〇一三）の第七章でも、バーネットの分身である「その子」の好きな歴史物語の人物の一人としてあげられている。

（P137）『おーい、船は西行きだ！』……チャールズ・キングズリー（一八一九―一八七五）の歴史冒険小説（一八五五）。クリミア戦争（一八五三―一八五六）に愛国心を刺激されて書かれた作品。エリザベス一世の時代、リチャード・グレンヴィルの名付け子で、ドレイク船長と世界周航をなしとげたデボン州の船乗りエイミアス・リーが、スペイン貴族のドン・ガズマンに奪われた土地の若者のあこがれの女性ローズを奪い返すべく、兄フランクら同志とともにベネズエラに向けて船出する。ローズは既にドン・ガズマンと結婚しており、フランクは行方不明となる。奪還を諦めたエイミアスはスペイン軍と戦いつつ、黄金郷をめざしてオリノコ川やコロンビアのメタ川沿いを旅する。スペイン人女性の娘で先住民に育てられていた少女アヤカノーラと知り合い、スペイン人の黄金を奪うが、フランクとローズは異端審問にかけられて処刑されていたことがわかる。帰国後、スペイン人への復讐に燃えるエイミアスは、スペインの無敵艦隊と戦いながらドン・ガズマンを追い詰める。嵐でドン・ガズマンの船は沈み、エイミアスは落雷のせいで盲目となる。憎しみに捕われていた自分を恥じたエイミアスは、アヤカノーラの愛を受け入れる。スペイン人の新世界での略奪・カトリック・黒人奴隷貿易を批判するなどキングズリーの価値観が反映されているが、波乱万丈な出来事を躍動的な文体で生き生きと描いた歴史小説となっている。当初は大人向けに書かれたが、海洋冒険ロマンの要素が含まれていたため、子どもにもよく読まれた。タイトルの *Westward Ho!* は、物語の舞台であるデボン州のビドフォード近くの海辺の町の名前にもなっている。

第六章で、デボン州に潜入していたスペインの司祭たちが船で逃げようとするとき、土地の魔女（薬草で病気を治して占いなどをする）と呼ばれる女性に土地の方言で罵られる場面がある。「ぼく」が言及したのは、この場面だと思われる。

第12章 ローマへの道

（P142）ヨーロッパアルム……赤い実をつける多年生のヨーロッパの植物。

ヨーロッパアルム

（P143）ランスロット……P34訳注参照。

（P143）「巡礼の路」……イングランド南部のウィンチェスターからケント州のカンタベリーへ延びる道で、中世のころから、カンタベリー大聖堂のトマス・ベケット廟へ詣でる巡礼者が通った。ロンドンからカンタベリーへ通じる道を指すこともある。

（P143）ヘーゼルベルク物語のウォルター……原文：Walter in the Horselberg story「ヘーゼルベルク物語のウォルター」は、グリム兄弟の収集した「タンホイザー」伝説（『ドイツ伝説集』上巻、一八一六所収）と「ヴァルトブルクの合戦」伝説（『ドイツ伝説集』下巻、一八一八所収）、およびリヒャルト・ワーグナー（一八一三–八三）が作った歌劇『タンホイザーとヴァルトブルクの歌合戦』（一八四五年上演）と関係があると思われる。「タンホイザー」では、ドイツの伝説の騎士（詩人）タンホイザーがヴィーナス山（ヴェーヌスベルク、別名ヘーゼルベルク）のなかのヴィーナスの洞窟に滞在し、ヴィーナスを崇拝した。その罪を許してもらおうとローマへ巡礼するが、教皇ウルバヌスは自分の杖が芽吹く事がないのと同様、罪は許されないと言ったため、タンホイザーは絶望して再び山へ行く。杖に花が咲き始め、教皇はタンホイザーの罪を許そうと使者を送るが、彼は見つからなかった。「ヴァルトブルクの合戦」では、六人の詩人が太陽と昼を歌って競い合う歌合戦を行うが、そのなかにハインリヒ・フォン・オフターディンゲンとヴァルター（ウォルター）・フォン・デァ・フォーゲルヴァイデがいた。ワーグナーはこの二つの伝説を組み合わせてハインリヒ・タンホイザーを主人公にして歌劇「タンホイザーとヴァルトブルクの歌合戦」を作り、一八四五年ドレスデンで上演した。第二幕第四場で、徳の泉をたたえるヴァルターに対してタンホイザーは思わず享楽の愛を称えてヴィーナス賛歌を歌ってしまい、ヴィーナス山にいたことを人々に非難され、贖罪のため巡礼たちに加わってローマへ向かうことになる（参考文献：グリム兄弟編、桜沢正勝・鍛治哲郎訳、『ドイツ伝説集』上・下 人文書院、一九八七、一九九〇。高辻知義訳、『オペラ対訳ライブラリー ワーグナー タンホイザー』音楽の友社、二〇〇四）。「ぼく」あるいはグレアムは、巡礼に向かうタンホイザーをヴァルターと混同したのではないかと思われる。当時「タンホイザー」伝説は英国でもよく知られていて、A・

C・スウィンバーン（一八三七―一九〇九）はタンホイザーの一人称の詩「ヴィーナス賛歌」（一八六六、『詩とバラード』所収）を書き、サビン・バリング＝グールド（一八三四―一九二四）は『ヨーロッパをさすらう異形の物語――中世の幻想・神話・伝説』（一八六六・一八六八、池上俊一監修、村田綾子他訳、柏書房、二〇〇七）の第十話に「ヴィーナスの山」を収録している。

（P143）永遠の都ローマまで続く道……古代ローマ帝国はインフラストラクチャーの整備に優れており、紀元前三世紀から紀元後二世紀の間に敷設した街道の全長は幹線だけで八万キロに及んだ。北はスコットランドのパース近くからヨークなどを通り、ロンドンからドーバーへと続いて、さらに対岸のブーローニュ、ジュネーブの近く、ミラノからローマへと通じていた。東はトルコ、南はアフリカの地中海沿岸、西はスペインまで網羅していた。古代ローマ帝国がブリテン島を支配していた一世紀から四世紀ごろ、イングランドからスコットランドやウェールズに通じる非常に長く直線的な道路がつくられ、それらはローマン・ロードと呼ばれて多くは現在の道路網に組み込まれている。（参考文献：塩野七生著『すべての道はローマに通ず――ローマ人の物語X』新潮社、二〇〇一）

（P144）コロセウム……古代ローマ時代に、ローマに造られた巨大な円形競技場。ウェスパシアヌス帝（九―七九）が紀元七十年に建設を始めて、息子のティトス帝の治世の紀元八十年に完成した。模擬の海戦や、剣闘士と猛獣の試合などが行われた。現在もかなりの部分が残っており、重要な観光名所となっている。

（P144）どこそこのエンタイア・ビール……十八世紀に、ロンドンの居酒屋ではエールとストロング・ビールと軽くて安いスモール・ビールを混合して飲むようになったが、注文のたびに混合するのは不便だったので、一七二〇年から三〇年ごろに醸造業者のラルフ・ハーウッドが樽に三種を入れた新しいビールを造った。三種全てが一つの樽に入っていたことから、エンタイア（ひとそろい）と呼ばれた。後にポーターとも呼ばれるようになる。チャールズ・ラム（一七七五―一八三四）は、ポーターが好きだった。それをからかって、「あか抜けたラム氏はホイットブレッドのエンタイアで天馬を駆けさせる」とうたった「グログ（強い酒）」という戯詩（作者はC・J・D）が文学・文化の週刊誌「ミラー」（一八二五年一月二九日一二五号）に掲載された。このように、醸造所の名前をとって「どこそこの（醸造所の）エンタイア」などと呼ばれていたようである。『ビール文化史　ビールの本　下巻』（春山行夫著　東京書房社、一九七八）によると、この詩を書いたのはラムの友人のコールリッジだという。

（P144）「商人用の部屋」……十五世紀ごろから、商業の発達とともに、インと呼ばれる宿屋が増えた。当初は商人が見本を持って注文を取り歩いていたので、商人用の部屋ができた。チャールズ・ディケンズ（一八一二–七〇）の『ピクウィック・クラブ』（一八三七）の第十四章に、孔雀亭の「商人用の部屋」の描写がある。それによると、商人用の部屋は、中央に大きなテーブルと四隅に小さめのテーブルがあり、不揃いな椅子がいくつも置かれたがらんとした部屋で、商人だけでなく宿泊客をも含めた社交の場になっていた。そして旅商人の一人がそこで、ある宿屋の部屋の椅子が老紳士に変貌して泊まり客に語りかけるという怪談風の話をする。

（P144）「赤獅子」亭や「青い猪」亭……パブ（居酒屋、宿屋やレストランを兼ねているところもある）の名前のうち、英国で最も多い屋号の一つが「赤獅子」亭で、赤い獅子はヘンリー四世（在位一三九九–一四一三）の父ランカスター公の副紋章に由来するという。また、十五世紀後半には各地にリチャード三世（在位一四八三–一四八五）の紋章に由来する「白い猪」亭があったが、ヘンリー七世（在位一四八五–一五〇九）が王位を奪ってから、その多くは「青い猪」亭に改称された。ヘンリー七世を支持するオックスフォード伯の副紋章が青い猪だったためだという（参考文献：森護著『イギリス　パブの看板物語』日本放送出版協会、一九九六）。

（P144）ウェスレー派……ウェスレー派は英国の聖職者ジョン・ウェスレー（一七〇三–九一）が創始したメソジスト派のこと。路傍説教とトラクト（小冊子）配布を基本として熱烈な伝道を実践した。ジョンの没後一七九五年に英国教会から独立し、低教会派や福音派と呼ばれるグループを生み出した。米国では一八四五年に奴隷廃止をめぐって南北メソジスト派に分かれた。

（P144）耳に心地よい音楽のようなウェセックスの方言……原文：musical Wessex　ウェセックスは、イングランド南西部にあった古代のアングロサクソン人の七王国の一つで、アルフレッド大王が治めていた。グレアムは、『異教の書』（一八九三）所収のエッセイ「田舎のパン神」で、人夫や羊飼いに身をやつしたパン神が、不思議な伝説や奇妙な物語を、習い覚えた耳に心地よい音楽のようなウェセックスの方言やマーシア（古代七王国の一つ）の方言で語ると述べている。イングランド南西部は音楽好きの人々が多いと、前出（P137）のキングズリーの『おーい、船は西行きだ！』にも描写されている。ウェセックスは、トマス・ハーディが小説の舞台（現在のドーセット州）に用いた地名でもあり、ハーディのウェセックスにも、フルートを吹いたり歌を歌ったりする住民たちが多く登場する。

（P147）ピカデリー……ロンドンのピカデリー・サーカスからハイドパーク南東のハイドパーク・コーナーを結ぶ大通り。

（P148）幸福の島……ギリシャ・ローマ神話で、世界の西の果てにあり、英雄や善人が死後永遠に幸せに暮らせるという島。冥界で裁判官に裁かれて祝福された魂が住むエリューシオンは、幸福の島にあるという説もある。

（P149）幻灯機……原文：magic-lantern　スライド映写機の原型。画像を投影する技術は十九世紀に大きく進歩し、一八三二年にイギリスで発明されたゾエトロープ（回転のぞき絵）など、視覚的なおもちゃも発展した。幻灯機は一八四〇年までにイギリスやフランスなどで初めはおもちゃとして多数作られた。主に燈油のランプを光源に、青銅風のブリキの器具のレンズを通して、ガラスのスライドに手書きで描いたカラーの絵を壁やスクリーンに投影するしくみになっていた。やがて複数のスライドを用いるなどして動く映像が映し出せるようになった。

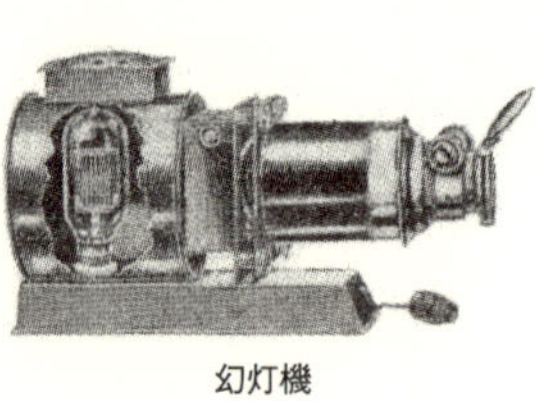
幻灯機

（P149）ゴムまり……原文：injirubber　第16章に出てくるindiarubberと同じと思われる。天然ゴムのボールは、古くは中米の古代文明圏で使われていたが、ヨーロッパに伝わったのはコロンブスが二度目の航海でカリブ海の島で原住民が使っているのを目撃してからと言われている。その後しばらくヨー

ゴムまり

ロッパでは貴重品だった。十九世紀の前半に米国のグッドイヤーと英国のハンコックが加硫法によるゴム製品をつくる工程を完成してから、ゴム産業が発展し、様々なゴム製品が製造された。ゴムのボールも手に入れやすくなり、おもちゃとしての人気が上がった。(参考文献:Thomas Hancock. *Personal Narrative of the origin and progress of caoutchouc or india-rubber manufacture in England*, London: Longman, Brown, Green, Longmans, & Roberts, 1867 および、『おもちゃの文化史』A・フレイザー著　和久洋三監訳　玉川大学出版部　一九八〇)。グレアムは七歳のころ、きょうだいたちとスコットランドの父親のもとに一年近く滞在したことがあった。祖母の家へ帰るときに立ち寄ったスターリングという町で、玩具店のショーウィンドウのなかに色々な色のまりを見つけて気に入り、親戚の一人に買ってもらったというエピソードを残している。

(P150)ネフェロなんとか……原文:Nephelo-something アテネの喜劇作家アリストファネス(四五〇頃-三八八頃B.C.)の『鳥』(四一四B.C.上演)において鳥たちが空中に造った架空の都市ネフェロコッキュギア(Nephelococcygia, 雲上郭公国)を指すと思われる。二人の人間エウエルピデスとピステタイロスの勧めに応じて鳥たちが空に王国を建設すると、人間たちはオリュンポスの神の代わりに鳥たちを崇拝するようになる。ピステタイロスはゼウスからの使節を言いくるめて統治権をも得てしまう。英国では一八〇四年にB・H・ケネディが『鳥』を英訳してから、アリストファネスに関心がもたれるようになった。画家は「ぼく」の話を聞いて、この架空の都市を連想して口に出しかけたと思われる。

(P150)『詩人は、ケクロプスの町よ、と言う』……古代ローマの五賢帝の一人、マルクス・アウレリアス・アントニヌス帝(一二一-一八〇)の著書『自省録』のなかの言葉。『自省録』にはストア哲学の思想が述べられている。ケクロプスはギリシャ神話でアテネの建設者、アッティカの初代の王。アッティカの大地から生まれたとされ、上半身は人間で下半身は蛇(竜)の形に描かれる。

(P152)クルーソー……デフォーの小説『ロビンソン・クルーソー』(一七一九)では、ロビンソン・クルーソーは無人島から文明社会に戻ってきたが、上品な暮らしに飽きたときは、山羊の皮の服を着たりして自由に暮らしていた場所へ帰って行ったと「ぼく」は考えている。

第13章 秘密の引出し――

(P158) 引出し付きの書き物机……原文：bureau ビューローは十七世紀にフランスで製作され、英国にも広まった。通常、斜めの垂れ板がついていて、それを下ろすと、中に分類棚や小さな引出しなどがある。上に本棚がついているタイプのものもあった。

引出し付きの書き物机

(P159) シェラトン……英国の家具製造家トマス・シェラトン（一七五一―一八〇六）。洗練されたネオクラシックのデザインで知られる。

(P160) イフリート……原文：Afreet 中東で信じられてきた超自然の存在であるジン（集合名詞、単数形はジンニまたはジニー）の一種。ジンのなかでも力が強く、空を飛んだり動物に変身したりすることができ、地中に住んでいるとされる。『アラビアン・ナイト』にも登場するが、英訳書ではジニーとなっていることが多い。突然人をつかまえて飛んで行かせる場面の例としては、「大臣ヌール・ディーンとシャムスッ・ディーンの物語」（第二十夜から第二十四夜）がある。イフリートは大臣の息子をかついで空を飛んで、馬丁と結婚させられそうになっていた姫のもとへ運び、二人を結び合わせた後、再び大臣の息子を連れて飛び去る。同じように有無を言わせず人を運んでくるジニーは「アラジンと魔法のランプ」にも登場する。『アラビアン・ナイト』については第十五章のP182訳注も参照。

(P160) スペイン・ドル……昔のスペインのペソ銀貨、八レアール貨、ピース・オブ・エイトとも呼ばれる。十八世紀後半には最初の国際通貨として多くの国で広く使われた。

スペイン・ドル

(P161) 車輪付きの小さな木造の小屋……トマス・ハーディの『狂おしき群をはなれて』（一八七四）の第二章に、主人公の羊飼いゲイブリエル・オウクが羊の出産の季節に泊まり込む車輪付きの小屋が描かれている。小屋は箱舟のような形で、車輪の上に乗っているため床は地面から三十センチほど高くなっており、内部は堅い寝床が床の半分を占め、ストーブや台所用具や羊の手当てに必要なものが置かれていて、換気のための丸い窓が二つある。羊飼いは生まれた子羊を小屋の中に運び、子羊が温まって元気になると母親の元へ戻すといった作業をする。第三章では、ゲイブリエルは戸口からの隙間風を避ける方向へ小屋の向きを変えている。そしてストーブをつけたままうっかり換気をせずに眠りこんであやうく二酸化炭素中毒になるところを、ヒロインのバスシバに助けられるのである。グレアムの祖母の家のあたりでも、当時こうした小屋が用いられていたと思われる。

(P161) 戦艦マジェスティック……戦艦マジェスティックは、英国海軍の戦艦で、その名を冠したものはこれまで数隻存在する。初代の戦艦マジェスティックは一七八五年に進水し、七十四門三等戦列艦であった。一八一六年に座礁して解体された。二代目は一八五三年に進水し、一八六八年に解体された。グレアムが子どものころ活躍していたのは、二代目の戦艦マジェスティックだと思われる。「秘密の引出し」が書かれたころは、三代目の戦艦マジェスティックがポーツマスで建造中で、一八九五年一月三十一日に進水した。(「秘密の引出し」の初出はシカゴの *The Chap-Book* 誌一八九五年一月十五日号)。その名を冠した船のおもちゃがつくられていたと思われる。

(P162) ニオイイリスの根……地中海沿岸地方原産のアヤメで芳香があり、その根は香水の原料となる。

(P163) ボタンかけ……靴や手袋、ドレス、ズボンなどのボタンを穴に通す時に用いた鉤型の器具。全体をボタン穴に通してから鉤にボタンの糸脚を引っかけてボタン穴から引き出す。

いろいろなボタンかけ

(P164) 角笛……角(horn)は、力、神、勝利、成功を象徴する。旧約聖書に「主はわが救いの角 The Lord is the horn of salvation」(「サムエル記下」二十二：三、「詩編」十八：三)とある。

(P165) モンテ・クリスト伯……フランスの文豪アレクサンドル・デュマ(一八〇二―一八七〇)の同タイトルの小説(一八四四―四五)の主人公。小説は、英国では一八四六年に翻訳出版された。無実の罪で投獄されたエドモン・ダンテスは、脱獄した後、財宝を見つけて莫大な富を得て、復讐のためパリに現われる。『バーネット自伝』の第三章でも、モンテ・クリスト伯は大金を使うことのできる人物のたとえとしてあげられている。

第14章「暴君の退場」――

（P169）暴君の退場……原文：'Exit Tyrannus' 清教徒革命で一六四九年にチャールズ一世が処刑されたのち、王立取引所にあったチャールズ一世の立像の台座に「暴君の退場、最後の王 exit tyrannus, regum ultimus」と書かれた。

（P171）連祷……先唱者の唱える祈願に会衆が唱和する形式。

（P172）ベルトより下を打つ……卑怯なことをするたとえ。

（P172）ハンニバル……カルタゴの名将（二四七―一八二B.C.）。第二次ポエニ戦争でアルプスを越えてローマ帝国に侵入した。

（P173）鋭い一撃を～ついに倒れ伏した……英国の詩人マシュー・アーノルド（一八二二―一八八八）の詩「最後の言葉」The Last Word（一八六七）の第三連からの引用。ただし最終行の broke は、グレアムの本文では sank（倒れ伏した）になっている。

They out-talk'd thee, hiss'd thee, tore thee.
Better men fared thus before thee;
Fired their ringing shot and pass'd,
Hotly charged—and broke at last.

かれらはきみを言い負かし　非難し　引き裂いた
もっとすぐれた人々が　以前にも同じような目に遭った
鋭い一撃を放ち
激しく突撃して　ついに砕け散った

第15章 青い部屋――

（P180）自然の女神がときとして人の心に同調する……自然の女神については、P49訳注参照。自然を擬人化して感情を与える表現方法は、十八世紀の詩人ブレイク、ワーズワース、シェリー、キーツらの詩においてよくみられたので、それを指していると思われる。ジョン・ラスキン（一八一九―一九〇〇）は、『近代芸術化論』（一八四三―一八六〇）で、こうした表現を「感傷的虚偽」と名付けて批判した。

（P182）『アラビアン・ナイト』の肉屋の物語……『アラビアン・ナイト』の「せむしの物語」（第二十四夜から第三十四夜）のなかの「理髪師の話」の一つである「理髪師の四番目の兄の話」では、肉屋を営んでいた兄は、肉を買った老人の払った銀貨が後に丸い白紙に変わったため、次に買いに来た時に老人をなじると、逆に、羊の肉を人肉と偽って売っていると老人に告発される。群衆が店の奥を見ると、ぶらさがっていた羊の肉は人肉に見えた。兄は群衆にののしられ、老人に片目をえぐられて警察に突き出され、罰を受けてその後もさんざんな目に合う（参考文献：『アラビアン・ナイト 2』、東洋文庫七五、前嶋信次訳、平凡社、一九六六）。『アラビアン・ナイト』は一七〇四年から一七一七年にかけてアントワーヌ・ガランによってフランスで翻訳出版され、「船乗りシンドバッド」「アリババと四十人の盗賊」「アラジンと魔法のランプ」も収録された。一七〇六年から匿名の三文文士によって英語にも翻訳されるようになり、一七九一年頃にエリザベス・ニューベリが子ども向けに十九篇を採録した『東洋のモラリストまたはアラビアン・ナイツ・エンターテインメンツ特選』を出版したが、理髪師の話は含まれていない。一八一一年にはジョナサン・スコットがアラビア語からの英訳で新たな物語の訳も加えた全六巻の『アラビアン・ナイツ・エンターテインメンツ』を出し、「理髪師の四番目の兄の話」を含む「せむしの物語」も収録されている。一八三九年から一八四一年にかけてE・W・レインが不穏当と考えた部分を削除した版を出版したが、「理髪師の四番目の兄の話」は、レイン版にも収録され、その後まもなく出たと思われる子ども向けにレイン版を編集した版（ノーマン・J・デーヴィッドソン編、出版年不詳）にも収録されている。『アラビアン・ナイト』の完訳版はジョン・ペインが一八八二年から八四年にかけて、リチャード・バートンが一八八五年から八八年にかけて出版した。子ども向けの再話は、ほかにも『ダルジェルの挿絵版アラビアン・ナイト』（一八六三―一八六五）、アンドリュー・ラング編の『アラビアン・ナイト』（一八九八）など多数出ている。ちなみにラング版には理髪師の五番目の兄と六番目の兄の話は載っているが、一～四番目の兄の話は掲載されていない。

（P182）デイヴィッド・コックス……英国の風景画

家（一七八三－一八五九）。バーミンガムに生まれ、水彩画の黄金時代の代表的な画家の一人と言われている。細部よりも全体の印象を大切にする作風だった。後に油絵も描いた。「ぼく」はこの画家を知らないので、近くに住んでいる農夫のコックスのことだと勘違いしている。

（P182）牧歌的……原文：pastoral パストラルは理想化された羊飼いの生活を描いた文学・音楽・絵画をも指す。パストラルの風景画はヘレニズム期に現われ、ルネサンス期のイタリアで復興した。フランスの画家ニコラ・プッサンの『アルカディアの牧人』（一六五〇頃）では、牧人たちが「我はアルカディアにもいる」という碑銘を女性に示している。

（P186）ガイ・フォークスごっこやチャールズ二世が木に登るという遊び……ガイ・フォークス（一五七〇－一六〇六）は、一六〇五年十一月五日に英国議事堂の爆破を企てて失敗した火薬陰謀事件の首謀者の一人。毎年十一月五日の夜には、ガイ人形を燃やすかがり火をたいたり、花火を打ち上げたりするガイ・フォークス夜祭が開催される。チャールズ二世は一六五一年の戦いに敗れたとき、木に隠れて助かった。**P82**訳注「ロイヤル・オーク」参照。

（P186）真のエリザベス朝の人間……主に成人男子の衣服を対象にした贅沢禁止法は、イギリスでは十四世紀に最初に発布されたが、エリザベス朝の衣装は、ひだ襟の幅を制限するなど何度も贅沢禁止法を発布しなければならないほど贅沢であった。一六〇四年、ジェームズ一世のもとで贅沢禁止令は全て廃止される（参考文献：川北稔著『洒落者たちのイギリス史』平凡社、一九八六）。なぜ「ぼく」が衣装の細かい点を気にかけないのが、**P137**で言及される『おーい、船は西行きだ！』が、真のエリザベス朝の人間と思ったのかは不明だ（一八五五）の第一章で、豪華な装飾品や派手な飾りのあるスペイン製のビロードの帽子を身に付けた船長のことを「当時のあらゆる贅沢禁止法に反して」と、やや批判的に描写されており、衣装にこだわらないのが当時の真の男性であるという著者キングズリーの考えが伺える。「ぼく」はこの影響を受けていたのではないかと推察される。

（P188）メヌエット……フランス起源の三拍子、まれに六拍子の舞曲。十七世紀中ごろから、フランス宮廷中心に社交的な舞踊のための音楽として普及した。穏やかな速度の優雅な舞曲で、これに合わせて踊る舞踊は十七世紀のイングランドの社交界でも人気があった。写真は、しかけ絵本 *Bookano Stories No.9*（1942）の舞踏会の場面。二世代ほど昔の舞踏会の様子を伝えていて、三拍子のメヌエットに合わせて紳士の腕が動く仕掛けになっている。

しかけ絵本のメヌエットの場面

（P188）アルプス登山家……十九世紀半ば、多数の英国人登山家がアルプスに挑戦し、一八五七年に世界で初めての山岳会である英国山岳会が設立された。一八六五年には英国人のエドワード・ウィンパーがマッターホルンの初登頂に成功し、一八七一年に『アルプス登攀記』を出版している。

（P191）カエルの行進……うつぶせになった者を四人がかりで手足を持って運ぶこと。反抗する生徒や囚人などに対して行われた。

（P192）ポリッジ……オートミールや穀類を水や牛乳で煮てどろどろにしたかゆ。朝食によく食べる。

（P193）週刊誌『魂（プシュケ）——霊界ジャーナル』……原文：*Psyche: a Journal of the Unseen* 当時の文芸雑誌には、この名称の雑誌は見当たらないが、十九世紀半ばの欧米では心霊現象への関心が高まっていた。英国では、一八八二年に心霊現象の実証的な研究を目的とした心霊研究協会（The Society for Psychical Research）が設立された。

第16章 仲たがい

（P196）極西部地方……グレート・プレーンズ（ロッキー山脈東方のカナダから米国にまたがる大草原地帯）以西の地方を指す。

（P196）わな猟師……英国の冒険小説家ウィリアム・ヘンリー・ジャイルズ・キングストン（一八一四－一八八〇）に、カナダ西部を舞台にした『わな猟師の息子』（一八七三）がある。わな猟師の父親が迎えに来るまで北米先住民の女性（squaw）に育てられた少年ロレンスの物語で、先住民の考え方や信仰しか知らなかったロレンスが、試練の後にキリスト教徒になる。ハロルド以外の子どもたちは、この物語のごっこ遊びをやっていたと思われる。

(P196) アパッチ族……北米先住民のアサバスカン語族の一種族。東部アパッチ族は特に機動力と武勇で知られた。十九世紀後半、コチースやジェロニモなどの酋長に率いられて騎兵隊に負けた最後の北米先住民となった。現在は南下して南西部のニュー・メキシコ州・アリゾナ州・オクラホマ州に居住する。前述の『わな猟師の息子』でロレンスを育てた先住民の女性はアパッチ族とは特定されていないが、セライナはこの女性の役割を演じていたのであろう。

(P198) ティーセット……早くからドールハウスが発達したヨーロッパでは、人形のための小さな調理用具や小物が多く作られてきた。磁器やガラス製、銀製のティーセットも作られた。一例として、ティーポット、ミルクポット、砂糖壺、数客のティーカップとソーサー、それらをのせるお盆などのセットがあった。一八五〇年代以降、非常に凝った人形の家の小物がロンドンのおもちゃの市場でも売られるようになった。ドイツやフランスからの輸入品も多かった。写真は二十世紀の日本製。

ティーセット

(P201) ボヘミアンの生き方……もとはチェコのボヘミア地方の住民の意味で、定住性のない異なった習慣を持つ人々を指していたが、十九世紀ごろには俗世間の掟に従わず自由奔放な生活をする芸術家や作家を指すようになり、そうしたボヘミアンが多数居住して芸術や文化を発信するコミュニティーが世界各地にできた。ロンドンではチェルシーやソーホーが有名である。グレアムも、『異教の書』所収のエッセイ「さすらいのボヘミアン」で、立派な家に住むのに飽き足らず荷車で放浪する男を描いている。ここでは、ハロルドが自由奔放に町のあちこちを回ることを意味している。

(P201) ぜんまい仕掛けの機関車……ロンドンのベスナル・グリーンにあるヴィクトリア&アルバート博物館分館の子ども博物館は、一八四〇年にドイツで作られたブリキのぜんまい仕掛けの機関車と客車を収蔵している。一八三〇年代から四〇年代のアメリカでも、いくつかの会社がレールのないブリキの機関車と貨車と客車のおもちゃを作っていて、一八五〇年代から九〇年代にかけて人気を博した。ぜんまい仕掛けのブリキの列車を作る会社もあった。一八五〇年代以降、汽笛を鳴らしたり実際に煙を吐き出したりするぜんまい仕掛けの汽車が多く世に出た。

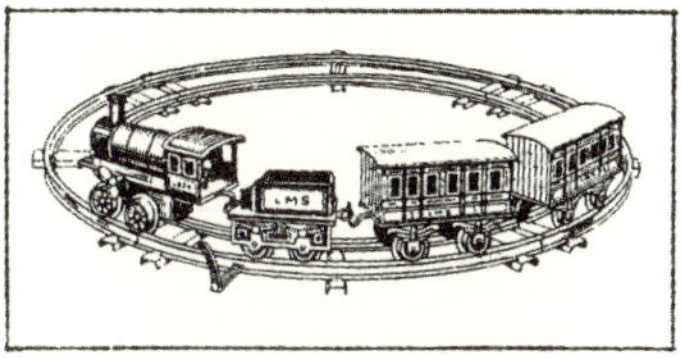

ぜんまい仕掛けの機関車

第17章「十分に遊んだ」——旅立ちのとき——

(P207)「十分に遊んだ」——旅立ちのとき……原文：'Lusisti Satis,' 古代ローマの詩人ホラティウス（六五-八B.C.）の「詩と教養」（『書簡詩』二・二）からの引用。ローマの詩人たちの虚栄心を批判して彼らに忠告を与える詩で、Lusisti satis, edisti satis, atque bibisti. Tempus abire tibi est（十分に遊び、食べて飲んだ。そろそろ立ち去る時だ）と結ばれている（参考文献：鈴木一郎訳『ホラティウス全集』玉川大学出版部、二〇〇一）。

(P208) サルは賢明……「ぼく」は、サルを、言葉がわかっているのに、人間のように働かないですむようにわざとわからないふりをしている賢い動物とみなしている。

(P209) 暴風警報標識……原文：storm-cone 円錐形の信号。船のマストや沿岸の旗ざおに掲げられ、円錐の頂点の向き（上なら北、下なら南）で風の来る方向を示した。天気予報の基礎を作った気象学者のロバート・フィッツロイが一八六〇年に考案した。「ぼく」は、自分たちをよく船乗りにたとえる。

(P210) 冥界……原文：Hades ギリシャ神話の冥界を支配するハデスとその冥界を指し、地獄の意味でも使われる。冥界は死者の国で、地下にある闇の世界とされる。入口は三つの頭とヘビの髪をもつ犬ケルベロスが守っている。死者は渡し守のカロンに渡し賃を払ってステュクス川を渡り、三人の裁判官（ミノス、ラダマンテュス、アイアコス）によって裁かれる。冥界の底にはタルタロスがあり、ゼウスが追放したティーターン族が幽閉されている。ほかにも、ハゲタカに肝臓を食いちぎられる巨人のティテュオス（肝臓は再生するので刑罰は永遠に終わらない）、ご馳走を食べようとすると奪い取られる人々や常に頭上に巨石がぶら下がっていてビクビクしている人々、永遠に回り続ける炎の車に縛り付けられているイクシーオーン、何度も繰り返し巨石を丘の頂上に押し上げる苦行を課せられたシーシュポス、水のなかに立たされ、喉を潤そうとすると水が逃げて行き、そばの果実に手を伸ばすと果実が手の届かぬところに行ってしまうタンタロス、ふるいで水を汲まされているダイダロスの娘たちなどがいる。グレアムの原文は it was a private and peculiar Hades, that could give the original institution points and a beating となっている。本書では、give points を「（人に）優る」、a beating を「打ち負かすこと」と解釈して「冥界をはるかに上回る恐ろしいところ」と訳したが、beating には鞭打ちなどの意味もかけてあると推測される。

（P212）テネリフェ……スペイン領カナリア諸島最大の島。島の名前は、カスティリャ王国（のちのスペイン）が征服する前に島を支配していた原住民の王ティネルフェからきているという説がある。ここでは、王のティネルフェを指していると思われる。

（P212）アトラス……ギリシャ神話でゼウスがクロノスと戦って勝利したとき、クロノスの側についた巨人アトラスは、罰として、天が落ちないように肩で支える役目をいいつかった。

（P213）寄宿学校用の私物を入れる箱……寄宿学校へはトランクと、私物を入れる playbox を持って行く習慣があった。サマセット・モーム（一八七四－一九六五）の自伝的小説『人間の絆』（一九一五）の第十章でも、九歳のフィリップが寄宿学校へ入るとき、トランクと playbox を持って行っている。第十一章では、他の生徒は肉の缶詰などの食べ物を playbox に入れて持ち込んでいて、食事の足しにしていた様子が描かれる。時代は少し下るが、ロアルド・ダール（一九一六－九〇）も、一九二五年に九歳で寄宿学校に入る際に、トランクと tuck-box（お菓子箱）を持って行ったことを自伝『少年』（一九八四）のなかで克明に描いている。どちらにも自分の名前がはっきりと書かれていて、tuck-box にはお菓子以外にも磁石やポケット・ナイフやおもちゃなどの宝物をいれていたというから、playboxと同じ役割をしていたと思われる。ダールによると、tuck-boxは持ち主が鍵をかけることができて、校長でも中をのぞき見ることはできなかったという。

（P216）客車……当時の英国・ヨーロッパの客車の車室は、向かい合わせの座席のあるコンパートメントで、ホームに面した側に扉が、奥には通路があった。

（P216）すっかりなめらかに……原文：*totus teres atque rotundus.* ホラティウスの「自由詩」（『風刺詩』二・七）からの引用。奴隷ダーヴスと自由について論じた詩で、引用元はIn se ipso totus teres atque rodundus（自分の足で立ち、すっかりなめらかで円満）となっている。（参考文献：P207訳注『ホラティウス全集』）

（P217）オデュッセウスの帰還……休暇で帰ってくる兄をオデュッセウスにたとえている。（P127訳注「オデュッセウス」参照）

（P218）ラダマンテュス……ギリシャ神話のゼウスとエウロパの息子、模範的な正義や行為を評価されて、死後冥界の裁判官を務めた。（P210訳注「冥界」参照）

初出と主要著書

各章の初出（ピーター・グリーン著の伝記より）

序章「おとなはみんなオリンピアン」"The Olympians," *National Observer*, Sept. 19, 1891.

第1章「休日」"A Holiday," *New Review*, Vol. 12, No.70 (March 1895).（第17章の「『十分に遊んだ』――旅立ちのとき」の大部分とともに、「アルカディアにて 'In Arcady'」という共通のタイトルで掲載された。）

第2章「汚名を返上したおじさん」"A White-washed Uncle," *National Observer*, Mar 25, 1893.

第3章「戦場のざわめきと兵士の出撃」"Alarums and Excursions," *National Observer*, Feb. 10, 1894.

第4章「お姫さまを見つける」"The Finding of the Princess." *National Observer*. May 20, 1893.

第5章「おがくずと罪」"Sawdust and Sin." *National Observer*, Aug. 25, 1894.

第6章「『若きアダム・キューピッド』」"'Young Adam Cupid.'" *National Observer*, May 20, 1893.

第7章「泥棒を見たの」"The Burglars." *National Observer*, Jun. 24, 1893.

第8章「収穫のとき」"A Harvesting." *National Observer*, Jan. 13, 1894.

第9章「雪に閉ざされて」"Snowbound." *National Observer*, Sept. 23, 1893.

第10章「女の子の話すこと」"What They Talked About." *National Observer*, Dec. 16, 1893.

第11章「アルゴ船の遠征隊」"The Argonauts." *National Observer*, Mar. 10, 1894.

第12章「ローマへの道」"The Roman Road." *The Yellow Book*, July 1894.

第13章「秘密の引出し」"The Secret Drawer." *The Chap-Book* (Chicago), Jan. 15, 1895.

第14章「『暴君の退場』」"'Exit Tyrannus.'" *National Observer*, Apr. 28, 1894.

第15章「青い部屋」"The Blue Room." *Phil May's Illustrated Winter Annual*, Dec. 1894.

第16章「仲たがい」"A Falling Out." *The Yellow Book*, Jan. 1895.

第17章「『十分に遊んだ』――旅立ちのとき」 "Lusisti Satis." *New Review*, Vol. 12, No. 70 (March 1895).（最後の二節を除いて、第1章の「休日」とともに、「アルカディアにて」という共通のタイトルで掲載された。）

主要著書

『異教の書』*Pagan Papers*. London: Elkin Mathews and Lane, 1893. Chicago: Stone & Kimball, 1984.

『黄金時代』*The Golden Age*. London: John Lane and Chicago: Stone & Kimbal, 1895.

マックスフィールド・パリッシュ挿絵 Illustrated by Maxfield Parrish, London and NY: John Lane, The Bodley Head, 1900.

R・J・エンラート＝ムーニー挿絵 Illustrated by R. J. Enraght-Moony, London: John Lane, The Bodley Head, 1915.

ロイス・レンスキー挿絵 Illustrated by Lois Lenski, London: John Lane, The Bodley Head, and NY: John Lane Company, 1921.

E・H・シェパード挿絵 Illustrated by E. H. Shepard, NY: Dodd, Mead & Co., [1922], London: John Lane, The Bodley Head, 1928.

『女首切り役人』*The Headswoman*. London and NY: John Lane, 1898.

『夢の日々』*Dream Days*. London and NY: John Lane, The Bodley Head 1898.

「いつもきまぐれ」ケネス・グレアム著　三辺律子訳、「飛ぶ教室」第三十二号二〇一三年冬（『夢の日々』収録の "Mutabile Semper" の訳）。

『たのしい川べ』*The Wind in the Willows*. London: Methuen, and New York: Scribner, 1908.

『たのしい川邊』ケネス・グレアム著、中野好夫訳、アーネスト・H・シェパード挿絵、白林少年館出版部、一九四〇

『ヒキガエルの冒険』ケネス・グレアム著、石井桃子訳、英宝社、一九五〇

『たのしい川べ―ヒキガエルの冒険―』ケネス・グレーアム作、E・H・シェパード挿絵、石井桃子訳、岩波書店、一九六三

『やなぎに吹く風（しかけ絵本）』ケネス・グレーアム作、バベット・コール挿絵、岡松きぬ子訳、大日本絵画、一九九一

『川べにそよ風』ケネス・グレアム作、ジョン・バーニンガム挿絵、岡本浜江訳、講談社、一九

九二

『楽しい川辺』ケネス・グレアム作、ロバート・イングペン挿絵、杉田七重訳、西村書店、二〇一七

『黄金時代・夢の日々・たのしい川べ』合本 *The Golden Age and Dream Days with The Wind in the Willows*. London: Methuen, 1932.

『夢の日々』収録の「戦いたくないドラゴン」の物語 *The Reluctant Dragon*. Arranged by Harcourt Williams, London: Methuen, 1934. London and NY: Samuel French, [1934].

『おひとよしのりゅう』ケネス・グレーアム作 石井桃子訳 寺島竜一挿絵（新しい世界の童話シリーズ8）学習研究社 一九六六

『ものぐさドラゴン』ケネス・グレーアム作 亀山龍樹訳 西川おさむ挿絵（世界こどもの文学）金の星社 一九七八

「ものぐさドラゴン」ケネス・グレアム作、安野玲訳（『ヴィクトリア朝妖精物語』風間賢二編、ちくま文庫、一九九〇、に収録）

『ものぐさドラゴン』ケネス・グレアム著 妖精文庫3、富山太佳夫・富山芳子編、青土社、一九九九

『のんきなりゅう』ケネス・グレアム作、インガ・ムーア挿絵、中川千尋訳、徳間書店、二〇〇六

『黄金時代・夢の日々』（チャールズ・キーピング挿絵）*The Golden Age and Dream Days*. Illustrated by Charles Keeping, London: The Bodley Head, 1950.

『イソップ寓話集』序文 Introduction to *A Hundred Fables of Aesop*. P. J. Billinghurst. Translated by Sir Roger L'Estrange. London: John Lane, 1899.

『ケンブリッジ社の子どものための詩の本』編集・序文 Preface to *The Cambridge Book of Poetry for Children*. Compiled by Kenneth Grahame, Cambridge: Cambridge University Press, 1916.

『おさわがせなバーティくん』*Bertie's Escapade*. London: Methuen and Philadelphia: J. B. Lippincott Co., 1949.（一九〇七年に息子アラステアのために書かれた短編で、チャーマーズ著の伝記に初めて収録された。）

『おさわがせなバーティくん』ケネス・グレアム作、アーネスト・H・シェパード挿絵、中川千尋訳、徳間書店、二〇〇〇

主な参考文献

伝記・評論

Patrick R. Chalmers. *Kenneth Grahame: Life, Letters and Unpublished Work*. London: Methuen, 1933.

Peter Green. *Kenneth Grahame: A Biography*. Cleveland: The World Publishing Company, 1959.

Eleanor Graham. *Kenneth Grahame*. NY: Henry Z. Walck, 1963.（エリナー・グレアム著、むろの会訳『ケネス・グレアム——その人と作品』新読書社、一九九四）

Peter Green. *Beyond the Wild Wood: The World of Kenneth Grahame*. 1982. NY: Facts on File, 1983.

Carpenter, Humphrey. *Secret Gardens: A Study of the Golden Age of Children's Literature*. Boston: Houghton Mifflin, 1985.（ハンフリー・カーペンター著、定松正訳、『秘密の花園——英米児童文学の黄金時代』こびあん書房、一九八八）

Lois R. Kuznets. *Kenneth Grahame*. Boston: Twayne Publishers. 1987.

猪熊葉子『ものいうウサギとヒキガエル——評伝ビアトリクス・ポターとケニス・グレアム』偕成社、一九九二

Alison Prince. *Kenneth Grahame: An Innocent in the Wild Wood*. London: Allison & Busby, 1994.

Jackie Wullschläger. *Inventing Wonderland: The Lives and Fantasies of Lewis Caroll, Edward Lear, J. M. Barrie, Kenneth Grahame and A. A. Milne*. NY: The Free Press, 1995.（ジャッキー・ヴォルシュレガー著、安達まみ訳、『不思議の国をつくる』河出書房新社、一九九七）

事典

Mee, Arthur ed. *I See All: The World's First Picture Encyclopedia*. 5 Vols. London: Amalgamated Press, 1929-1930.（訳注の図版の多くはこれによっている。）

ハンフリー・カーペンター、マリ・プリチャード著、神宮輝夫監訳『オックスフォード世界児童

文学百科』原書房、一九九九
キャサリン・ブリッグズ編著、平野敬一他訳『妖精事典』冨山房、一九九二

その他

Translated from the Arabic by Edward William Lane; edited for young people by Norman J. Davidson; illustrated by Lancelot Speed. *The Arabian Nights' Entertainments*. London: Seeley, Service, [n.d.]
Juliana Horatia Ewing; with illustrations by Gordon Browne. *The Peace Egg and A Christmas Mumming Play*. London: Society for Promoting Christian Knowledge, [n.d.]
T・ブルフィンチ著、佐渡谷重信訳『ギリシア神話と英雄伝説　上・下』講談社、一九九五
トマス・マロリー著、井村君江訳『アーサー王物語I～V』筑摩書房、二〇〇四～二〇〇七
フランシス・ホジソン・バーネット著　松下宏子・三宅興子訳『バーネット自伝　わたしの一番よく知っている子ども』翰林書房、二〇一三

解題
ケネス・グレアムと『黄金時代』

松下宏子

はじめに

『黄金時代』（一八九五）は、ケネス・グレアム（一八五九―一九三二）の子ども時代を色濃く反映した物語である。一人称で描かれているが、「ぼく」の名前は一度も言及されず、姉・兄・弟の名前はケネスの実際のきょうだいの名前とは異なり、作中の「シャーロット」にあたる妹は実在しないため、純粋な自伝とは言えない。当時グレアムが同居していたのは祖母で、「イライザおばさん」や「マライアおばさん」ではない。しかし、グレアムがきょうだいとともに祖母の家で暮らしていたころ感じたであろうことや、性格の違うきょうだいが、一緒に、あるいは各々で楽しんでいたと思われる様々な遊びが生き生きと描かれている。

グレアムは実際にはどのような少年時代を送ったのであろうか。グレアムの伝記は、これまでに主なものが三冊出ている。グレアムが亡くなった翌年に出たパトリック・チャーマーズの『ケネス・グレアムの生涯・書簡・未発表作品』（一九三三）、ピーター・グリーンの『ケネス・グレアム伝』（一九五九、写真を変更・追加した縮約版『「森」の向こうに――ケネス・グレアムの世界』一九八二）、アリソン・プリンス『ケネス・グレアム――「森」のなかの自然児』（一九九四）である（参考文献を参照）。これらを参考に、まずグレアムの生涯について振り返ってみたい。

ケネス・グレアムについて

ケネス・グレアムは一八五九年にスコットランドのエジンバラで生まれた。三歳上に姉ヘレン、一歳上に兄トマス・ウィリアムがいた。弁護士だった父親のジェイムズ・カニンガム・グレアムは、スコットランド西部のアーガイル州の州裁判所の判事代理に任命され、一八六三年に一家はアーガイル州の細長い入り江に面したインヴェラリへ引っ越した。五歳年下の弟ローランドが生まれてまもなく、母親のエリザベスが病死する。残された子どもたちは、飲酒に溺れる父親のもとを離れて母方の祖母メアリー・イングルズに引き取られることになり、乳母のファーガソンとともに、イングランド南部バークシャー州クッカム・ディーンにあった祖母の家「ザ・マウント」に移り住んだ。祖母メアリーは当時六十歳で、夫を失くし、末の息子を独立させたばかりだった。グレアムたちの養育費は、父方のおじで政党顧問弁護士をしていたジョン・グレアムが援助したという。ジョンの妻も四人の子どもを残してすでに亡くなっていた。アリソン・プリンスの伝記によると、この四人の子ども、すなわちグレアムのいとこも『黄金時代』の子どもたちのヒントとなった可能性があるという。

祖母メアリーには六人の子どもがいたが、グレアムの母エリザベスと双子のきょうだいであったデイヴィッドは、当時クッカム・ディーンの副牧師で、二年後に結婚するまで「ザ・マウント」に同居していた。ピーター・グリーンの伝記によると、グレアムに川で遊ぶ楽しみを教えてくれたのはデイヴィッドおじだという。

グリーンはまた、『黄金時代』の序章に登場する「副牧師さん」は、デイヴィッドおじを元に描かれたのではないかと推察している。同じく母方のおじのジャックは海軍軍人で、ポーツマスからグレアムたちの住む家を時々訪れた。グリーンの伝記に引用されているグレアムの姉ヘレンの手紙によると、『黄金時代』に描かれたおじさんとは異なり、ジャックおじの来訪は子どもたちに歓迎されていたようである（ただし、これらの記述は、グリーンの縮約版の伝記からは削除されている）。

「ザ・マウント」は広くて古い屋敷で、まわりには数エーカーの広さの庭や果樹園があり、庭は段状に傾斜して、低いイタリア風の壁やスイレンの池があった。地所はクッカム・ディーンの村へと続く農地に取り囲まれていて、テームズ川にも近く、子どもたちは自然の中で思い切り遊ぶことができた。後年グレアムがクッカム・ディーンを再訪したとき、五歳の自分に出くわしても驚かない、そのころ感じたことを一つ残らず思い出せる、と知人に述べたという。「ザ・マウント」で暮らしていた五歳から七歳のころの記憶は、グレアムの脳裏に深く刻まれたのである。

グレアムが七歳のころ、一家は十数キロ南東のクランボーンの「ファーン・ヒル・コテージ」に引っ越した。そこはテームズ川からも離れており、前の家より手狭で、グレアムには窮屈だったようである。このころからグレアムは、野山を逍遥しながらシェークスピアやテニソンの詩やトマス・バビントン・マコーリーの『古代ローマの物語詩』（一八四二）を暗誦するようになる。

クランボーンに引っ越した年に、スコットランドの父親の招きで、子どもたちはしばらく父親のもとに滞在した。しかし、一年もたたないうちに父親は職を辞して渡仏してしまい、子どもたちは祖母の家に戻った。

兄のトマス・ウィリアムはオックスフォードのセント・エドワード校に入り、グレアムも九歳のころ同じ寄宿学校に入学した。グレアムと兄は、クリスマス休暇や夏の休暇に、ロンドンのジョンおじの家でいとこたちと過ごしたり、ポーツマスのジャックおじを訪れたりした。一八七五年、病弱だった兄が肺炎で十七歳の若さで亡くなる。グレアムは、オックスフォード大学への進学を希望していたが、経済的理由もあってジョンおじに拒絶され、イングランド銀行で働くことになった。プリンスの伝記によると、経済的理由よりも、むしろ、ジョンおじはカルヴァン派のスコットランド人として、グレアムが放縦な生活を送ることを罪であると考えたためではないかという。いずれにせよ、これはグレアムに大きな失望をもたらした。人員に空きが出るまでのあいだ、別の父方のおじロバートの家に下宿しながら、ロンドンのジョンおじの事務所で働いた。そのころ、言語学者のフレデリック・ファーニヴァル博士（一八二五–一九一九）と知り合い、助言を受けて散文を書くようになる。そして二十歳のころイングランド銀行に就職し、独立して最初はブルームズベリー街に住み、後にチェルシー、さらにケンジントンに移った。一八八七年、フランスのル・アーブルで父親が亡くなったという知らせが届き、グレアムは葬儀に参列した。

銀行員として働きながら、グレアムは執筆を続け、一八八八年ごろから「セント・ジェイムズ・ガゼット」紙や「ナショナル・オブザーバー」紙などにエッセイが掲載されるようになった。しかし、最初は匿名で発表しており、本名を用いるようになるのは、一八九三年ごろからである。「ナショナル・オブザーバー」には、ラドヤード・キプリングやR・L・スティーブンスンが寄稿していた。一八九四年に、グレアムの父方の従弟であるアンソニー・ホープ（・ホーキンズ）（一八六三–一九三三）が『ゼンダ城の虜』（一八九四）を出版して一躍著名な作家となった。グレアムは同じ年に創刊された季刊文芸誌「イエロー・ブック」にも寄稿するようになり、そのうちの一つである「女首切り役人」（一八九八年単行本化）は、十六世紀のフランスで父親の仕事を継いで首切り役人になった女性の物語だった。

『黄金時代』の各章の物語は、時系列で書かれたのではなく、最初は短編として、一八九一年から一八九五年にかけて順不同に「ナショナル・オブザーバー」、「イエロー・ブック」、

「ニュー・レビュー」などに掲載されたものである（各章の初出については巻末資料を参照）。これらの短編を書いた当時、グレアムは三十代前半であった。序章の「おとなはみんなオリンピアン」、第2章の「汚名を返上したおじさん」、第4章の「お姫さまを見つける」、第6章の「『若きアダム・キューピッド』」、第7章の「泥棒を見たの」、第9章の「雪に閉ざされて」の六篇は、「ナショナル・オブザーバー」などに掲載された「道路のロマンス」「鉄道のロマンス」「田舎のパン神」「さすらいのボヘミアン」「失われたケンタウロス」「オリオン」などの十八篇のエッセイとともに、『異教の書』（一八九三）というタイトルで、グレアムの名前で出版された。これらのエッセイは、人夫や羊飼いに身をやつして不思議な物語を語るパン神、裕福な生活に満足できずに荷車で放浪生活をする男、キリスト教の規範に抑えられた子どもの心の奥底に眠るオリオンの狩人の魂などを扱っていて、商業主義や社会規範よりも牧歌的な生活や原始的なものへの憧憬を描いた短編だった。

「おとなはみんなオリンピアン」をはじめとして、「ぼく」ときょうだいたちを描いた短編は非常に好評だったので、『異教の書』所収の六篇と、その後に発表された短編十二篇とを合わせて順番を組み換え、『黄金時代』として一八九五年に英国と米国で出版された。三年後、続編の短編八篇を収録した『夢の日々』（一八九八）が出版される。この二冊の「ぼく」ときょうだいたちの物語は、子ども時代に抑圧された経験を持つヴィクトリア朝の人々に歓迎され、非常によく読まれたため、のちに『たのしい川べ』（一九〇八）が出版されたとき、「ぼく」ときょうだいたちが登場しないことに最初は失望した読者がいたほどであった。グレアムは作家として認められ、イェーツやトマス・ハーディ、アンドリュー・ラングたちと会食をともにすることもあった。

一方で銀行の仕事は続け、一八九八年に総務部長に昇進している。その前年に仕事先の家で三歳年下のエルスペス・トムソンと知り合い、一八九九年に四十歳で結婚した。アンソニー・ホープが花婿の付添人を務めた。結婚式を挙げたコーンウォール州のフォイは、グレアムが肺炎の療養のために滞在していた漁村の保養地で、グレアムはここで作家のA・T・クイラー＝クーチとヨットクラブ会長のエドワード・アトキンソンと親しくなり、後には米国人のオースティン・パーヴズと知り合って、クイラー＝クーチとともにバーヴズの末子の名付け親となった。

結婚後はケンジントンのカムデン・ヒルの家に移り、翌年に息子アラステアが誕生した。アラステアは生まれつき視力が弱かった。『たのしい川べ』は、アラステアのためにつくったお話から生まれたことはよく知られている。息子にも田舎で子ども時代を過ごさせたいと考えて、一九〇六年、クッカム・ディーンの「ヒリヤーズ」、のちに「メイフィールド」に家族を移し、自分はロンドンから週末に通うようになる。翌年、家庭教師と海岸に滞在中のアラステアにヒキガエルの物語を書き送る。一九〇八年、グレアムは四十九歳で早々とイングランド銀行を退職し、ロンドンを引き払う。同年、『たのしい川べ』が出版された。このころグレアムは本の出版に熱意を失っていたが、米国の出版社の編集者で当時近くに住んでいたコンスタンス・スメドリーが、『黄金時代』のスメドリー先生の親戚と自称し、その遊び心でグレアムを刺激して原稿を仕上げさせたのである。（結局『たのしい川べ』は英国の出版社から出版された。）

近代化されつつあったクッカム・ディーンを離れて、一九一〇年に約五〇キロ西のもっと鄙びたブルーベリーの「ボーハムズ」に転居する。米国の研究者が訪問したとき、グレアムは家の中では寡黙だったが、田園に散策に出るやいなや、流暢に語り出したという。翌年アラステアはドーセット州の初等学校に入学し、一九一四年にはラグビー校に進むが、六週間で退学した。翌年イートン校に入学するものの、一年でやめて、個人教授を受けるようになる。グレアムは、『たのしい川べ』を出版した後は、『ケンブリッジ社の子どものための詩の本』（一九一六）の編集・序文を担当したり、講演録が雑誌に掲載されたりしたが、長編を出版することはなかった。一九一八年、アラステアはオックスフォード大学クライスト・チャーチに入学した。二年後、二十歳になる直前に鉄道線路で遺体となって発見され、事故死と判定された。グレアム夫妻は、傷心を癒やすためイタリア旅行に出て、ローマを拠点に各地を回る。一九二四年、バークシャー州に戻り、テームズ川のそばのパングボーンの「チャーチ・コテージ」に移り住んだ。一九二九年、A・A・ミルンが『たのしい川べ』のヒキガエルの冒険を戯曲化し、『ヒキガエル屋敷のヒキガエル』として出版された。一九三〇年にはE・H・シェパードが挿絵を描くために訪れ、翌年、シェパードの挿絵の『たのしい川べ』が出版される。一九三二年、グレアムは脳出血のため七十三歳で生涯を閉じた。パングボーンのセント・ジェームズ教会に埋葬されたのち、アラステアの眠るオックスフォードのセント・クロス教会のホリウェル墓地に移された。

『黄金時代』について

当時の評価

先に述べたように、『黄金時代』は、子ども時代に抑圧された経験を持つヴィクトリア朝のおとなに歓迎され、出版直後から評判となった。英国の詩人・評論家のアルジャーノン・チャールズ・スウィンバーン（一八三七―一九〇九）はデイリー・クロニカル紙のコラムで絶賛し、特に、想像力豊かなハロルドの人物造形をたたえた。女性向けの雑誌では、親にとって子どもの心理を学ぶための必読書だと推奨されたこともあった。パトリック・チャーマーズの伝記によると、米国のシオドア・ルーズベルト大統領（一八五八―一九一九、大統領一九〇一―〇九）も、グレアムの署名入りの本を所望し、グレアムをホワイトハウスに招きたいと述べたほどだという。ホワイトハウス訪問は実現しなかったが、一九一〇年にルーズベルトが訪英しオックスフォードで講演を行ったとき、ラドヤード・キプリングらとともにグレアムも招かれて面会した。

一方で、語り手が子どもの「ぼく」であるため、この作品は子どもの視点とおとなの視点の間を揺れ動いており、第5章「おがくずと罪」で子どもの「ぼく」が人形遊びのなかに性的な面を見るのは不自然である、という批判もされた。

『黄金時代』は、おとなが子ども時代を振り返る設定になっており、何よりも郷愁を誘う点が当時のおとなの読者を引き付けたと言える。実際、皮肉と諧謔にあふれた文章は難解で、ラテン語の引用も多く、子どもの語り口とは言い難い文体である。しかし、語り手の「ぼく」のなかにあるおとなに対する憤懣、きょうだいのあいだの仲間意識や葛藤、自然との一体感、ごっこ遊びの喜びなどは鮮やかに描き出されている。おとなだけではなく、当時は子どもにも読まれていた。イーディス・ネズビット（一八五八－一九二四）は、バスタブル家の子どもたちの物語の二冊目である『よい子連盟』（一九〇一）の第5章で、『黄金時代』に言及している。アリスが誕生日にもらったプレゼントのなかにあった『黄金時代』について、おとなのたわごとが混じり込んでくるところ以外は最高だと語り手（オズワルド）が述べており、当時は子どもの読む作品とみなされていたことがわかる。ルーズベルト大統領夫人も、『黄金時代』と続編の『夢の日々』を子どもたちに読み聞かせていたという。

『黄金時代』の初版には挿絵がなかったが、一九〇〇年にマックスフィールド・パリッシュ挿絵の版が出版されてから、挿絵つきの版が何度も出ており、一九一五年に出た版は、R・J・エンラート＝ムーニーによるカラーの一枚絵の挿絵が十九点含まれている豪華本である。十九点の絵のうち九点のみが含まれた版も同年に出ている。一九二一年のロイス・レンスキーの挿絵は、平凡だがかわいらしい子どもを描いている。E・H・シェパードが挿絵を描いた版も英国で一九二八年に出版されており、こちらはシルエットが多用されている。

作品の意義

現代の評価としては、ハンフリー・カーペンターズが評論『秘密の花園』（一九八五）第2章で、『黄金時代』が評判になったのは感傷にとらわれずに子どもの真の姿を浮き彫りにしたからだと述べている。先に触れた、「ぼく」が人形遊びのなかに性的な面を見るのは不自然である、という批判について、猪熊葉子は『ものいうウサギとヒキガエル』（一九九二）のなかで、そうした批判は、「グレアムが、子どもの性にたいする関心をありのままに描きだしていた」（P203）からだったと分析している。猪熊は、おとなの視点を持っていたからこそ、奥行きのある子ども像を作り出せたと述べている（P210）。ジャッキー・ヴォルシュレガーも、『不思議の国をつくる』（一九九五）第5章で、『黄金時代』を非常に革新的な作品だったと評価し、自己中心的で対抗心もあって軽蔑したり乱暴したりする子どもの集団を、初めてある程度リアルに描いたと述べている。

たしかに、『黄金時代』の特徴は、そのユニークさにある。児童文学の歴史において、きょうだいの子どもとおとなとの関係を描いた作品としては、キャサリン・シンクレア（一八〇〇-六四）の『別荘物語』（一八三九）があげられる。三人のきょうだいとおじと祖母の暮らしを描いて、行儀の悪い子どもをひどく叱らないという当時としては画期的な作品となったが、最後に兄の死で子どもたちが改心するなど、教訓性が抜けきっていなかった。子どもがおとなを批判する作品としては、チャールズ・ディケンズ（一八一二‐七〇）の『ホリデイ・ロマンス』（一八六八）がある。理不尽なおとなを教育するために四人の子どもがそれぞれ書いた四つの物語という体裁をとっていて、子どもの視点から描かれている。F・アンスティ（一八五六‐一九三四）の『あべこべ物語』（一八八二）は、父親と息子が魔法の力で入れ替わってしまう物語で、父親が学校でさんざんな目にあう。父子の立場や物の見方の違いに焦点が当たっている。田園風景のなかで思い切りごっこ遊びをして楽しむ子どもたちを描いた作品としては、リチャード・ジェフリーズ（一八四八‐八七）の『ベヴィス』（一八九一）があったが、子どもの視点から描かれていた。これらに対し、『黄金時代』は、複数の子どもたちがていねいに描き分けられており、さらに主人公のなかに子どもの視点と大人の視点が混在しているところに特徴があると言える。

『黄金時代』は、子どもから見たおとなの無理解・愚かしさを鮮やかに描き出す一方で、子どもの内面を様々な角度から描き出した作品である。子どもの内面を見つめる目と、それを描き出す表現力をグレアムは持っていたのである。まずはおとなをどう描いているかを見て行きたい。

オリンピアンとの関係

『黄金時代』において、おとなと「ぼく」たちとの距離感は絶大で、序章にあるとおり、「ぼく」は、おとなを「オリンピアン」と呼んでいる。おとなはギリシャ神話のオリュンポスの神々のように下界の人間を支配する存在で、支配される「ぼく」たちの気持ちを付度《そんたく》したりすることはほとんどない、というわけである。また、そうした力を持っているにもかかわらず、戸外で思い切りごっこ遊びをすることもなく、時間を無駄なことに使っている、と酷評されている。子どもたちが一緒に暮らしていたおとなは、支配的であった一方で、子どもに無関心であまり愛情深い人々ではなかったことがうかがえる。時々訪れるおじたちをも、「ぼく」は第2章「汚名を返上したおじさん」で徹底的に批判している。「トマスおじさん」は、子どもをからかいの種にするばかりでなく、第13章「秘密の引出し」では隠された引出しの話だけをして去ってしまう自分勝手な大人として描かれている。

「どこもかしこも、できのよい仕事ぶりだ。この手の物はよく知っている。どこかに秘密の引出しがあるのさ」。ぼくがかたずをのんで近づいていくと、おじさんは突然、「ああ！　急に煙草が吸いたくなった」と、言いました。そして回れ右をすると、とうとつに庭の方へ出ていったのです。ぼくは、すばらしいものを目前でとりあげられたように、あとに残されたのでした。（P159-160）

それでも「ぼく」は努力の末に、秘密の引出しを見つけ出す。子どもたちは、おとなにかまってもらえない半面、独立心と自由な空想力を養っている。おとなから軽視され、かまわれていないからこそ、独自に様々な遊びを見出しているとも言える。

「ぼく」が高く評価するおとなは、序章「おとなはみんなオリンピアン」に出てくる副牧師さんのように一緒に自分たちのごっこ遊びの世界に入ってくれる人や、第12章「ローマへの道」の画家のように架空の世界を真剣に受けとめてくれる人、第2章のウィリアムおじさんのように贈り物をくれる人である。第8章「収穫のとき」で「ぼく」が男の人にぶつかってしまったとき、怒られて耳をぶたれると思い、反射的に耳を押さえる。しかし、この人は怒るどころか、自分から謝ってくれるのである。

そのショックで我に返ると、こうした状況下ですべての男子が本能的に取る恰好――両肘を耳に当てる――で後退りしていました。ぼんやりしていたぼくの前にいたのは、背の高い老人で――ひげをきれいに剃って着古した黒い服を身につけていて――どうやら牧師のようでした。ぼくはすぐに、そのひとが心ここにあらずといった様子をしているのに気が付きました。いつも別の次元の幻想を見ているので、不意に呼び戻されても、すぐには、この世とは焦点が合わないというような感じを受けたのです。そのひとはからだを曲げて、すまなそうにしました。「たいへん、申し訳ありません」と、言いました。「本当に、ぼんやりしておりました。どうかお許しください」（P96-97）

普通のおとなと異なる反応をしてくれる人は、往々にして、ウィリアムおじさんや第8章に登場する老牧師のように、世間からは浮いているような人物として描かれている。

このように、おとなに対して厳しい評価をする「ぼく」であるが、第14章の「暴君の退場」では、厳しくて暴君のようだった家庭教師のスメドリー先生に対して、本当の意味での和解ではないものの、いざ別れのときになると寂しくなって反抗的なことができなくなる感情が細やかに描かれている。第16章「仲たがい」では、不倶戴天の敵であった農夫ラーキンを「ぼく」は見直している。弟のハロルドを助けてくれたことから、「オリンピアン」にも良いところがあるのかもしれないと思い始めるのである。

男の子と女の子の描き方

おとなの支配に対して、心の中で反抗し、怒りを覚えている様子はフランシス・ホジソン・バーネット（一八四九－一九二四）の『バーネット自伝』（一八九三）と共通するところがある。自伝のなかのバーネットの分身である「その子」は、おとなを「動かしがたいもの」（P14）と考え、争っても無駄なので黙って適応するしかないと述べている。少女である「その子」は、兄を含めて男の子をも「動かしがたい事実」（P217）とみなしていて、からかわれてどんなに怒りを覚えても、殺すことはできず、黙っているしかないとあきらめている。『バーネット自伝』が少女の心情を描いているのに対し、ほぼ同時期に書かれた『黄金時代』は、まさしくこの時代の男の子の遊びや考え方を描いている。たとえば、疾走する空の荷馬車の荷台の上でリベンジ号の海戦ごっこをしたり、紳士の社交クラブのまねをしたり、「アルゴ船」に乗って冒険の旅に出たりするところには、歴史上の戦いへのあこがれや、当時の社会状況やギリシャ神話の影響が色濃く感じられる。第13章の「秘密の引出し」に隠されていた「宝」は、海軍の軍服のボタンや王さまの肖像画の印刷物、外国の銅貨やイタチの口輪などで、いかにもその年ごろの男の子が大切にするものとして紹介されている。

『バーネット自伝』で、「その子」は兄たち男の子優位の社会を仕方なく受け入れているが、その裏返しのように、『黄金時代』の「ぼく」たちは、女の子を自分たちより低いものとみなしている。第4章「お姫さまを見つける」では、女の子は「おとなの権威に逆らうのに必要な粘り強い意志や軽蔑の念が足りない」（P 47）と批評し、第6章「若きアダム・キューピッド」では、女の子の「気質の生まれながらの欠陥、（はっきり言ってしまうと）下劣なクズだとみなされる——」（P 68）といった表現を当然のように用いているのである。しかし、その女の子の一員であるサビーナ・ラーキンにエドワードが心を奪われてしまったり、パン屋のおかみさんを疑似恋愛の対象にしていた「ぼく」自身も同じ女の子が気になってしまったりするのは、愚かさと思春期の始まりを暗示してユーモラスなところである。第5章「おがくずと罪」でシャーロットが行う人形遊びにおける人形のジェロームとローザの顛末は、性的な誘惑を思い起こさせるものであり、それを覗き見している「ぼく」もそうした誘惑に興味を持っていることが暗示されている。

第10章「女の子の話すこと」でエドワードは、女の子は何も知らず分別もないと断言する。

「ああ、でも、あの子たちはそんなことはちっとも話さないよ」と、エドワードは言いつのりました。「何も知らないんだから、話せるものか。ピアノを弾く以外には何もできないんだよ。だれもピアノのことなんか話したがらないだろう。それに、あの子たちは何事も気にかけないのさ。つまり、分別のあることは何もね。それなのに、いったい何を話しているんだろう?」(P121)

女の子を見下す一方で、彼女たちが何を話しているのか、気になってしかたがないのである。第16章「仲たがい」では、姉のセライナと喧嘩したハロルドは、ただ仲直りをするだけでは不十分で、お詫びの印のプレゼントが必要だと考える。仲直りをするときも、そうした「英雄的行為」が必要だと思うのが男の子のやり方だ、と示されているのである。また、「ぼく」たちきょうだいは、女の子も一緒にアーサー王物語の騎士ごっこをするが、人形遊びや、ティーセットを使う遊びは、女の子だけがするものとして描かれている。このように、男の子と女の子の遊びの違いが表れている。

きょうだいの描き分け

兄のエドワードは、ごっこ遊びは不得手だが、実際の問題に対処する能力には長けている子どもに描かれている。年長の兄として、「ぼく」やハロルドに対して命令するなど高圧的な態度もとっている一方で、ハロルドが危機に陥ると「ぼく」とともに救いに行く。また、長男として、おとなの圧力の矢面に立たされている様子がうかがえる。最終章「『十分に遊んだ』――旅立ちのとき」では、学校へ旅立つとき、別れの涙は見せられないと意地を張る様子も描かれている。

弟のハロルドは、マフィン売りや紳士の社交クラブ員のような一人遊びが得意で、豊かな発想の持ち主である。第11章「アルゴ船の遠征隊」の冒険も、豚の飼い葉桶をアルゴ船にみたてて遊んでいたハロルドがきっかけだった。第7章「泥棒を見たの」で窮地に陥ったときは、雑誌掲載の物語の受け売りとはいえ、自由に脚色して見事な言い訳の物語をつくる。そして、困った時にはコックの胸に飛びこむという要領の良い子どもでもある。ハロルドは末っ子で、エドワードから好きなように扱われることもあるが、いざ遊びに入ると、りっぱなドラゴンを演じたりして、無邪気でありながら、たくましさも兼ね備えている。

セライナは、第16章「仲たがい」で、腹を立てたハロルドを心配して、姉らしく弟を気遣う優しいところがある。一方で、第10章「女の子の会話」での、友人の女の子と話に行ってしまうエピソードや、第11章でアルゴ船の冒険を言い付けるかもしれないと思われているところには、近いうちにおとなの世界に行ってしまうだろうことが示唆されている。後の児童文学でも、きょうだいのなかで年長の女の子は、おとなに近いと描かれることが多い。たとえばアーサー・ランサム（一八八四ー一九六七）の『ツバメ号とアマゾン号』シリーズ（一九三〇ー一九四七）では、第一作の『ツバメ号とアマゾン号』（一九三〇）第23章などで、五人兄弟の長女のスーザンが「原住民」（子どもたちから見たおとな）の気分に近くなっている。このスーザンはシリーズ十二作の最後まで子どもたちの冒険の一員であるが、C・S・ルイス（一八九八－一九六三）の「ナルニア国ものがたり」（一九五〇－一九五六）では、四人兄弟の長女スーザンは、第二作『カスピアン王子のつのぶえ』（一九五一）の第10章などでおとなのような声で話し、第七作の『さいごの戦い』（一九五六）第12章では、ナルニアよりもおとなになることに関心を持っていると言われて、実際には物語に登場しない。

シャーロットはよく泣きだしたりして、かなり年下の女の子に描かれている。先に述べた通り、グレアムに妹はいなかった。しかし、心情も行動も具体的に描写されているので、たとえば、おじのジョン・グレアムやロバート・グレアムの娘たち、すなわちグレアムの従姉妹からヒントを得た可能性もある。姉ヘレンの色々な時期を反映しているのかもしれないし、あるいはグレアム自身の思い出から造形したのかもしれない。シャーロットは、『天路歴程』と思われる本を読んでいたり、『不思議の国のアリス』の物語を人形に読んでやったり、『妖精の本』を愛読していたりと、読書好きである。その点は、グレアムの文学的な面を反映しているのではないだろうか。

兄と姉と、弟と妹との間にはさまれて、中間の位置にいる「ぼく」は、兄というリーダーについていけばいい立場にある一方、兄の命令には逆らえない。そうした葛藤は最終章で丁寧に描き出されている。また兄とは違って、弟のハロルドと同様にごっこ遊びが大好きである。ハロルドやシャーロットのことを思いやる優しい兄としての側面もたびたび見られる。そして、よくひとりで戸外に出ることを好む習性をもっている。「ぼく」について詳しくみてみたい。

自然との一体化

「ぼく」の特徴の一つは、ひとりで自然の中を逍遥して自然の息吹を体感することである。グレアムの祖母の家のまわりには大きなブナの木があり、広い庭や果樹園があった。近くには田園風景がひろがっていて、そこで過ごした時期はグレアムにとって最も幸福と言える時期であった。そうした幸福感が、自然の中でひとりで過ごす「ぼく」の描写に反映されている。

第1章「休日」では、「ぼく」は休日に戸外に出ると、弟妹から離れてひとりで、風を案内役に牧草地を駆け回り、葡萄酒のようなかぐわしい大気を吸って陶酔する。

恵み深い自然が、いつもの寡黙さをかなぐり捨て、全身全霊、声を限りに歌っていました。その歌は、細胞のすみずみまでを支配し、わくわくさせてくれ、人間の言い争いやごっこ遊びなどを、耳障りで不自然なものに思わせたのです。大気は葡萄酒になりました。湿った土の香る葡萄酒、ひばりの歌、野原の向こうの牛小屋からかすかに漂う匂い、遠くの列車の出す蒸気や煙――すべてが葡萄酒でした――いや歌でしょうか、匂いでしょうか、そのすべてが溶け合ったものなのでしょうか。当時は、それを表現する言葉を持ち合わせていませんでした。大地が発散するものを感じとっただけでした。その後もふさわしい言葉は見つかっていません。（P18）

少女時代に米国に渡ったバーネットも、『バーネット自伝』でテネシー州の自然を満喫していたときの体験を描く際に、次のようなよく似た表現をしているのが興味深い。

ウルシとカエデの葉で冠をつくって頭に載せ、小さなベルトに枝の束をさして、その豪勢な姿で森を歩き回っていると、誇らしくなって、歌い出したくなりました。以前と同じように、知らないうちに酔ったようになっていたのです。古代の酒神バッカスの巫女が、ブドウの葉の冠をかぶり、採れたばかりのブドウの果汁に酔って千鳥足になったように、その子もすばらしい不思議な歓喜にあふれるあまり、少しよろめくような感じになりましたが、自分では気がついていませんでした。（P284）

葡萄酒のような大気を吸い込んで自然との一体感に陶酔している様子が、まざまざと浮かんでくる。第4章「お姫さまを見つける」でも、「ぼく」は、オリンピアンに反逆して自然のなかへ逃亡する。雑木林でのなかでは、イバラや若木を擬人化して、自分にまとわりつくさまを表現している。

何も考えずにこの陽気な川の流れを友として歩いていくと、自然の神さまが、川ネズミに食べ物を用意しようと手ごろな大きさの石のえさ場をよく考えて備えておられるのに気付きました。カヌーの運行や連水陸路運搬、波立つ湾や入江、海賊や隠された宝物の洞窟など、知恵あ

る女神さまは何一つ忘れてはいないことを、早瀬もまた語りかけてきました。（P49）

小川に出て、川ネズミに食べ物を用意する自然の女神に思いを馳せ、早瀬にわくわくする場面は、後の『たのしい川べ』（一九〇八）を思わせる。『たのしい川べ』の第1章でも、モグラも春の大掃除という務めを投げ出し、土の中から出て牧草地を歩きまわり、川辺に来て、川面の光やせせらぎに恍惚となるのである。川への愛着は、『黄金時代』でも繰り返し現れる。第4章以外にも、「ぼく」と兄弟たちは第11章で近くの小さな川でアルゴ船の冒険を繰り広げている。「ぼく」はまた、自然がひとの気持に同調するという考えを持っていた。第15章「青い部屋」の冒頭で、新しい家庭教師を迎えに行かねばならない憂うつな気持ちに同調して、嵐が吹きすさんでいると述べている。ロマン派の詩人の感傷的な比喩ではなく、実際に起こることだと信じている様子が伺える。

想像の世界

「ぼく」には、風を案内役として擬人化したり、自然が人間の感情と同調すると信じたりして、架空のことを本当であるように考えるところがある。いわゆる「ごっこ」遊びも、真剣に行なっている。第4章では、川の先で見つけた女性を眠り姫と確信し、第5章「おがくずと罪」では、たちまちのうちに、庭はサルが鳴きオウムが飛ぶ熱帯の森になる。第11章「アルゴ船の遠征隊」

では、農夫ラーキンのボートをくすねて近くの川へ繰り出し、黄金の羊の皮を探すアルゴ船の冒険の旅に出た。瞬時に、川の景色はアルゴ船の通った進路の情景となる。

ラーキンのいるあたりから離れるため、アルゴ船の船首を上流に向けました。ハロルドは約束通りイアソンになることを許され、残りの英雄をみんなで分け合ったのです。テッサリアをあとにすると、叫び声をあげながらヘレスポント海峡の間を縫うように進み、息を殺して「打ち合う岩」をかわし、セイレーンのいる島の風下を岸沿いに航行しました。レムノス島はシモツケソウで縁取られ、ミュシアの岸辺のあちこちにイヌバラが咲き、干し草作りの人々の明るい呼び声がトラキアの海岸沿いに聞こえました。(P130–131)

そして、旅の果てに出会った若い女性をメデイアと信じて疑わない。実際は、別れさせられた恋人が迎えに来るのをあてもなく待っている女性であろうことが暗示されているが、「ぼく」は気付かないまま立ち去る。

「ぼく」たちのごっこ遊びの下地となっているのは、昔話やギリシア神話やアーサー王伝説などである。グレアムの子どものころ、グリムの昔話集はもちろん、クレイク夫人の『妖精の本』(一八六三)や、キングズリーの『英雄たち——子どもたちのためのギリシャ神話物語』(一八五六)、ノウルズの子ども向けの『アーサー王物語』(一八六二)など出版されていた。そうした物語の宝庫から豊かな着想を得ていたのであろう。

架空の世界の最たるものが登場するのは、第12章「ローマへの道」である。ここで「ぼく」は、ローマへ通じているはずの道で出会った画家に、自分の理想の町について語る。自分ひとりだけがいて、すばらしい家に住めて、チョコレートや欲しいものを店から好きなだけ得られる町である。

「そうして友だちを招待するんです」。話に夢中になってぼくは続けました。「もちろん、本当に好きな友だちだけです。友だちもそれぞれ家を持ちます。家はたくさんあります。親戚は、ぼくたちに不愉快な思いをさせないと約束しない限り、そこには居られません。いやなことをしたら、出て行かないといけないんです」（P149）

そこは、不快な気持になることが全くない世界と言える。そうした町を心の中で作り上げることで、ときには耐えがたい現実世界で生きていくための糧としているのである。何かになりきる子どもの力は絶大であり、真剣なごっこ遊びは、純粋な遊びとしても、辛い現実を乗り切る手段としても、児童文学で繰り返し現れる。

子どものなかのおとな、おとなのなかの子ども

はじめに述べたように、『黄金時代』には、確かに子どもの視点とおとなの視点が混在している。

「ぼく」は、自然と一体化し、ごっこ遊びで架空の世界を楽しむ純粋なだけの子どもではない。子どもであると同時に、内に子どもを住まわせている青年でもある。生と死が表裏一体であると自覚しており、それを次のように詩的に言い表すことはおとなのグレアムにしかできないであろう。

さらに進んで行くと、ハリネズミが小道でひっくり返って死んでいました。いや、ただの死体ではありませんでした。明らかに、それはデカダン、腐敗していました。あたりをせわしなく動き回っていたハリネズミを知っている者には、哀しい光景でした。自然の女神は、立ち止まって、この固い上着を着た自分の息子のために、せめて一滴の涙を流したでしょうか。目標を失い、野望をなくし、有益な仕事を突然断ち切られたハリネズミに。いいえ、そんなことは、かけらもなかったのです。いつものように、喜びに満ちたその歌声は、陽気に続いています。「命のなかに死あり」、「死のなかに命あり」というのは、表裏一体の主題でした。それから、あたりを見まわしてみると、羊の噛んだカブの切れはしが地面に点々と散らばっているのが見えました。霜の降りた日が経ち、羊の食べ残したカブの芯に、自然の女神の勇敢な歌の断固とした意味を少しだけ見つけたように思いました。(P22-23)

一方で、自然の中で遊び、家畜や動物と接していた「ぼく」たち子どもは、生と死が表裏一体ということや、春が訪れたら命が再生されるということを、肌で感じていただろう。また、家畜のブタは時期が来たら殺されるということも実際に知っていた。

第13章「秘密の引出し」で、引出しが見つからずに絶望しそうになった「ぼく」は、「心の中で過去の失望を思い返すと、人生は失敗と挫折の長い記録のような気がしてくるのでした」（P164）と述べている。おおげさな表現なので、おとなの感慨のように聞こえるかもしれないが、いくつもの失望を味わったことのある子どもにとって人生は長いものであり、失敗と挫折の記憶は脳裏に刻まれる。そういう子どもの内面を表わしていると言える。

子どもの無邪気な面だけでなく、内に秘めた影の部分も描き出されている。「ぼく」がこっそり眺めているシャーロットは、言うことを聞かなかった男の子の人形に、尻叩きという体罰を加える。大人を真似しているとも言えるが、子ども（女の子）に内在する暴力性・残酷さをも表わしている。『バーネット自伝』のなかの「その子」が楽しんでいた人形遊びのひとつは、『アンクル・トムの小屋』の物語を演じるために人形を鞭打つことだった。「その子」は、しつけや楽しみのために鞭打ったわけではなく、物語の一場面を真剣に演じていただけであるが、シャーロットの人形遊びと、暴力的なところが共通する点が興味深い。また、シャーロットが人形に語るのは、『不思議の国のアリス』で女王が「首をちょんぎれ！」と言う場面である。残酷な言葉も、子どもには印象に残る魅力的なものなのである。

さらに、『黄金時代』の子どもたちは、おとなを実によく観察していて、おとなの欺瞞を鋭く見抜く目を持っている。第7章「泥棒を見たの」では、新しく来た副牧師が自分を偉く見せようとしていることや、マライアおばに対して下心がありそうな様子に、エドワードは気付いている。それを裏付けるように、副牧師とマライアおばは、ふたりだけで月明かりの庭に出て来て、茂みのそばの腰掛けに座って語り合う。偵察に出されて捕まったハロルドの作り話が「泥棒騒ぎ」を招くが、マライアおばに止められたおかげで、副牧師は泥棒を追いかけなくてもよくなったうえに、泥棒を追い払ったという名声まで勝ち取る。実際にはどろぼうを追いかけて行く勇気はなかったことや、にせの名声を得て調子に乗っているのを、「ぼく」は見抜いている。だからこそ、夜の庭での会話を盗み聞きしていたのが明るみに出てしまう危険や、ひいてはハロルドの作り話が露見してしまう危険を冒してでも、「ああ、ホギットさま！　勇敢なお方！　どうか、向こう見ずなことはなさらないで！」（P 91）とからかわずにはいられなかったのである。直接的には、バターつきパンの最後の一切れを食べられたくないという子どもらしい動機があったのかもしれないが、空の名声に酔う副牧師を懲らしめる周到さをも持っていることがわかる。直後に「ぼく」は一目散に逃げ去ったようだが、おそらく後でたっぷりと叱られたであろう。子どもには、こうした刹那的な衝動と、周到さが備わっているのである。

特におとなの視点で描かれているのは、最終章の最後の二節である。学校に行ってしまったエドワードが休暇で帰ってきたときには、子どもの遊びをさげすむようになっているだろうと、おとなの視点から予言している。この部分は、雑誌掲載の時点では入っておらず、『黄金時代』出版にあたって書き加えられた。蛇足とも思える追加部分でグレアムが最も伝えたかったのは、

「しっかり達成されたことと、単なる子どもの遊び」（P218）が、同じくらい大切であるということであろう。グレアムは、P・J・ビリングハーストの『イソップ寓話集』（一八九九）に寄せた序文に、テロダクティル（翼手竜）よりもドラゴンのほうが人々の心に残るだろうと述べて、科学的な成果よりも大切なものがあると示唆している。また、一九二二年に行った講演のなかでも、少年の気ままな白昼夢と、高尚な目的との間にはっきりと線を引くことはできない、おとなのなかにもそれらが共存していて、互いに支え合っていると述べている。『黄金時代』で描いた子どもの想像の世界が、大人になってからも大切であるという思いを、生涯持ち続けていたのである。

後世の児童文学とのかかわり

『黄金時代』は、子どもに向けて書かれた作品とは言えないかもしれないが、続編の『夢の日々』（一八九八）とともに、子どもを描いたとてもユニークな作品であり、後の児童文学に与えた影響には大きなものがある。

四、五人のきょうだいで遊ぶ子どもの世界を描き、そのうちのひとりが語り手となる手法は、イーディス・ネズビットに受け継がれた。ネズビットの『宝探しの子どもたち』（一八九八雑誌掲載、一八九九出版）も、語り手の正体を隠した手法で描いているが、こちらは純粋に児童向けの作品であって、誰が語っているかもすぐにわかるようになっている。大人を批判的に描く作品としては、ラディヤード・キプリング（一八六五―一九三六）が、男子寄宿学校の三人の少年が教師を出し抜いて騒ぎを繰り広げる『ストーキーと仲間たち』(一八九九)を書いた。『黄金時代』で兄のエドワードが寄宿学校へ旅立つ最終章は、近い将来の「ぼく」の運命も暗示しており、ミルンの『プー横丁にたった家』(一九二八)の最終話を思わせる。この書と『クマのプーさん』(一九二六)は、ミルンの息子のクリストファーのぬいぐるみをもとにつくられた物語であるが、息子の子ども時代を反映しているだけでなく、陰気な場所に住むイーヨーのように、ミルン自身の感情や記憶も反映されている。父親が息子とクマのプーに語るお話という枠物語の形式をとることによって、二重の視点は避けられている。

おとなを自分たちとは違う世界の者として特別な名前で呼ぶ手法は、『黄金時代』の愛読者であったアーサー・ランサムの『ツバメ号とアマゾン号』シリーズ(一九三〇-一九四七)にも受け継がれた。そこではおとなは、「オリンピアン」ではなく、探検家や海賊を名乗る子どもたちから「原住民(ネイティブ)」と呼ばれていて、子どもたちの探検を邪魔することもあるが、探検に協力することもあり、対立していても必ず最後には子どもたちのやることを認め、和解する存在として描かれている。『黄金時代』の「ぼく」が大好きだった「ごっこ遊び」も描かれている。ランサムの描く子どもたちは、自分たちの遊びの世界を作り上げて思い切り楽しみ、『黄金時代』の「ぼく」が序章で言う「真の人生」(P 9)を謳歌しているのである。そして、ときにはおとなをもその遊びにまきこみ、楽しませて、自分たちの価値を必ずおとなにわからせている。これは「ぼく」にはできなかったことである。シリーズが進むにつれ、子どもたちの遊びは、無人島ごっこなどから、金鉱探しなどのより現実的な「実り」のある遊びへと変化する。子どもたちの達成したことが、そのまま博物学上の成果としておとなたちに評価されるものになったところで、シリーズは終わっている。

また、『黄金時代』の第15章「青い部屋」で、夜中に起き出してお菓子を食べる様子は、フィリパ・ピアス（一九二〇–二〇〇六）の短編「真夜中のパーティー」（『真夜中のパーティ』一九七二）を思わせる。これも、おとなに対する一種の反逆を描いており、『黄金時代』で描かれた子どもの真髄は、ピアスの作品の子どもたちにも見出すことができる。

このように『黄金時代』は、様々なかたちで二十世紀の児童文学に影響を及ぼし、引き継がれているのである。実際、たびたび再版され、最近も二〇〇〇年にシェパード挿絵の版が出ている。

おわりに

『黄金時代』は、子どもの「ぼく」と、その子ども時代を振り返る二重の視点が微妙なバランスをとって存在しており、子どもだけに向けた作品ではない。しかし、これまで述べてきたように、グレアムが生きた当時の男の子の心理や、きょうだいとの遊び、まわりのおとなとのかかわりが、皮肉をこめつつ詳細に描き出されており、児童文学としても、非常に興味深い作品である。そして、おとなのなかに住んでいる子どもが、おとなと子どもの両方の視点から浮き彫りにされたユニークな作品なのである。

なお、続編にあたる『夢の日々』(一八九八)には、エドワードが寄宿学校に行ってしまってからのエピソードが八篇収録されている。そのうちの、やや長めの一篇「戦いたくないドラゴン」"The Reluctant Dragon"は、「ぼく」とシャーロットに友人の「サーカス・マン」が語ってくれるドラゴンの物語である。これは単独でも出版され、「おひとよしのりゅう」などのタイトルでこれまでに何度も翻訳されている。最後に収録されている「旅立ち」は、寄付されることになったおもちゃや人形のなかで特にお気に入りのものを子どもたちがそっと埋めるというエピソードで、子ども時代に終わりを告げる印象的な作品となっている。

『黄金時代』の翻訳に際し、テキストは *The Golden Age.* Edinburgh: Paul Harris Publishing, 1983(John Lane 社の一八九八年版をもとに一九〇〇年に刊行されたマックスフィールド・パリッシュ挿絵入り本の複製版)を用いた。なお本書に用いた絵は、*The Golden Age.* London : John Lane, The Bodley Head, 1915(表紙絵を含めて九点の挿絵入り版。梅花女子大学図書館蔵)のR・J・エンラート＝ムーニー(R. J. Enraght-Moony, 一八七九―一九四六)による挿絵である。

グレアムの墓碑銘は、従弟のアンソニー・ホープが作成した。「ケネス・グレアムの美しい思い出に。エルスペスの夫、アラステアの父は、一九三二年七月六日に「川」を渡った。彼の残した子ども時代と文学は、すべての時代を通じて、もっとも称えられるものとなった」と、しるされている。ホープの言葉通り、それから八十五年たった現代においても、グレアムの「黄金時代」の輝きは失われていない。

ケネス・グレアム（1859-1932）年譜

1855		父ジェイムズ・カニンガム・グレアムと母エリザベス・イングルズ結婚
1856		姉ヘレン誕生
1858		兄トーマス・ウィリアム誕生
1859	0歳	3月8日、ケネス、エジンバラに生まれる
1863	4歳	5月、アーガイル州のインヴェラリに引越し
1864	5歳	3月、弟ローランド誕生 4月、母エリザベス、猩紅熱で亡くなる きょうだいは、乳母とともにバークシャー州のクッカム・ディーンにあった祖母メアリー・イングルズの家「ザ・マウント」に移り住む
1866	7歳	春、クランボーンの「ファーン・ヒル・コテージ」に引越し 夏、きょうだいでインヴェラリの父のもとに滞在
1867	8歳	春、父が職を辞し渡仏、きょうだいで祖母の家に戻る
1868	9歳	オックスフォードのセント・エドワード校入学
1874	15歳	大晦日、兄トーマス・ウィリアムが肺炎で亡くなる（享年十六）
1875	16歳	セント・エドワード校卒業
1876	17歳	ロンドンでおじジョン・グレアムの会社で働く ファーニヴァル博士と知り合い、その助言で散文を書くようになる
1879	20歳	イングランド銀行に入社
1887	27歳	父がフランスのル・アーブルで亡くなる

1891	32歳	「ナショナル・オブザーバー」に「おとなはみんなオリンピアン」掲載
1893	34歳	『異教の書』出版
1895	36歳	『黄金時代』出版
1898	39歳	『夢の日々』出版
1899	40歳	エルスペス・トムソンと結婚、ケンジントンのカムデン・ヒルに住む
1900	41歳	息子アラステア誕生
		マックスフィールド・パリッシュ挿絵の『黄金時代』出版
1906	47歳	バークシャー州クッカム・ディーンに家（「ヒリヤーズ」、のちに「メイフィールド」）を持ち、家族を移して、週末をそこで過ごす
1908	49歳	イングランド銀行退社、『たのしい川べ』出版
1910	51歳	バークシャー州ブルーベリーの「ボーハムズ」に転居
1915	56歳	R・J・エンラート＝ムーニー挿絵の『黄金時代』出版
1918	59歳	アラステアがオックスフォード大学入学
1920	61歳	アラステアが鉄道事故で死亡（享年十九）
		エルスペスとイタリア旅行に出る
1924	65歳	バークシャー州パングボーンの「チャーチ・コテージ」に移る
1928	69歳	E・H・シェパード挿絵の『黄金時代』出版
1931	72歳	シェパード挿絵の『たのしい川べ』出版
1932	73歳	7月6日、脳出血のため亡くなる

あとがき

本書は、一八九五年に出版されたケネス・グレアムの短編集『黄金時代』*The Golden Age* の全訳に、作品の解題、訳註、年譜を加えて構成されています。

『黄金時代』の短編は、「序章　おとなはみんなオリンピアン」（一八九一年に発表）と、その好評を受けて雑誌に掲載された十七編（一八九三年六編、九四年七編、九五年四編）を集めたものです。雑誌の読者はおとなであり、フィクションなのですが、語り手「ぼく」が、姉兄妹弟の真ん中のこどもに設定されており、日々の暮らしや遊びや冒険を通して、見たこと、感じたことを率直に語っていますので、グレアムの自伝に近い作品として読むことができます。グレアムが描いた子どもの本音トークの物語は、ヴィクトリア朝末期のベストセラーになりました。

当時、グレアムは三十歳代で、イングランド銀行に勤務していましたが、余暇に作品を書き始め、バークシャー州クッカム・ディーンの祖母の元で送った自身の幼年時代へと退行してこうした短編を書き綴ることで、独自の世界を構築していったと思われます。

もし、五歳の自分が、どこかの街角から、ひょいと現れたとしても、驚かないと思います。…ふしぎなことですが、そのころ感じていたことは、すべて思い出せるからです。四歳から七歳ころに使った脳の部分は、全く変化していません。

(Peter Green: *Kenneth Grahame: A Biography*, p.17)

この引用は、代表作『たのしい川べ』の出版をすすめてくれた編集者に、後に、グレアムが語ったとされているものですが、『黄金時代』という作品の特徴をよく語ってくれます。ひとつ、ひとつの短編には、幼児期のグレアムの脳に刻まれた光景があって、作品化されたものだと推測できるからです。『黄金時代』は、グレアムの自伝そのものではないものの実体験から発想してできた物語群であり、住んでいた屋敷とその周辺を舞台にしています。四歳~七歳までの幼児期を「内なる自分」として見つめながら、「ぼく」のありようを伝え、それと同時に、よく読めば、文学を愛する孤独な三十代の「ぼく」も顔を出しており、同心円のようなふたりの「ぼく」の存在が作品をユニークなものにしています。

『黄金時代』は、子どもを「大人よりもすぐれた存在」としながらも、いわゆるイノセント、無垢な子どもとして子どもを描くのではなく、子どもの不安や性への欲望、きょうだい間の葛藤、シニカルな人生観などの暗部を吐露させており、二十世紀を拓く先駆的な作品でもあります。

翻訳は、前半（序章~第8章、その訳注）を三宅興子が、後半（第9章~第17章、その訳注、解題、書誌、年譜）を松下宏子が担当しています。お互いの訳を読み合いながら、話し合い、情報交換しながら、最終稿ができるまで、何度も手を入れる共同作業を重ねました。グレアムの英語は、ひとつの段落が長く、文章も切れ目なく続くものが多く、日本語に移植するのは難作業でしたが、できるだけ原文に忠実に訳すことを心がけました。ただ、あまり長いパラグラフには、訳者の判断で段落を入れたところもあります。グレアムには、詩の一節や聖書からの文章、ラテン語やギリシャ語の引用句を効果的に使うのを楽しむような癖があります。判明したところには、訳注を入れています。

本書では、きょうだいのごっこ遊びなどを通して、一八六〇年代、イギリス児童文学勃興期に愛読されたギリシャ神話の再話本やアーサー王伝承、『不思議の国のアリス』や冒険物語などの受容ぶりをよく知ることができました。松下・三宅コンビが翻訳した『バーネット自伝　わたしのよく知っている子ども』（翰林書房刊、二〇一三）のバーネットは、グレアムより十歳年長ですが、当時の女の子のありようを活写しています。読み物の違いだけではなく、男女、家族、教育などの違いなども読み取れて、本書の翻訳作業は、大変興味深いものになりました。両書を読み比べることで、二十世紀児童文学への橋渡しをしたバーネットとグレアムが、子どもの内面、こころのなかの秘密を明かしているという共通項があるのがよくわかります。

この作品を翻訳する場を与えてくださった翰林書房の今井ご夫妻に、厚く感謝申し上げます。

二〇一七年七月二十日

訳者　三宅興子、松下宏子

【訳者略歴】
三宅興子（みやけ　おきこ）
梅花女子大学名誉教授。
著書：『イギリス児童文学論』『イギリス絵本論』（翰林書房）、『イギリスの絵本の歴史』（岩崎美術出版社）、『ロバート・ウェストール』（KTC中央出版）など。

松下宏子（まつした　ひろこ）
梅花女子大学大学院で博士学位を取得。関西大学他英語・児童文学非常勤講師。
著書：『アーサー・ランサム』（KTC中央出版）、『児童文学を拓く』（共編著、翰林書房）、訳書：『ねむり姫がめざめるとき—フェミニズム理論で児童文学を読む』（共訳、阿吽社）、『バーネット自伝』（三宅興子との共訳、翰林書房）。

挿絵（カバー・表紙・本扉）
Kenneth Grahame：*The golden Age*
Illustrated by R. J. Enraght-Moony
London：John Lane, The Bodley Head, 1915
（梅花女子大学図書館蔵）

黄金時代

発行日	2018年1月22日　初版第一刷
著　者	ケネス・グレアム
訳・編者	三宅興子・松下宏子
発行人	今井肇
発行所	翰林書房
	〒151-0071 東京都渋谷区本町1-4-16
	電 話　(03) 6276-0633
	FAX　(03) 6276-0634
	http://www.kanrin.co.jp/
	Eメール●Kanrin@nifty.com
装　釘	須藤康子＋島津デザイン事務所
印刷・製本	メデューム

落丁・乱丁本はお取替えいたします

ISBN978-4-87737-416-7